Scritti su Kant

Raccolta di seminari e conferenze di Mirella Capozzi

a cura di Hansmichael Hohenegger

Hansmichael Hohenegger (a cura di)

Scritti su Kant.
Raccolta di seminari e conferenze di Mirella Capozzi

© 2014 Mirella Capozzi

ISBN: 978-1-291-91591-4

Printed and distributed by:

Lulu Press, Inc.
860 Aviation Parkway, Suite 300
Morrisville, North Carolina 27560
U.S.A.

http://www.lulu.com

INDICE

PREFAZIONE

I testi contenuti in questa raccolta sono una selezione dei seminari e delle conferenze di Mirella Capozzi sulla filosofia e la logica di Kant, qui proposti in ordine cronologico e mantenendone la forma originaria. La scelta è stata orientata dal fatto che si tratta di lavori che, pur essendo stati esposti in occasioni pubbliche, non sono accessibili nella forma in cui sono stati scritti o perché non sono stati pubblicati o perché solo in seguito sono rifluiti in lavori destinati alla pubblicazione. Mantenendo visibile il legame con l'occasione che li ha generati, questa raccolta intende documentare alcuni momenti significativi di una ricerca *in progress* e di una continuativa attività di insegnamento e di confronto con la comunità scientifica.

Oltre all'interesse documentale di questa edizione, la scelta dei saggi ha anche una notevole utilità conoscitiva per chi voglia scoprire come e perché la logica sia la vera cellula generativa del sistema kantiano. I saggi scelti, proprio per la varietà degli argomenti trattati e per la loro distribuzione su un ampio arco temporale, permettono di dimostrare che la logica è sempre la vera *clavis kantiana*. Certo, la coerenza dell'interpretazione dipende anche dal fatto che l'autrice non ha condotto un *Doppelleben*, cioè non ha sostenuto cose differenti negli scritti pubblicati, rispetto a quanto ha proposto in seminari e conferenze, ma, come la documentazione qui proposta consente di apprezzare, si è servita di queste occasioni per arricchire la sua ricerca di nuove linee di indagine.

I testi che seguono possono essere suddivisi in due gruppi.

Il primo gruppo è costituito dai testi di sette seminari. *Alle origini della filosofia di Kant: la tesi sulle forze vive* è il testo-base di un seminario tenuto nel corso nell'a.a. 1981-1982 presso la cattedra di Storia della Filosofia dell'Università di Siena. *Concetto di filosofia e missione del filosofo secondo Kant* (maggio 1994), *Kant epistemologo: la dottrina delle ipotesi* (ottobre 1995), *La norma e l'azione: von Wright e Kant* (maggio 1996), *Leggere Kant con occhi fregeani* (maggio 1997), sono testi preparati per quattro seminari, alcuni dei quali tenuti in più sessioni, destinati agli studenti del Dottorato di Logica ed Epistemologia dell'Università di Roma 'La Sapienza'. *Criteri formali di verità e certezza nel Kant logico*, invece, è un lavoro scritto per un seminario tenuto il 16 e il 17 giugno 1997 presso il Dottorato in Filosofia dell'Università di Urbino. Infine, *Kant e il meditare euristico* è il testo di due lezioni seminariali del gennaio 2010 inserite nel quadro di incontri sulla "Teoria della Conoscenza" organizzati dall'Università di Roma 'La Sapienza' e dall'Università di Roma Tre.

Il secondo gruppo è costituito dai testi di quattro conferenze. *Il realismo e la verità. Putnam e Kant* è una conferenza tenuta nel novembre 1989 presso il Dipartimento di Filosofia dell'Università di Bologna. *Certainty, probability and dialectic in Kant's logic* è una conferenza tenuta nel giugno 1998 all'International Symposium "The Development of Modern Logic" presso l'Università di Helsinki. *Kant's legacy for the philosophy of logic* è l'intervento, letto nella Panel Discussion sulla logica di Kant, al Logic Colloquium 2004 della Association of Symbolic Logic (Torino luglio 2004), e infine *Kant and the principle of contradiction* è il testo letto nel settembre 2010 al convegno "The Principle of Non-Contradiction. History and Theory" presso l'Università di Bologna.

Ringrazio Mirella Capozzi per la fiducia dimostrata nell'affidarmi la cura di questi scritti della cui pubblicazione ho condiviso l'idea, con il solo rammarico di non aver potuto raccoglierne una selezione più ampia.

Hansmichael Hohenegger

1
Alle origini della filosofia di Kant: la tesi sulle forze vive

I *Gedanken von der wahren Schätzung der lebendigen Kräfte*, presentati da Kant nel 1746 all'Università di Königsberg come tesi di laurea,[1] possono sembrare un lavoro di retroguardia – e come tale sono stati criticati – se si considera che nel 1743 la disputa sulla valutazione della forza era stata liquidata come mera battaglia verbale dal *Traité de dynamique* d'Alembert.[2] Tuttavia studiosi ben più affermati del laureando Kant continuavano a scrivere sulla questione della misura della forza[3], sia perché il significato risolutorio della

---

[1] Le opere di Kant sono citate con il volume (cifre romane) e la pagina di *I. Kant's gesammelte Schriften*, hrsg. von der Königlich Preussischen Akademie der Wissenschaften (und Nachfolgern), Berlin (Berlin und Leipzig), 1900–. I *Gedanken von der wahren Schätzung der lebendigen Kräfte und Beurtheilung der Beweise deren sich Herr von Leibniz und andere Mechaniker in dieser Streitsache bedient haben, nebst einigen vorhergehenden Betrachtungen, welche die Kraft der Körper überhaupt betreffen,* furono pubblicati nel 1769, consentendo a Kant di intervenire sul testo, come dimostra la dedica a J. Ch. Bohlius [I, 6] datata 1747, la citazione di una traduzione tedesca di un'opera di Musschenbroek, anch'essa del 1747 [I, 118], e le molte 'aggiunte' e 'spiegazioni' alla tesi. Ciò nonostante, il frontespizio dello stampato reca la data 1746 (cfr. la ristampa anastatica, Amsterdam, Rodopi 1968, della I. ed. Königsberg, Dorn). Sulle questioni riguardanti la datazione, cfr. la *Einleitung* ai *Gedanken* di K. Lasswitz [I, 521].

[2] Gli studi sui *Gedanken* si aprono spesso con considerazioni, fra le quali primeggia la 'questione d'Alembert', che avvertono il lettore che ci si sta per occupare di un'opera nata morta. Cfr., ad esempio, E. ADICKES, *Kant als Naturforscher*, 2 voll., Berlin, De Gruyter 1924-1925: I, pp. 65-144; M. CAMPO, *La genesi del criticismo kantiano*, I-II, Varese, Magenta 1953, pp. 3-30; I. I. POLONOFF, *Force Cosmos, Monads and Other Themes of Kant's Early Thought*, «Kantstudien», Ergänzungsheft n. 107, 1973, pp. 39-40.

[3] Qui non è in discussione il valore *per se* della soluzione di d'Alembert, sul quale cfr. il classico E. MACH, *La meccanica nel suo sviluppo storico* (1883), trad. it. di

7

disputa non era stato colto dai primi recensori del *Traité,* sia perché tale era stato evidenziato da d'Alembert solo nell'articolo *'Force'* dell'*Encyclopédie*[4] e nell'edizione del *Traité* del 1785.[5] L'obsolescenza del lavoro kantiano va quindi ridimensionata: l'isolamento e il provincialismo di Königsberg[6] possono aver causato la deplorevole assenza del *Traité* fra le fonti dei *Gedanken* ma, a quanto sembra, non avrebbero potuto impedire a Kant di venire a sapere che la disputa sulla forza era conclusa se la si fosse generalmente ritenuta tale.

Le critiche ai *Gedanken* non si limitano alla scelta del problema trattato, ma riguardano anche la pretesa di Kant di risolverlo con strumenti teorici ottenuti *mediando* autori così diversi come Leibniz, Cartesio e Newton.[7] È questa una critica che perde consistenza se si

---

A. D'Elia, Torino, Boringhieri 1977, pp. 352 sgg. Qui si vuole sottolineare che il *Traité* non fu accolto immediatamente come risolutorio della disputa. Per una riconsiderazione critica dell'intervento di d'Alembert, che è posto a confronto con quelli di Boscovich e 'sGravesande, cfr. T.L. HANKINS, *Eighteenth-Century Attempts to Resolve the 'Vis Viva' Controversy,* «Isis», LVI, 1965, pp. 281-297. Soprattutto cfr. L.L. LAUDAN, *The 'Vis Viva' Controversy, a Post-mortem,* «Isis», LIX, 1968, pp. 131-143, che cita per esempio Euler, Jurin, Desaguliers, quali autori ancora impegnati nella disputa fra il 1744 e il 1748, e menziona Boscovich e Maclaurin fra quanti liquidavano la disputa, ma in un senso diverso da quello del *Traité.* Laudan sostiene inoltre (p. 140) che nessuno dei moltissimi autori da lui esaminati parla di d'Alembert in connessione con la disputa e tanto meno con la sua soluzione.

[4] Per queste osservazioni, cfr. ancora L. L. Laudan, *op. cit.,* p. 140.

[5] Cfr. P. COSTABEL, *Le 'De viribus vivis' de R. Boscovich ou de la vertu des querelles de mots,* «Archives Internationales d'Histoire des Sciences», XIV, 1961, p. 4.

[6] Un'immagine di Königsberg non isolata e non provinciale è data da H.J. DE VLEESCHAUWER, *La genèse de la méthode mathématique de Wolf,* «Revue belge de philologie et d'histoire», XI, 1932, p. 661.

[7] Nella *Vermittlungstendenz* dei *Gedanken* ADICKES, *op. cit.,* I, pp. 137 e 140, vede la ragione del fallimento scientifico di Kant i cui concetti sono sempre "polisensi" e "indeterminati", e tanto lontani dalla precisione delle definizioni di un

pensa a quanto composita fosse la prospettiva di Boscovich nel proporre, in quel medesimo periodo, una teoria della forza che la ripresa di studi su questo autore ha opportunamente rivalutato.[8] Non è importante che il Kant dei *Gedanken* non abbia conosciuto Boscovich;[9] al contrario, questa ignoranza – al di là delle differenze di livello scientifico e di contenuto fra le teorie del gesuita cosmopolita e del giovane prussiano – rende ancora più notevole la loro convergenza nella scelta di motivi ispiratori leibniziani e newtoniani.

Queste considerazioni intendono proporre una lettura dei *Gedanken* che indaghi, per un verso, la base metafisica sulla quale Kant costruirà le opere degli anni cinquanta (dal saggio cosmologico

d'Alembert. In questo giudizio gioca indubbiamente l'orientamento antimetafisico di Adickes che vizia, in generale, la sua meticolosa ricostruzione del Kant *Naturforscher,* come osserva W.H. WERKMEISTER, *Kant and Modern Science,* «Kant-Studien», LXVI, 1975, pp. 35-57.

[8] La bibliografia di studi più o meno direttamente dedicati a Boscovich che chiude il volume di AA.VV., *Roger Joseph Boscovich S.J., F.R.S., 1711-1787,* a cura di L. L. Whyte, London, George Allen & Unwin 1961, pp. 222-26, non riporta una letteratura critica sviluppata. Tra le opere generali ivi citate, a Boscovich è riservata più di una menzione solo in E. CASSIRER, *Das Erkenntnisproblem in der Philosophie und Wissenschaft der neueren Zeit,* II. (1911), trad. it. di A. Pasquinelli, *Storia della filosofia moderna,* Torino, Einaudi 1952, II, pp. 552-568 e in M. JAMMER, *Storia del concetto di forza* (1957), trad. it. di E. Bellone, Milano, Feltrinelli 1971, pp. 185-197. Il 1961, anno del 250° anniversario della nascita, segna un rinnovato interesse, cfr. il volume cit. a cura di Whyte; COSTABEL, *op. cit.;* HANKINS, *op. cit.,* pp. 291-297; M.B. HESSE, *Forze e campi. Il concetto di azione a distanza nella storia della fisica,* (1961), trad. it. di L. Sosio, Milano, Feltrinelli 1974, pp. 191-193; P. CASINI, *Ottica, astronomia, relatività: Boscovich a Roma, 1738-1748,* «Rivista di Filosofia», XVIII, 1980, pp. 354-381, che esamina gli anni di preparazione del *De viribus vivis* (1745), meno studiato della *Theoria philosophiae naturalis* (1758), ma meglio confrontabile con i *Gedanken.*

[9] Che Kant conoscesse Boscovich – problema che si pone solo dalla *Monadologia physica* del 1756 – è escluso da ADICKES, *op. cit.,* I, p. 172 nota, mentre è dato per certo da G. TONELLI, *Elementi metodologici e metafisici in Kant dal 1745 al 1768,* I, Torino, Edizioni di «Filosofia» 1959, p. 191.

del '55, alle dissertazioni sulla monadologia fisica, sui primi principi della conoscenza metafisica, sul moto e la quiete), e, per l'altro verso, il rapporto di Kant con la scienza. I *Gedanken* consentono di provare che le ambizioni di Kant non erano, nemmeno agli esordi, quelle di uno scienziato. Le sue disarmanti pretese di originalità, anche quando riguardano la rifondazione della dinamica [I, 148, 153], sono le pretese di un filosofo attratto dalla scienza come da un'idea-guida e ad essa interessato come al punto di riferimento e alla pietra di paragone di qualsiasi sistema filosofico. Di qui l'importanza di ricostruire il senso attribuito dai *Gedanken* alla fondazione metafisica della scienza, il modo in cui essi presentano le relazioni della matematica sia con la metafisica sia con le teorie scientifiche, la loro idea di progresso scientifico, che getta una luce meno conciliatoria sulla posizione di Kant davanti alle teorie rivali di Cartesio e Leibniz e ne valorizza l'intervento personale.

L'intento di Kant

L'intento dichiarato di Kant è sanare il dissidio fra cartesiani e leibniziani sulla misura della forza. Il suo intento reale è conquistare una posizione indipendente all'interno dell'unico partito cui egli sentisse di appartenere, il partito tedesco: "L'importante questione della vera valutazione della forza, da cui tanto dipende nella scienza della natura, richiede quanto meno che la tensione dei tedeschi, che su questo punto pare essersi addormentata, venga destata a una decisione definitiva".[10] Kant chiarisce così che il significato del suo richiamo nei *Gedanken* a *ganz Deutschland* [I, 11], e a Leibniz, Wolff, Hermann, Bilfinger [ad esempio, I, 6], è quello di un richiamo ai suoi

---

[10] Lettera, datata Judtschen 23 agosto 1749 [X, 1], indirizzata al recensore delle «Göttingsche Zeitungen von Gelehrten Sachen», probabilmente A. von Haller, che ne era il direttore. L'indipendenza di Kant si fonda anche su una personale disposizione a una forma di discepolato - rileva A. GUERRA, *Metafisica e vita morale nel primo scritto kantiano (1746-1747)*, «De Homine», XXXI-XXXII, 1969, p. 92 – "che riesca a salvaguardare, con le esigenze del rispetto verso i predecessori, gli obblighi che ciascun ricercatore contrae con l'intera comunità scientifica".

predecessori, e spiega che il possessivo 'nostra' nella nota affermazione secondo cui "la nostra metafisica di fatto è, come molte altre scienze, solo sulla soglia di una conoscenza ben fondata: Dio sa se gliela si vedrà varcare" [I, 30].

Ma la prova migliore del fatto che Kant non si proponesse una mera mediazione "irenica"[11] fra Cartesio e Leibniz viene dalla constatazione che i *Gedanken* non tentano di emendare la nuova valutazione leibniziana della forza con quella "vecchia" di Cartesio [*das alte Mass,* I, 58], bensì con elementi ricavati dalla nuovissima fisica newtoniana. Ciò non può stupire: la *querelle* sulla valutazione della forza aveva ritrovato vigore proprio in seguito alla pubblicazione della corrispondenza Leibniz-Clarke, quando ormai la diffusione delle idee di Newton aveva alimentato l'apparato teorico di *entrambi* i partiti preesistenti.[12] Il giovane Kant quindi si trovava a dover tenere conto di Newton non solo perché ne aveva letto le opere negli anni dell'università,[13] ma anche perché Newton compariva sempre più spesso negli scritti di entrambe le parti in dissidio. L''eclettismo di Kant', almeno sotto questo profilo, era una componente della letteratura piuttosto che una sua tendenza personale.

---

[11] L'espressione è di N. HINSKE, *Kants Weg zur Transzendentalphilosophie. Der dreissigjährige Kant,* Stuttgart, Kohlhammer 1970, pp. 123-127.

[12] Per la storia della *querelle* cfr. J. BACH, *Zur Geschichte der Schätzung der lebendige Kräfte,* «Philosophisches Jahrbuch», IX, 1896, pp. 411-426; XI, 1898, pp. 65-76; XII, 1899, pp. 168-176, 292-302; ADICKES, *op. cit.,* I, pp. 65-80. Sui motivi del contendere di Leibniz con i cartesiani cfr. M. GUEROULT, *Dynamique et métaphysique leibnitiennes* (1934), ora in rist. anast. col titolo *Leibniz, I, Dynamique et métaphysique,* Paris Aubier-Montaigne 1967. Cfr. anche JAMMER, *Storia del concetto di forza,* cit., soprattutto pp. 171-208, e POLONOFF, *op. cit.,* pp. 5-38. Sul riaccendersi della disputa dopo la pubblicazione nel 1717 dell'epistolario Leibniz-Clarke e l'ingresso in campo dei newtoniani, cfr. COSTABEL, *op. cit.*; LAUDAN, *op. cit.;* HANKINS, *op. cit.,* p. 282.

[13] Fu Martin Knutzen a prestargli le opere di Newton, cfr. L.E. BOROWSKI, *Descrizione della vita e del carattere di Immanuel Kant* (1804), trad. it. di E. Pocar, in L.E. BOROWSKI, R.B. JACHMANN, A.C. WASIANSKI, *La vita di Immanuel Kant narrata da tre contemporanei,* Bari, Laterza 1969, p. 69.

Le modifiche di Kant all'impianto metafisico leibniziano

La posizione critica di Kant all'interno dell'area leibniziana si esprime attraverso le sue modifiche ad alcune dottrine in quell'area generalmente accettate. Stimolo e punto di partenza di questa operazione è un'analisi del significato che Leibniz attribuiva al suo superamento di Cartesio: le argomentazioni leibniziane, benché obiettivamente migliori di – e almeno in Germania vittoriose su – quelle avversarie, avevano creduto di *eliminare* le argomentazioni cartesiane, dimenticando che Cartesio aveva ottenuto il suo grande successo anche grazie a prove matematicamente valide della bontà della sua misura. Pretendendo di spodestare Cartesio "senza limitazioni" [I, 3 3] Leibniz aveva dunque trascurato il fatto che "ciò che è riconosciuto vero in una dimostrazione geometrica, continuerà a restare vero per l'eternità" [I, 50]. Il prezzo della fallace pretesa di Leibniz erano state le difficoltà incontrate dalla sua valutazione nell'aspirazione a un consenso universale, un prezzo che Kant ritiene di poterle risparmiare non semplicemente riconoscendo uno spazio a Cartesio, ma modificando la base metafisica leibniziana in modo da poterglielo riconoscere.

Kant quindi inizia con una dichiarazione di fede leibniziana: "Leibniz, al quale la ragione umana dev'essere debitrice di tanto, ha insegnato per primo che al corpo è presente una forza essenziale che gli appartiene perfino prima dell'estensione. *Est aliquid praeter extensionem immo extensione prius*: queste sono le sue parole" [I, 17]. Ma subito dopo, con grande spregiudicatezza, egli esegue sulla metafisica di Leibniz quell'innesto newtoniano cui avevamo accennato. Il suo argomento è che, ammessa la natura dinamica delle sostanze, e posto che ci si riferisca a sostanze in rapporto di azione reciproca,[14] non si può attribuire né al caso né a una necessità assoluta

---

[14] La specificazione è necessaria perché per Kant non è contraddittorio, sebbene sia improbabile, che vi siano sostanze irrelate. Ora, poiché "mondo" è *"ein wirklich zusammen gesetztes Wesen"* [I, 22], una sostanza irrelata non apparterrebbe ad alcun mondo e, non partecipando a relazioni esterne, non sarebbe in alcun luogo. Sulla diversità di questa posizione e quella di Leibniz e sulla sua paradossalità – di cui

la legge che regola tali rapporti. Questa legge è invece il frutto di una libera scelta divina che, per il nostro mondo,[15] stabilisce che le sostanze agiscano vicendevolmente "secondo il rapporto inverso del doppio delle distanze" [I, 24]. Per il giovane studioso, evidentemente, nulla è più naturale che individuare nella legge di Newton la legge divina che regola, nel nostro mondo, l'interazione di sostanze leibniziane. Tuttavia questa notevole variante personale non gli è sufficiente a correggere la metafisica di Leibniz. Per raggiungere tale scopo occorrono anche i seguenti chiarimenti dottrinali, tutti fra loro connessi.

A) Il moto e l'azione non possono essere identificati. La forza che caratterizza tutte le sostanze è sì una forza attiva, ma non equivale a una forza motrice [I, 18]. Innanzitutto, se *ogni* azione corrispondesse a un moto anche le sostanze spirituali agirebbero e subirebbero l'azione muovendo altre sostanze o essendone mosse. Di moti quindi si può parlare solo per le sostanze corporee. Ma nemmeno limitatamente a queste ultime vale l'equazione di azione e moto poiché è quando un corpo urta contro un ostacolo, cioè quando perde moto, che esso esercita al massimo la sua azione sull'ostacolo [I, 18]. Senza contare che si danno casi in cui l'azione è esercitata in assenza di moto, come quando una palla preme (agisce) col suo peso su una tavola sulla quale si trovi m stato di quiete. Del resto, per la legge dell'inverso del quadrato delle distanze, il massimo grado di azione fra due corpi si verifica quando essi sono a distanza zero, ossia quando raggiungono la posizione di contatto e non si muovono più.[16] Il moto allora è uno dei modi possibili in cui si manifesta l'azione e, in ogni caso, è solo "il fenomeno esterno dello stato del corpo" [I, 18].

B) Avendo stabilito che non tutti i rapporti fra sostanze sono rapporti motorii, e sottolineando la distinzione fra sostanze materiali e

Kant è consapevole – cfr. K. VOGEL, *Kant und die Paradoxien der Vielheit*, Meisenheim am Glan, A. Hain 1975, pp. 125-126.

[15] Dio potrebbe imporre alle sostanze leggi d'interazione diverse, determinando altri mondi. L'esistenza di più mondi è improbabile ma "è possibile in sé" [I, 25].

[16] Su questo argomento cfr. JAMMER, *Storia del concetto di forza*, cit., p. 129 e TONELLI, *op. cit.,* p. 15.

spirituali, Kant modifica la teoria dell'influsso fisico che nel suo ambiente, e precipuamente presso il suo maestro Knutzen,[17] aveva sostituito la dottrina ortodossa dell'armonia prestabilita. In particolare Kant sostiene che, da un lato, la materia agisce su, ma non muove necessariamente, tutto ciò che è in un nesso spaziale con essa, ivi incluse le anime,[18] dall'altro, l'anima subisce l'azione non attraverso uno spostamento, ma attraverso la modificazione dell'insieme delle sue rappresentazioni.[19] Ora, essendo tale insieme di rappresentazioni il risultato di un rapporto attivo fra sostanze, per Kant è fuori dubbio che la capacità rappresentativa sottostia alla medesima legge cui sottostanno tutti i rapporti fra sostanze di un certo mondo. Se il mondo in questione è il nostro la capacità di rappresentazione delle anime che gli appartengono è regolata dalla legge *nach dem doppelten umgekehrten Verhältniss der Weiten.*

C) Dai punti A) e B) discende che, proprio perché Kant concepisce lo spazio leibnizianamente come coesistenza di sostanze e come totalmente dipendente da rapporti di sostanze [I, 23], la costituzione geometrica dello spazio, in particolare il numero delle sue dimensioni, varia al variare della legge che regola i rapporti di sostanze. Di modo che anche la tridimensionalità, che caratterizza lo spazio del nostro mondo e della nostra *vis repraesentativa,* è una conseguenza della legge dell'inverso del quadrato delle distanze.

---

[17] M. KNUTZEN, *De commercio mentis et corporis per influxum physicum explicando* del 1735, rist. nel 1745 come *Systema causarum efficientium,* aveva sostenuto che le sostanze si differenziano per grado e non per essenza e che i rapporti reali fra sostanze sono sempre motorii. Tutte le sostanze hanno quindi una sola *Grundkraft* che assume gli *aspetti* del moto e della rappresentazione, cfr. B. ERDMANN, *Martin Knutzen und seine Zeit. Ein Beitrag zur Geschichte der wolfischen Schule und insbesondere zur Entwicklungsgeschichte Kants,* Leipzig, Voss 1876, pp. 57-95; D. NOLEN, *Les maîtres de Kant,* «Revue philosophique de la France et de l'étranger», VII, 1879, pp. 481-503; VIII, 1879, pp. 113-138; VII, pp. 497-498. Sulla fortuna dell'influsso fisico, cfr. ERDMANN, *op. cit.,* pp. 95-97.

[18] L'anima infatti è situata in un luogo [*Ort*], ma "luogo" "indica le azioni reciproche delle sostanze" [I, 20-21].

[19] Ovvero lo *status repraesentationis universi* [I, 21].

Il caso-chiave: critiche a Leibniz. Omogeneità delle grandezze matematiche.

Rimandando per ora la discussione della fondazione della tridimensionalità, osserviamo quali effetti abbiano le modifiche metafisiche di Kant sul problema della misura della forza. Dopo aver distinto azione e moto, forza attiva [*wirkende Kraft*] e forza motrice [*vis motrix*], Kant distingue ancora due tipi di moto:

> l'uno ha la proprietà di mantenersi e di perdurare all'infinito nel corpo cui venga comunicato se non gli si contrappone alcun ostacolo. L'altro è un effetto continuo di una forza continuamente sollecitante per annullare il quale non è nemmeno necessaria una resistenza, ma che dipende solo dalla forza esterna e scompare non appena questa cessa di mantenerlo. Un esempio del primo tipo sono le biglie lanciate e tutti i corpi scagliati; del secondo tipo è il moto di una biglia che viene sospinta lentamente dalla mano, oppure tutti i corpi che vengono portati o tirati con velocità moderata [I, 28].

La forza che si esprime nel primo tipo di moto (il moto *libero*) è la cosiddetta forza viva ed è correttamente misurata dalla formula leibniziana mv^2, la forza che si esprime nel secondo tipo di moto (il moto *impresso*) è una forza morta valutabile con la formula di Cartesio mv [I, 30].

Se Kant si accontentasse di questo risultato avrebbe davvero messo in pratica la regola di Bilfinger [I, 33] secondo la quale davanti a due opinioni affidabili ma contrastanti la cosa probabilisticamente [*der Logik der Wahrscheinlichkeiten gemäß*] migliore è attestarsi su un *Mittelsatz* che in qualche modo dia ragione a entrambe. Tuttavia, come la regola bilfingeriana non è molto più di un motto, così il vero obiettivo di Kant non è l'equidistanza da Leibniz e Cartesio, ma una spiegazione unitaria, espressa nei termini della sua versione della metafisica leibniziana, della relazione fra i due tipi di moto, le due forze e le due misure. Una spiegazione che sarà accettabile solo se si rivelerà adeguata al caso-chiave della teoria delle forze vive: il caso del passaggio di un corpo da un tipo di moto all'altro, e quindi da un tipo di misura della forza all'altro.

Leibniz ne aveva dato una spiegazione che Kant riporta nella forma ipersemplificata che segue: secondo Leibniz nel caso in questione all'inizio del moto il corpo ha una forza valutabile con mv, ma non appena il suo moto sia divenuto *reale* – cosa che si verifica quando sia trascorso un qualche tempo dal momento iniziale – la sua forza ha un valore mv^2 [I, 34-35].

Kant trova questa spiegazione debole sotto molti aspetti.[20] L'obiezione che le rivolge con maggior vigore riguarda in fondo un peccato di coerenza. Riconoscendo valida la misura mv per lo stadio iniziale del moto e pretendendo poi di far valere la misura mv^2, Leibniz ha compiuto un salto da un *modus cognoscendi* matematico (meccanico) a un *modus cognoscendi* fisico-metafisico.[21] Infatti "l'immortale scopritore" [I, 181] della legge di continuità ha violato la sua legge fondando il passaggio dall'una all'altra misura sulla sola condizione che il moto del corpo divenga reale, ovvero che trascorra qualche tempo dal suo inizio. Ma se il tempo fra lo stadio iniziale del moto e lo stadio in cui il moto diventa reale è di grandezza non specificata, tale grandezza può essere assunta anche come infinitamente piccola. E allora, per la legge di continuità, secondo la quale una disuguaglianza infinitamente piccola può essere mutata in uguaglianza, non si potrà valutare differentemente la forza di un corpo in moto prima e dopo il trascorrere di un tempo infinitamente piccolo. Insomma, non si può aderire alla legge di continuità e compiere un simile "salto mentale" [*Sprung der Gedanken*, I, 38].

Non che basti determinare il tempo perché l'argomento di Leibniz risulti valido: la determinazione del tempo, come vedremo, è solo una

---

[20] Kant osserva, ad esempio, che vi sono moti reali, nel senso da lui attribuito a Leibniz, che non giustificano il passaggio dalla misura mv alla misura mv^2. Tale è il caso già citato del moto di una palla sospinta con la mano su un piano levigato: quale che sia il tempo trascorso dall'inizio del moto, il moto, benché reale, non è libero e difatti cessa non appena manchi la forza (=mv) che la sospinge [I, 33].

[21] Kant insiste: "noi qui non contestiamo dunque propriamente la cosa stessa, ma il *modus cognoscendi*" [I, 60].

delle condizioni del manifestarsi di una forza viva. Kant sostiene che, se ci si rappresenta il moto di un corpo come una linea e si considera il corpo in moto come avente una forza uguale a *mv* nel punto iniziale, non si avranno mai motivi sufficienti a giustificare una valutazione mv^2 relativamente a un qualsiasi punto della linea diverso da quello iniziale [I, 41-42]. I punti della linea, dice Kant, sono grandezze matematiche e, in quanto tali, sono fra loro assolutamente omogenei e godono tutti delle medesime proprietà. È questa una certezza assoluta: l'uniformità, l'omogeneità, l'infinita divisibilità dei punti della linea geometrica costituiranno la solida base della dimostrazione grafica che Kant darà nella *Monadologia physica* del 1756 della completa alterità del continuo (geometrico) rispetto al discreto (fisico-metafisico) [I, 478-479].

La soluzione di Kant

Kant dunque è convinto che non annullando, ma esasperando le differenze di prospettiva (i *modi cognoscendi*) fra i due partiti sia possibile spiegare in maniera soddisfacente il caso-chiave di un corpo che si muova dapprima per impulso esterno e poi per la sua forza viva. Una volta assunto il *modus cognoscendi* leibniziano, tuttavia, lo si dovrà rendere capace di abbracciare ciò che viene spiegato matematicamente nella prospettiva cartesiana. Perciò occorre trovare gli elementi di continuità fra le due misure: "l'uscita da questo labirinto" [I, 181] è possibile solo seguendo il filo della legge di continuità.

Per chiarire *perché* la forza del corpo che si trovi nel caso-chiave in questione debba essere valutata successivamente con *mv* e mv^2, e *come* avvenga il passaggio dall'una all'altra misura, Kant introduce due nozioni.

La prima di queste è la nozione di *intensione* [*Intension*]: come il moto è il fenomeno esterno dello stato del corpo, così l'intensione è "la tendenza a conservare il moto" [I, 141]. Nei moti impressi, in cui non è presente nel corpo alcuna tendenza al mantenimento del moto, l'intensione è "come un punto" [I, 142], ovvero ha una grandezza trascurabile ai fini della valutazione della forza, la quale perciò è uguale a *mv*. Nei moti liberi invece l'intensione è "come una linea", ovvero ha una grandezza misurabile di cui si può e si deve tener conto nel calcolare la forza del corpo, la quale quindi sarà uguale a mv^2.[22]

La seconda nozione è quella di *vivificazione* [*Vivification*]. Con questo termine Kant denota il processo che si svolge nell'intervallo (finito) di tempo fra il punto iniziale del moto e il punto in cui la forza è già completamente viva. In ogni istante di questo intervallo nasce nel corpo "un nuovo elemento dell'intensione", tale da conservare la velocità data per una frazione di tempo infinitamente piccola. La somma di tutti gli elementi dell'intensione mantiene perciò, istante per istante per tutto l'intervallo di tempo, la data velocità [I, 147].

Soltanto *dopo* aver fornito questa analisi Kant espone la sua conclusione generale che riafferma la validità della formula di Leibniz, ma la limita, per ragioni metafisiche e non puramente meccaniche, a casi ben precisi. Ai casi cioè in cui il corpo si muova di moto libero e in cui siano soddisfatte le tre condizioni: 1) che il corpo contenga "in sé il fondamento per conservare il suo moto uniforme, libero e continuo in uno spazio non resistente"; 2) che la sua forza non sia tratta dall'esterno, ma che, "dopo l'impulso esterno", sorga da una "forza naturale interna"; 3) che questa forza sia prodotta "in un tempo finito" [I, 148].

Adickes ha definito questa teoria *eine reine Phantasie*.[23] A noi interessa però che Kant si mostri fiducioso nel proprio successo non solo perché si è affidato a principi metafisici a suo parere ineccepibili, ma soprattutto perché ritiene d'aver migliorato la soluzione leibniziana rendendola finalmente capace di risolvere il problema dell'origine del moto e della conservazione della forza.

---

[22] [I, 142]. La spiegazione di questa misura è però data in [I, 29] e in [I, 114-115], là dove Kant polemizza con Wolff *sull'effectus innocuus*. Una discussione puntuale di questa argomentazione è in GUEROULT, *op. cit.*, p. 122 nota, ed è ripresa e approfondita da J. VUILLEMIN, *Physique et métaphysique kantiennes*, Paris, P.U.F. 1955, pp. 235-236.

[23] ADICKES, *op. cit.*, I, p. 102.

Origine del moto e conservazione della forza: il versante cosmologico

Leibniz, dice Kant, aveva sostenuto che la condizione per l'esplicarsi della forza viva era che il corpo fosse in uno stato di moto reale; e aveva anche affermato che un moto reale poteva avere origine solo da una materia in moto [I, 60]. Secondo Kant nessuna di queste condizioni è necessaria. Seguendo un'indicazione di Hamberger, egli ritiene che un corpo possa iniziare un moto reale [un moto libero] anche da un materia in quiete: "i primissimi moti in questo sistema del mondo non sono prodotti tramite la forza di una materia in moto: altrimenti non sarebbero i primi" [I, 62]. Ma allora anche il problema della conservazione della forza è superato: "Ora, se il moto è introdotto nel mondo per la prima volta tramite la forza di una materia in sé morta e immota, esso si potrà anche conservare tramite questa [forza] e dove l'abbia perduta potrà ripristinarla" [I, 62). Questa soluzione sembra a Kant particolarmente brillante perché ottenuta senza fare appello a interventi immediati di Dio, né per dare inizio ai moti celesti né per conservare la forza che li mantenga. Questi moti, infatti:

> non sono nemmeno prodotti attraverso la potenza immediata di Dio o in qualche modo di un'Intelligenza, nella misura in cui resti aperta la possibilità che essi abbiano potuto formarsi per l'azione di una materia che è in stato di quiete; giacché Dio si risparmia tante azioni quanto può farlo senza pregiudizio per la macchina del mondo; egli invece rende la natura quanto più possibile operosa e attiva [I, 62].

In questo modo viene a cadere uno dei punti più dibattuti da Leibniz e Clarke i quali, infatti, vengono entrambi confutati. Da un lato, non occorre una materia in moto per provocare quei moti che Leibniz chiamava reali e che Kant ha specificato essere liberi;

dall'altro, non c'è bisogno di un "Dio dei giorni feriali" a impedire che si fermi la macchina dell'universo.[24]

Crediamo che difficilmente si potrebbe comprendere il saggio sulla *Naturgeschichte* senza tener conto delle implicazioni cosmologiche della dissertazione di laurea di Kant. Nel saggio del 1755 la metafisica della dissertazione di laurea è riconoscibile nell'idea-base di un *plenum* materiale di varia densità dal quale, solo dopo l'esplicarsi di forze (di attrazione e repulsione) in esso impiantate, hanno origine lo spazio e il moto [I, 334 sgg.]. D'altra parte, solo se si è avvertiti che il famoso "datemi la materia e io vi costruirò un mondo" della *Naturgeschichte* [I, 229] è prefigurato nell'ipotesi della materia in stato di quiete da cui hanno origine i moti celesti dei *Gedanken*, non si sarà fuorviati dalla coloritura cartesiana e addirittura materialistica che ha quel detto e lo si potrà ricondurre nell'alveo della teoria metafisica da cui deriva.[25]

La contingenza delle forze vive

Quanto abbiamo visto fin qui non può farci condividere l'enfasi con cui qualche commentatore[26] sottolinea il passo in cui il Kant 'leibniziano' dei *Gedanken* è infedele a Leibniz sostenendo che "le forze vive non sono riconosciute come una proprietà necessaria, ma sono qualcosa di ipotetico e di contingente" [I, 152], mentre sono "essenziali" le "proprietà geometriche" dei corpi. A parte il fatto che il leibnizianesimo dei *Gedanken* è programmaticamente indipendente,

---

[24] Il senso antileibniziano di questa soluzione è sottolineato da TONELLI, *op. cit.,* pp. 27 e 41. L'espressione 'Dio dei giorni feriali' per indicare il Dio newtoniano è di A. KOYRÉ, *Dal mondo chiuso all'universo infinito* (1957), trad. it. di L. Cafiero, Milano, Feltrinelli 1970, p. 178 sgg.

[25] Cfr. M. CAPOZZI, *Matematica e metafisica nella 'Naturgeschichte' di Kant,* in *Studi filosofici 1977-1978,* a cura dell'Istituto di Filosofia della Faoltà di Lettere e Filosofia, Siena, Centro Grafico dell'Università 1978, pp. 87-130: pp. 94-99.

[26] Cfr. J. VANCE BUROKER, *Kant, the Dynamical Tradition and the Role of Matter in Explanation,* in *P. S. A. 1972,* a cura di K.F. Schaffner e R.S. Cohen, Dordrecht, Reidel 1974, pp. 157, 158, 159, 161.

l'asserzione della contingenza delle forze vive è coerente con i principi su cui si fonda lo scritto. Infatti: *a*) la contingenza è riferita alle forze vive dei corpi estesi e non alla *vis* precedente l'estensione e presupposto dell'estensione; *b*) le forze vive dipendono dall'esistenza di moti liberi e, poiché non tutti i moti sono liberi, non tutti i corpi sono mossi da una forza viva; *c*) qualsiasi corpo sia in moto, si tratti di moto impresso o di moto libero, è *eo ipso* qualcosa di esteso cui competono *essenzialmente* proprietà geometriche tipiche (a differenza della *vis* precedente l'estensione) del mondo di cui il corpo fa parte.

Certo, Kant non fa molto per evitare l'equivoco. Così Vuillemin dall'essenzialità delle proprietà geometriche conclude che per Kant sono le forze *motrici* ad essere di questo mondo, inteso come mondo fenomenico dei corpi.[27] Ma allora come interpretare l'importanza che Kant assegna ai moti celesti? Per spiegare questi moti non bastano le forze motrici ma sono necessari supporti metafisici che negano la priorità dell'estensione. A chi volesse ignorare questa necessità Kant sarebbe pronto a ricordare il rischio di introdurre *eine Hypothese auf die andere* [I, 60] o di perdersi in un "mare sterminato di digressioni e di invenzioni arbitrarie dell'immaginazione", contrarie alla semplicità e alla comprensibilità della natura [I, 61]. Kant insomma crede che solo una fondazione metafisica della scienza possa evitare le ipotesi fisiche dei cartesiani, le sottigliezze compromissorie dei leibniziani e l'appello newtoniano a un Dio che mantenga la *Weltmaschine*.

Naturalmente ciò non elimina il problema della natura del rapporto fra la contingente forza viva di un corpo e la sua intima *vis* metafisica: ma si tratta di un problema che a Kant deriva più dal suo fondo leibniziano che dalle sue correzioni alla metafisica di Leibniz.[28]

Il metodo. Corpi matematici e naturali

Il disagio davanti ai primi scritti scientifici kantiani di un interprete sensibile al fascino di Kant come Cassirer è evidente nel silenzio sui

---

[27] Cfr. VUILLEMIN, *op. cit.,* pp. 233 e 243.
[28] Cfr. GUEROULT, *op. cit.,* p. 45 e VUILLEMIN, *op. cit.,* p. 231.

lavori precedenti il 1763 in *Das Erkenntnisproblem*.[29] Probabilmente questo disagio fa sì che dove il silenzio è impossibile, come in *Vita e dottrina di Kant,* Cassirer ne dia una lettura che tende a sfumare il loro carattere scientifico per evidenziare il loro aspetto metodico,[30] allineandosi a interpretazioni volte a scoprire un Kant che anticipa se stesso.[31] La lettura metodologica di Cassirer riguarda, oltre che il tema dei *modi cognoscendi,* i passi seguenti:

> Si deve avere un metodo con il quale in ogni caso, esaminando in generale i principi su cui è stata costruita una certa teoria, e paragonandoli con la conseguenza che da essi viene tratta, si possa arguire se anche la natura delle premesse contenga in sé tutto ciò che si richiede in vista delle teorie che ne sono dedotte [I, 93].
> Questo intero saggio va considerato unicamente un prodotto di questo metodo [I, 94].

Non crediamo che qui Kant anticipi i grandi temi metodici degli anni sessanta. Egli si limita a esporre le linee di un procedimento (che ammette essergli stato suggerito dalle critiche di Mairan a Leibniz [I, 93]) e che serve a verificare che si sia rispettata la nota regola logica, secondo cui non si possono derivare conseguenze diverse da quelle consentite dalle premesse. I *Gedanken* sono un prodotto di questo procedimento perché nascono da quella ricerca condotta sulle argomentazioni leibniziane che le ha dimostrate carenti di una premessa essenziale: la premessa che l'esplicazione della forza viva

---

[29] CASSIRER, Dar *Erkenntnisproblem,* trad. cit., II, p. 639: «gli scritti dell'anno 1763 […] costituiscono [...] l'inizio autonomo della sua filosofia».

[30] Cfr. E. CASSIRER, *Vita e dottrina di Kant* (1918), trad. it. di G. A. De Toni, con presentazione di M. Dal Pra, Firenze, La Nuova Italia 1977, pp. 32-33. Sulla 'esagerazione' cassireriana del lato metodologico dei *Gedanken,* cfr. ADICKES, *op. cit.,* I, p. 140 nota.

[31] Ci riferiamo a interpretazioni come quella di A. MENZEL, *Die Stellung der Mathematik in Kants vorkritischer Philosophie,* «Kant-Studien», XVI, 1911, p. 143, e di B. BAUCH, *I. Kant und sein Verhältnis zur Naturwissenschaft,* «Kant-Studien», XVII, 1912, p. 13.

richiede che il corpo si muova di moto libero in uno spazio vuoto, o considerabile come tale.[32]

Ma i *Gedanken* sono stati interpretati come uno scritto di interesse metodologico anche in un senso più sottile. Nel senso cioè che, proprio accentuando il valore della ricerca e dell'emendazione delle premesse metafisiche, essi assumerebbero una posizione contro il matematismo del metodo wolffiano.[33] Sintomo di questa posizione sarebbe la distinzione fra corpi matematici e corpi naturali:

[la matematica] fissa il concetto del suo stesso corpo mediante *axiomata* che richiede siano premessi al suo corpo, ma che siano costituiti in maniera da non consentirgli e da escludere certe proprietà che, tuttavia, devono trovarsi necessariamente nel corpo naturale: di conseguenza il corpo della matematica è una cosa totalmente distinta dal corpo naturale e pertanto può essere vero del primo qualcosa che non va trasposto nel secondo [I, 139-140].

Ai due aspetti della lettura metodica si può obiettare che nei *Gedanken* Kant, pur mostrando segni di fastidio per l'inutile sottigliezza di molte argomentazioni wolffiane e, più in generale,

---

[32] Pur parlando di *leer Raum* [1, 29] Kant intende riferirsi a uno "spazio infinitamente sottile" costituito da "masse infinitamente piccole", da "particelle", da "piccole molecole" [*ibid.*]. In altri termini, lo spazio è *come se* fosse vuoto poiché le sue piccole parti offrono una resistenza trascurabile. Che lo spazio però non sia davvero vuoto è indispensabile alla spiegazione kantiana della misura mv^2. Kant sostiene, infatti, che nel calcolare la forza di un corpo in stato di moto libero occorre tenere presenti: 1) la massa del corpo, 2) la forza con cui esso urta contro le particelle dello spazio percorso, 3) il numero delle particelle urtate in un tempo finito. Poiché le piccole parti dello spazio non presentano una resistenza misurabile e poiché i fattori 2) e 3) sono entrambi proporzionali alla velocità, l'intera azione del corpo sarà uguale al prodotto della massa per il quadrato della velocità. Cfr. I, 29.

[33] Cfr. TONELLI, *op. cit.*, p. 30. Cfr. pure L.W. BECK, *Early German Philosophy: Kant and His Predecessors,* Cambridge (Mass.), The Belknap Press of Harvard University Press. 1969, pp. 440-441.

filosofiche [ad esempio in I, 15], non contesta loro (ancora) la 'mascheratura' da dimostrazioni matematiche. Al contrario, è lui stesso a indicare alle argomentazioni filosofiche un ideale deduttivo premesse-conclusioni e la sua critica, semmai, è rivolta a chi, Wolff compreso, non ha correttamente realizzato tale ideale, ma si è perduto in circoli viziosi o, fidandosi della verosimiglianza di certe conclusioni, si è lasciato andare all'abitudine di considerarle vere [I, 95-96].

Quanto al merito della distinzione fra corpi matematici e corpi naturali, certamente Kant non le assegna il significato di una 'svalutazione' della matematica. Anzi, paradossalmente, questa distinzione può essere vista come lo strumento per indicare il *nesso* fra corpi matematici e corpi naturali. Kant, infatti, afferma che i corpi della matematica sono caratterizzati solo da alcune proprietà fissate da un sistema assiomatico. Ma non si riferisce a proprietà *qualsiasi,* bensì alle proprietà che i corpi matematici possiedono in quanto sono estesi. In altri termini, i corpi matematici hanno le sole proprietà "essenziali e geometriche" dei corpi *tout court.* Allo studioso della natura, e al metafisico, è affidata precipuamente l'indagine delle *altre* proprietà dei corpi, ma non di proprietà contraddittorie delle essenziali proprietà geometriche. L'unico contenuto 'anti-matematico' della distinzione kantiana sta allora nel suo monito ai matematici (cartesiani) di non considerare la loro una trattazione esauriente delle proprietà di tutti i corpi. E si converrà che un 'anti-matematismo' così inteso non riguarda né la matematica né il metodo matematico, ma una tesi metafisica di tipo meccanicistico intorno alla costituzione ultima della realtà.

Estensione e tridimensionalità

Kant *doveva* trovare l'intersezione fra corpi matematici e corpi naturali. Non avrebbe potuto sostenere altrimenti che "dobbiamo [...] congiungere le leggi metafisiche con le regole della matematica per determinare la vera misura della forza della natura" [I, 107]. Al di là dell'opposizione fra una fisica geometrizzata *à la Descartes* e una fisica dinamica *à la Leibniz* Kant è sicuro, quindi, che non può esservi scienza senza matematica. Ma, poiché è anche convinto che la scienza della natura non sia esaurita dalle leggi geometriche del moto e che occorre fondarla metafisicamente, egli deve individuare nella stessa metafisica della forza una giustificazione della matematizzazione della natura. Di qui la cura con cui i *Gedanken* si occupano dell'estensione e della tridimensionalità, le sole proprietà che i corpi matematici e i corpi naturali abbiano in comune.

Già si è detto che Kant considera l'estensione dipendente da rapporti di forze, un'opinione che manterrà almeno fino alla *Nova dilucidatio* del 1755 [I, 414]. Gli sembra persino "facile mostrare che non ci sarebbe lo spazio né un'estensione se le sostanze non avessero una forza per agire fuori di sé. Infatti senza questa forza non c'è collegamento, senza questo non c'è ordine e infine senza questo non c'è spazio" [I, 23]. Abbiamo anche accennato, però, che Kant modifica questa concezione leibniziana dichiarandosi in disaccordo con Leibniz sulle ragioni della tridimensionalità dello spazio del nostro mondo. Leibniz sosteneva nella *Teodicea* che il numero delle dimensioni della materia è deciso "non pas par la raison du meilleur, mais par une nécessité géometrique", avendo i geometri dimostrato che vi sono solo tre linee rette perpendicolari fra loro che si possono intersecare in un punto.[34] I *Gedanken* accusano di circolarità l'argomento leibniziano [I, 23] e affermano il suo esatto contrario: la tridimensionalità dello spazio è contingente e dipende dalla stessa legge arbitrariamente scelta da Dio per regolare i rapporti tra sostanze. Lo spazio quindi è tridimensionale perché Dio ha deciso che le sostanze che costituiscono il nostro mondo agiscano vicendevolmente secondo il rapporto inverso al quadrato delle distanze. Poiché la medesima legge, in virtù della versione kantiana dell'influsso fisico, estende la sua giurisdizione alle sostanze spirituali o anime, la loro

---

[34] Cfr. *Die philosophischen Schriften von G. W. Leibniz,* a cura di C.I. Gerhardt, Leipzig, A. Lorenz, VI, 1932, § 351, p. 322. Cfr. anche la lettera di Leibniz a Bourguet (11 aprile 1710), *ivi.,* III, 1875, p. 550: le verità aritmetiche, geometriche, logiche "ont leur fondement dans l'intellect divin et sont indépendantes de la volonté de Dieu: telle est la nécessité des trois dimensions".

capacità di rappresentazione è perfettamente congruente con la determinazione spaziale del mondo cui appartengono.

Forse è in questa spiegazione della tridimensionalità che Kant sviluppa i caratteri più originali della sua eterodossia leibniziana. Infatti, da un lato non ci sembra sufficientemente fondata l'ipotesi che egli traesse l'idea della contingenza della tridimensionalità da Bayle;[35] dall'altro, mentre è più che plausibile che egli abbia trovato la connessione fra la tridimensionalità e la legge dell'inverso del quadrato delle distanze in Keill,[36] è però sua l'interpretazione di tale connessione nel senso di una fondazione della tridimensionalità a partire dalla legge di Newton. In altri termini, secondo Kant, se Dio avesse scelto, come era libero di fare, di regolare i rapporti tra sostanze, ad esempio, con una legge dell'inverso del cubo delle

---

[35] Come invece suggerisce TONELLI, op. cit., p. 16. Bayle, col quale Leibniz polemizzava nella Teodicea, aveva introdotto la questione della tridimensionalità nel corso di un'argomentazione in cui esponeva la possibile risposta di Stratone a una possibile obiezione dei peripatetici. Se costoro avessero domandato a Stratone perché – se, come lui sosteneva, la natura è la causa di tutti gli esseri e non è diretta da un'intelligenza – un albero non ha la capacità di formare ossa e vene, Stratone, dice Bayle, avrebbe ribattuto con un'altra domanda: perché la materia ha tre dimensioni? Perché non le bastano due? Perché non ne ha quattro? Cfr. Réponse aux Questions d'un Provincial (1704-1707), in Oeuvres Diverses de Mr. Pierre Bayle, ristampa anastatica dell'edizione La Haye 1727-1731, Hildesheim, Olms 1964-1968, t. 3, cap. CLXXX, p. 881. Il senso della risposta di Stratone-Bayle è che non c'è una ragione della tridimensionalità della materia. Ora, ben diversa è la tesi sostenuta dai Gedanken: le dimensioni dello spazio non sono necessarie, tuttavia dipendono da una scelta divina. Per Stratone invece la tridimensionalità (ma anche ogni aspetto dell'ordine dell'universo) è indipendente non solo dall'intelletto di Dio (come voleva Leibniz), ma anche dalla volontà di Dio (come vuole Kant e come Leibniz crede volesse Bayle). L'uso delle argomentazioni stratoniche in Bayle è perfettamente chiarito da G. CANTELLI, Teologia e ateismo. Saggio sul pensiero filosofico e religioso di Pierre Bayle, Firenze, La Nuova Italia 1969, pp. 247-265 e specialmente pp. 257-258.

[36] Il legame con la Introductio ad veram physicam di John Keill è evidenziato da ADICKES, op. cit., I, pp. 87-88 e da TONELLI, op. cit., p. 16.

distanze [I, 24], il nostro mondo ne avrebbe derivato un'estensione diversa da quella a tre dimensioni. E, poiché non è possibile porre un limite al numero di variazioni che Dio può introdurre nella legge di interazione tra sostanze, non c'è nemmeno limite al numero di variazioni delle dimensioni spaziali in mondi possibili.

La geometria di tutti gli spazi possibili

Kant dubita, ma non esclude, che spazi e mondi così differenti dal nostro (*il* mondo esistente) esistano realmente. Gli sembra tuttavia che "una scienza di tutti questi possibili tipi di spazio sarebbe indubbiamente la più alta geometria che un intelletto finito potrebbe intraprendere" [I, 24]. Questa breve e notissima dichiarazione è stata salutata, eccetto ovviamente che nelle prime recensioni,[37] come una 'profezia' e una geniale anticipazione delle geometrie non euclidee, tanto che su questo singolo punto la pessima fama dei *Gedanken* ha ceduto a un'ammirazione pressoché universale.[38] Un'ammirazione

---

[37] In particolare dalla recensione comparsa sui «Nova Acta Eruditorum», 1752, pp. 177-179, che si riferiva alla teoria kantiana della tridimensionalità molto ironicamente come a elucubrazioni "sublimiora multo, quam quae capi a nobis possint".

[38] Citeremo solo alcuni commenti: A. RIEHL, *Der philosophisches Kritizismus,* I, 3ª ed., Leipzig, Kroner 1925, p. 326: con questa affermazione Kant si sarebbe assicurato un posto nella storia delle geometrie non euclidee; W. REINECKE, *Die Grundlagen der Geometrie nach Kant,* «Kant-Studien», VIII, 1903, p. 348, parla di "improvvisa idea geniale"; H.E. TIMERDING, *Kant und Gauss,* «Kant-Studien», XXVIII, 1923, p. 38: Kant è "il profeta della geometria di un numero qualsiasi di dimensioni"; ADICKES, *op. cit.,* I, pp. 85-86, pur avanzando riserve, la considera una "anticipazione delle ricerche metageometriche" dovuta a una "intuizione geniale"; G. MARTIN, *Immanuel Kant. Ontologie und Wissenschaftstheorie,* 4ª ed., Berlin, De Gruyter 1969, p. 21, attribuisce addirittura a Kant l'idea che una "geometria di un numero qualsiasi di dimensioni" sarebbe "la vera geometria"; M. JAMMER, *Storia del concetto di spazio* (1954), trad. it. di A. Pala, Milano, Feltrinelli 1963, pp. 166-167: Kant fu uno dei primi a considerare la tridimensionalità un problema fisico; T.B. HUMPHREY, *The Historical and*

proporzionale allo stupore che una simile apertura di idee sia appartenuta allo stesso Kant che nella *Critica* si presume votato a un rigido euclideismo.

Vorremmo innanzitutto discutere quest'ultimo punto. Certamente la prospettiva della filosofia trascendentale è inconciliabile con la fondazione dello spazio e della tridimensionalità dei *Gedanken*.[39] Non si può sostenere tuttavia che quella prospettiva escluda di per sé la possibilità di uno studio formale di spazi non tridimensionali. La *Critica*, al pari dei *Gedanken*, non nega che l'intelletto possa occuparsi di figure che sono 'impossibili' in una geometria euclidea (ad esempio una figura racchiusa tra due rette),[40] purché si riconosca che questa attività intellettuale è fine a se stessa, irrelata allo spazio dell'intuizione, inutilizzabile per la matematizzazione della natura. La diversità della *Critica* rispetto ai *Gedanken* non sta quindi in un suo generico euclideismo, ma nel fatto che una simile attività intellettuale è vista come gioco formale cui non viene dato il nome – così carico di significati nella filosofia trascendentale – di scienza.

È in *questo* senso che i *Gedanken* presentano una maggiore apertura di idee: essi chiamano opera scientifica (*eine Wissenschaft*) la *Geometrie* di tutti i possibili tipi di spazio. Ciò significa che, sebbene per ciascuno spazio e per ciascun mondo vi sia *una sola* geometria, un intelletto finito, qualunque sia il suo mondo d'appartenenza e comunque sia determinata la sua capacità di rappresentazione, può elaborare uno studio scientifico – una geometria – di spazi diversi dal proprio. Ma parlare di valore profetico di questa posizione kantiana ci sembra un cedimento al

Conceptual Relations between Kant's Metaphysics of Space and Philosophy of Geometry, «Journal of the History of Philosophy», XI, 1973, p. 509, seppure cautamente ammette l'esistenza di "qualche evidenza" del fatto che "chiaramente" Kant potrebbe aver "appena intrattenuto la possibilità di geometrie non euclidee".

[39] Non a caso in una lettera a J.H. Tieftrunk del 13 ottobre 1797 [XII, 207-208] Kant esprime il desiderio che una programmata raccolta dei suoi scritti precritici escluda le opere precedenti il 1770.

[40] *Critica della ragione pura* [III, 187; A221=B268], trad. it. di G. Colli, Torino, Einaudi 1957, p. 290.

gusto della scoperta di 'teorie precorritrici'. Infatti, se la profezia nasce da una qualche forma di illuminazione, la menzione kantiana di una geometria di tutti gli spazi possibili non è profetica perché nasce da un'ambiguità dei *Gedanken* sulla natura della geometria in generale.

Kant ritiene che la geometria sia la scienza dello spazio e, palesemente, la considera come l'istanza per eccellenza del metodo assiomatico-deduttivo. Ora, quando parla di una *höchste Geometrie* differente da quella euclidea, egli non può pensare che a differenze riguardanti il contenuto degli assiomi. Ed è qui che i *Gedanken* possono essere accusati di ambiguità. Da un lato, essi ammettono una geometria avente tutti i caratteri di una scienza e i cui assiomi, essendo diversi da quelli euclidei e indipendenti dalla capacità di rappresentazione, sono estranei alla tematica dell'evidenza. Dall'altro, in forza delle varianti apportate alla dottrina dell'influsso fisico, essi legano strettamente la geometria euclidea all'evidenza facendo sì che lo spazio di cui essa si occupa condivida la tridimensionalità della *vis repraesentativa* oltre che dello spazio fisico. Per di più, il richiamo all'evidenza non risponde a una mera esigenza di simmetria fra i vari spazi (geometrico, rappresentativo, fisico), ma è un elemento portante: 1) dell'argomento contro la tesi leibniziana della necessità della tridimensionalità, 2) dell'innesto newtoniano sulla metafisica di Leibniz, 3) della prova dell'intrinseca matematizzabilità della natura, 4) dell'adeguatezza di un certo spazio e di una certa geometria alle capacità rappresentative delle anime di un certo mondo.

Si potrebbe obiettare che questa posizione di Kant non è ambigua, ma è la conseguenza di una concezione che consapevolmente accoglie tanto una geometria fondata su assiomi evidenti, quanto una geometria in cui gli assiomi sono semplici punti di partenza della deduzione. Se così fosse, però, l'apertura di idee del giovane Kant assomiglierebbe pericolosamente a uno scarso rigore nell'uso dei termini 'geometria' e 'scienza'. A noi sembra invece che si possa riconoscere un interesse alla posizione dei *Gedanken* solo frenando l'entusiasmo per un Kant precursore delle geometrie non euclidee e ammettendo che il suo rapido cenno alla *höchste Geometrie* ha modo di germogliare non in una luce profetica, ma nell'ambiguità e nell'indecisione sulla natura degli assiomi.[41] D'altronde, non appena Kant si deciderà per *una* concezione degli assiomi (gli assiomi evidenti), il discorso abbozzato sulla geometria di tutti gli spazi possibili verrà lasciato cadere, almeno come discorso su una *scienza* di tali spazi.[42]

Geometria e scienza della quantità

La geometria euclidea, comunque, già nei *Gedanken,* è l'unica geometria adeguata al nostro mondo. Poiché questa sua caratteristica ha un fondamento metafisico nella subordinazione dell'estensione alla forza, Tonelli ha concluso che nel primo scritto kantiano esiste un "primato ontologico della metafisica sulla geometria".[43] Si tratta di una valutazione corretta purché la si limiti, appunto, al rapporto fra la metafisica e la geometria e non la si estenda al rapporto della metafisica con la matematica in generale.

Come si ricorderà, Kant non vuole subordinare ma congiungere le regole della matematica alle leggi metafisiche. Ora, l'unica branca della matematica in grado di mostrare il *quid juris* di questa congiunzione è la geometria. E in tanto lo può fare in quanto ha un oggetto speciale, lo spazio, che si presta a fare da tramite con la scienza dei corpi naturali e con la rappresentazione. Ciò richiede sì una subordinazione ontologica dello spazio geometrico alla *vis*

---

[41] L'ambiguità era anche in Wolff, come osserva M. CAMPO, *Cristiano Wolff e il razionalismo precritico,* 2 voll. Milano, Vita e Pensiero 1959, I, p. 117. Si ricordi che Wolff era l'autore dei manuali di matematica più diffusi nella Germania del primo Settecento, cfr. M. WUNDT, *Die deutsche Schulphilosophie im Zeitalter der Aufklärung* (1945), ristampa anastatica. Hildesheim, Olms 1964, p. 132.

[42] Già nel *Beweisgrund* del 1763 leggiamo: "io dubito che qualcuno abbia mai esattamente spiegato, che cosa sia lo spazio. E tuttavia [...] io sono certo che là dove è spazio devono esservi relazioni esterne, sono certo che esso non può avere più di tre dimensioni, e così via" [II, 71]; trad. it. in I. KANT, *Scritti precritici,* a cura di P. Carabellese, nuova ed. riveduta e accresciuta da R. Assunto e R. Hohenemser, Bari, Laterza 1953, p. 110.

[43] TONELLI, *op. cit.,* p. 18.

sostanziale, ma questa subordinazione è il mezzo per mostrare in che modo la scienza della quantità, di per sé indipendente dalla metafisica, possa essere applicata allo studio del mondo garantendone la scientificità.

Lo scarto fra scienza della quantità e geometria diviene nitidamente visibile quando Kant espone un suo tentativo, alquanto pitagorizzante,[44] di "dimostrare la triplice dimensione dell'estensione a partire da ciò che si osserva nelle potenze dei numeri. Le loro prime tre potenze sono del tutto semplici e non si lasciano ridurre a nessun'altra, mentre la quarta, in quanto quadrato del quadrato, non è che una ripetizione della seconda potenza" [I, 23]. Si è trattato di un tentativo fallito perché "la quarta potenza, in tutto ciò che noi possiamo rappresentarci attraverso la capacità di immaginazione dello spazio, è una non-cosa [*Unding*]. In geometria non si può moltiplicare un quadrato con se stesso, né il cubo con la sua radice" [I, 23]. Ma non poteva essere altrimenti. La scienza della quantità e la sua branca più 'pura', la *Zahlwissenschaft,* non sono soggette a una qualche fondazione metafisica e sfuggono alle limitazioni imposte dalla *Einbildungskraft* allo spazio della geometria euclidea.

Per Kant quindi la scienza della quantità è un presupposto assoluto che trova un adeguato corrispettivo solo nella logica. In particolare, la scienza della quantità condivide con la logica la prerogativa di non ammettere alternative: nei *Gedanken* sono possibili più mondi e più spazi, ma non è possibile che *una* logica e *una* scienza della quantità. E così né l'una né l'altra sottostanno all'arbitrio divino. Il Dio dei *Gedanken* stabilisce le modalità di interazione delle sostanze e decide perciò della fisica e della geometria di ciascuno dei mondi possibili, ma non può farlo che *con* le leggi del calcolo e della logica.[45]

---

[44] Così sembra a ADICKES, *op. cit.,* I, p. 88 nota. Cfr. anche VUILLEMIN, *op. cit.,* p. 233. JAMMER, *Storia del concetto di spazio,* cit., p. 165, ricorda che la concezione aristotelica del *De coelo* era fondata proprio su mitiche nozioni pitagoriche di perfezione del numero tre.

[45] L'indipendenza della scienza dei numeri dalle condizioni della rappresentazione dello spazio è forse dovuta a una qualche connessione col tempo? Ricordando che –

I punti salienti della posizione del primo Kant nei confronti della metafisica e della scienza

Conducendoci dalla metafisica alla matematica, ossia dall'uno all'altro polo del discorso di Kant sulla scienza, l'analisi dei *Gedanken* ci consente ora di isolare i punti salienti della posizione assunta dal primo Kant nei confronti della metafisica e della scienza.

1) *Le fonti.* Abbiamo avuto modo di notare, man mano che si sono presentati, i motivi di interesse dei *Gedanken* per lo sviluppo delle successive ricerche kantiane. L'origine e la conservazione dei moti celesti, l'omogeneità dei punti della linea geometrica, le basi della dottrina del moto e della quiete, sono solo alcuni degli argomenti affrontati da Kant negli anni cinquanta che affondano le radici nella sua dissertazione di laurea.

I *Gedanken* non offrono semplicemente un archivio di temi sui quali Kant tornerà a più riprese, ma forniscono anche un'insostituibile testimonianza delle letture del giovane Kant. Poco sorprendentemente queste sono soprattutto letture di autori tedeschi: Cartesio è più un nome di bandiera che un autore approfondito sui testi; i cartesiani sembrano conosciuti per lo più attraverso le ricostruzioni proposte dagli scritti del partito avversario.[46] Ben altro è il livello di

---

come osserva TONELLI, *op. cit.,* p. 5 – i *Gedanken,* pur assegnando al tempo una funzione importante non ne danno una trattazione paragonabile a quella dello spazio, si può solo affermare che il tempo condivide con l'aritmetica e con la logica la prerogativa di non consentire alternative. Il fatto che non si diano tempi 'diversi' è fondata, crediamo, sulla unidimensionalità e irreversibilità del tempo, proprietà che, tuttavia, verranno valorizzate solo quando la *Naturgeschichte* stringerà i legami fra il tempo e la serie dei numeri naturali evidenziando l'analogia *a parte post* del primo e l'infinito potenziale della seconda.

[46] Ciò è massimamente evidente per d'Ortus de Mairan cui Kant fa sovente riferimento, anche non polemico, e che però, per sua ammissione, gli è noto attraverso gli scritti della marchesa du Châtelet [I, 45, *55*, 67, 92] e attraverso la polemica epistolare pubblicamente scambiata con questa studiosa. L'abbé Catelan è citato in quanto oggetto delle critiche di Leibniz [I, 101]; così anche Papin viene discusso sulla base dei soli estratti pubblicati sugli «Acta Eruditorum» [I, 107] e in

dimestichezza con le fonti tedesche: Leibniz è citato tanto dalla *Teodicea* quanto dai testi più pertinenti al problema delle forze vive;[47] il partito leibniziano, specialmente Wolff, Bilfinger, Hermann, i Bernoulli, la du Châtelet, Musschenbroek, è oggetto di studio ravvicinato. Si può concordare perciò sia con chi trova i *Gedanken* uno scritto ben documentato (con l'eccezione del 'caso d'Alembert'),[48] sia con chi ne lamenta le lacune provocate dalla parzialità delle fonti di informazione.[49] Non che Kant menzioni tutte le fonti utilizzate. Nei *Gedanken* mancano, ad esempio, i nomi di Knutzen e di Crusius, nonostante che un criptico cenno a un "acuto scrittore" [I, 21] sia stato interpretato come riferentesi o all'uno o all'altro dei due autori.[50]

2) *Newton.* C'è un altro nome che compare, e con onore, nei *Gedanken* e che tuttavia è come avvolto da un velo di reticenza: il nome di Newton.

Kant, a rigore, non è un newtoniano: ha un'idea dello spazio ben diversa da quella di uno spazio assoluto; nega la possibilità di uno spazio veramente vuoto; impone limitazioni alla legge di inerzia.[51] E

---

base alle critiche rivoltegli da Wolff [I, 114]. Anche James Jurin, il newtoniano oppositore del partito leibniziano, le cui dottrine sono ripetutamente discusse nei *Gedanken,* è noto a Kant solo grazie a qualche ristampa sugli «Acta Eruditorum».

[47] Quando non è accuratamente parafrasato, Leibniz è citato esplicitamente e per esteso, ad es. in I, 23, 101, 106, 123.

[48] È opinione di H.J. DE VLEESCHAUWER, *L'evoluzione del pensiero di Kant* (1939), trad. it. di A. Fadini, Bari, Laterza 1976, p. 22, che Kant fosse "sorprendentemente informato su tutte le opinioni espresse, eccetto la soluzione di d'Alembert [...] l'unica valida". Di simile avviso è BECK, *op. cit.,* p. 430.

[49] In particolare POLONOFF, *op. cit.,* pp. 39-40.

[50] ERDMANN, *op. cit.,* p. 143, lo riferisce a Knutzen. Che possa trattarsi di Crusius è il parere di TONELLI, *op. cit.,* p. 35, il quale osserva (p. 24) che tra gli altri importanti elementi crusiani adottati dai *Gedanken* figura la stessa nozione di vivificazione.

[51] Quest'ultimo punto è di grande interesse. Sappiamo che per Kant il solo tipo di moto che 'si conserva da sé' è il moto libero. Ora, essendo la "causa della conservazione del moto libero" la vivificazione [I, 155] e richiedendo la

là dove accoglie lo spunto newtoniano della battaglia contro le ipotesi fisiche lo fa senza compromettersi con la fisica di Newton. Sappiamo però che l'adozione della legge dell'inverso del quadrato delle distanze è l'asse portante dei *Gedanken* e che Kant non può che derivarla da Newton. A che cosa se non a reticenza attribuire allora il fatto che Kant non chiami *mai* questa legge 'legge d'attrazione' né la qualifichi mai come newtoniana? E a che cosa se non a reticenza attribuire il suo silenzio sul newtoniano Keill, che pure deve avergli fornito le basi del nesso fra attrazione e tridimensionalità? D'altronde, che di reticenza, di un silenzio voluto, si tratti è provato dal fatto che la *Naturgeschichte,* la cui trama metafisica è sostanzialmente la stessa della dissertazione di laurea, è un saggio *"nach Newtonischen Grundsatzen"* [I, 215] e che la *Monadologia physica* riporta e discute dettagliatamente l'argomento con cui Keill 'dimostra' l'attrazione in termini di tridimensionalità [I, 484-485].

Crediamo che questo atteggiamento dei *Gedanken* derivi dal desiderio inespresso di Kant di non assumersi il ruolo, tanto difficile in un ambiente tutto· sommato leibniziano, di sostenitore dell'*actio in distans*.[52] L'insistenza con cui egli sottolinea che lo spazio vuoto – condizione dello svolgersi di moti liberi e dell'esplicarsi della forza

vivificazione che il corpo abbia raggiunto una certa velocità, Kant conclude che anche la conservazione del moto libero può verificarsi solo a patto che il corpo abbia *una certa* velocità, ovvero una velocità non piccola o grande a piacere [I, 156-157]. Ne consegue che la "regola di Newton": "corpus quodvis pergit in statu suo, vel quiescendi, vel movendi, uniformiter, in directum, nisi a causa externa statum mutare cogatur", nel suo significato non determinato "non vale per i corpi della natura" [I, 155]. La legge d'inerzia quindi deve essere opportunamente specificata sulla questione della velocità se vuol essere applicata ai corpi capaci di intensione e vivificazione e non vuole essere una legge buona per i soli corpi matematici della meccanica.

[52] Sul rifiuto dell'azione a distanza in Leibniz, cfr. JAMMER, *Storia del concetto di forza,* cit., p. 182. Ma anche la teoria vorticistica di Cartesio nasceva dalla necessità di spiegare la trasmissione del moto solo per contatto. Su questi temi cfr. P. CASINI, *Introduzione all'illuminismo. Da Newton a Rousseau,* Bari, Laterza 1973, p. 27.

viva – in realtà è pieno di materia sottilissima ha proprio, secondo noi, lo scopo di far passare inosservato l'effettivo ricorso dei *Gedanken* all'azione a distanza e di evitare uno scontro con i sostenitori dell'azione per contatto.

Dal 1755 in poi a Newton sarà pagato il doveroso tributo. A ciò contribuiranno in parte un approfondimento della conoscenza del grande inglese, l'ampliamento delle letture di Kant a fonti francesi moderne, l'attenzione all'ambiente di Berlino e ai resoconti di nuovi risultati scientifici. Determinante però sarà la decisione kantiana di lasciar coesistere apertamente l'azione a distanza e la negazione del vuoto, una coesistenza ritenuta impossibile da Leibniz,[53] e per questo tenuta 'nascosta' nei *Gedanken* con l'espediente del silenzio su tutto quanto potesse collegarsi con l'attrazione, a cominciare dal nome.

3) *La formazione scientifica.* Le reticenze, ma anche le incertezze e gli errori di Kant, sarebbero meno sorprendenti se generalmente (con eccezioni come Adickes) non si fosse sopravvalutato il lato scientifico e specificatamente newtoniano della sua formazione. In primo luogo, il suo primo incontro con i testi di Newton era stato favorito da Knutzen, un ingegno brillante, ma pur sempre un ingegno prevalentemente metafisico. In secondo luogo, si era trattato di un incontro isolato con le idee della nuova fisica e non di una parte consistente del *curriculum* ufficiale dei suoi studi universitari.[54] Ma se non all'Albertina Kant non aveva certo potuto crearsi solide basi scientifiche al *Fredericianum,* un'istituzione tesa all'educazione morale dei giovani e massimamente orientata allo studio dei classici

---

[53] Cfr. HESSE, *op. cit.,* p. 186: Leibniz non proponeva alcuna argomentazione contro l'azione a distanza diversa dal principio di continuità e dagli argomenti che lo inducono a rifiutare il vuoto. Il fatto che Kant mantenga l'opposizione al vuoto e però, prima nascostamente poi palesemente, accolga l'azione a distanza dà la misura della sua originalità.

[54] CASSIRER, *Vita e dottrina di Kant,* cit., pp. 26-27, riferisce che all'Università Kant studiò soprattutto *humaniora.*

antichi;[55] un'istituzione che, a distanza di decenni, sarebbe quasi riuscita a soffocare le doti matematiche di Hilbert.[56]

Per contro, ciò dà un'idea dello sforzo che Kant ha dovuto compiere per accostarsi ai lavori scientifici adoperati nella stesura dei *Gedanken*. E ciò spiega altresì il ricorso preponderante alle opere della du Châtelet e di Musschenbroek che, coniugando una preparazione newtoniana con la conversione al partito leibniziano,[57] potevano offrirgli un supporto scientifico adeguato alla sua formazione cosi impregnata di metafisica tedesca.

4) *L'immagine della scienza*. Quanto si è detto fin qui indica inequivocabilmente che l'immagine kantiana della scienza è un'immagine costruita 'dall'esterno', fuori della concreta attività scientifica e quindi fortemente idealizzata. Proprio in questa qualità di ideale essa guida l'interesse di Kant per la metafisica indirizzandolo verso una revisione dei fondamenti metafisici delle teorie scientifiche e determinando, probabilmente, la scelta della *querelle* sulle forze vive come tema della dissertazione di laurea. Nessun altro argomento infatti avrebbe potuto consentire una migliore disamina delle assunzioni metafisiche delle teorie scientifiche allora più importanti.

5) *Metafisica e esperienza*. Va da sé che Kant non avrebbe concepito una connessione tanto stretta di scienza e metafisica se non avesse creduto in una connaturata corrispondenza di metafisica e esperienza. Egli infatti, pur sostenendo che i sensi, da soli, ingannano [I, 17], dichiara d'avere preferito la tesi del partito dei leibniziani perché costoro avevano "tutte le esperienze dalla loro parte" [I, 15]. Ciò significa che nei *Gedanken,* per un verso, la metafisica riguarda una realtà sostanziale non contrastante con un'esperienza *bene*

---

[55] BOROWSKI, *op. cit.,* p. 68, riporta le parole di Kant sui suoi insegnanti al *Fredericianum*: "quei signori non erano capaci di far divampare nemmeno una nostra scintilla di inclinazione allo studio della filosofia o della matematica".

[56] Cfr. C. REID, *Hilbert*, Berlin-Heidelberg-New York, Springer 1970, p. 5.

[57] Sulla conversione di studiosi newtoniani alle tesi di Leibniz, cfr. HANKINS, *op. cit.,* p. 287. Particolarmente clamorosa fu la defezione di 'sGravesande, cfr. G. GORI, *La fondazione dell'esperienza in 'sGravesande,* La Nuova Italia, Firenze 1972, pp. 284-308.

interpretata, per l'altro verso, i fenomeni (i dati d'esperienza), stanno "dalla parte della realtà"[58] più di quanto non accadesse in Leibniz. Il mancato chiarimento del rapporto metafisica-esperienza non ci sembra quindi imputabile a una forma di incertezza di Kant, ma piuttosto a un suo eccesso di fiducia che lo porta a considerarlo un problema secondario rispetto a quello dell'elaborazione teorica di un sempre crescente materiale sperimentale.

6) *La matematica.* Meno scontato è il rapporto fra la matematica e la metafisica. Per poterlo evidenziare i *Gedanken* si servono della subordinazione ontologica dello spazio alla *vis* sostanziale, grazie alla quale *a*) dimostrano che le proprietà geometriche sono essenziali per il mondo fenomenico cui appartengono i corpi naturali; *b*) riescono a spiegare perché quella *Möglichkeitswissenschaft* che è la matematica sia essenziale per quella *Wirklichkeitswissenschaft* che è la scienza della natura.[59]

Crediamo che quest'ultimo aspetto dei *Gedanken* dia la misura della distanza che separa l'opera prima di Kant dai suoi risultati maturi. Nei *Gedanken* il problema principale riguarda la giustificazione metafisica della matematizzazione della natura. Nella *Critica* il problema principale è più vasto: avendo rinunciato ad ogni ricorso diretto alla metafisica, il Kant critico deve porre in discussione la possibilità della stessa matematica. E allora non potranno più esserci presupposti assoluti: la stessa scienza della quantità in tutte le sue branche, comprese l'algebra e l'aritmetica, dovrà essere sottoposta alla giustificazione della filosofia trascendentale.

Assolutamente fuori luogo sono quindi interpretazioni come quella di Menzel, che nei *Gedanken* trova affermato "il carattere sintetico-costruttivo delle definizioni e degli assiomi matematici",[60] o di Reinecke che, invece, giudica la matematica del primo scritto kantiano "*apriorisch*".[61] Il difetto di interpretazioni come queste sta

---

[58] F. KAULBACK, *Die Metaphysik des Raumes bei Leibniz und Kant*, «Kant-studien», Ergänzungsheft n. 79, 1960, p. 71.

[59] Cfr. KAULBACK, *op. cit.,* p. 73.

[60] MENZEL, *op. cit.,* p. 147.

[61] REINECKE, *op. cit.,* p. 349.

nell'uso del linguaggio della *Critica* per un saggio in cui manca completamente la problematica dei giudizi e nel quale troppo è ancora confuso, a iniziare dalla concezione del numero,[62] perché siano consentite estrapolazioni del genere.

7) *La logica e il ruolo di Kant.* Al pari della quantità, la logica dei *Gedanken* è un presupposto vincolante persino per Dio, e tuttavia, a differenza della genialità, può essere patrimonio di qualsiasi studioso. Questo secondo aspetto della logica traspare dall'opinione che Kant mostra di avere del proprio ruolo di ricercatore. A suo parere, anche un "dotto nano" [I, 9] può far progredire la scienza se solo si applica a rivelare le manchevolezze delle argomentazioni di studiosi di statura scientifica molto maggiore. E lui stesso è, appunto, uno di questi dotti *von Zwerggrösse.*

Del resto, quali sono i risultati rivendicati da Kant nei *Gedanken*? Egli dichiara *a*) di aver portato alla luce lo *Sprung der Gedanken* di Leibniz nella spiegazione del caso-chiave delle forze vive; *b*) di aver scoperto come "facile conseguenza di verità note" il *paradoxe Satz* che può esistere una cosa isolata la quale, non essendo in relazione con altre cose, non si troverebbe in alcun luogo [I, 22]; *c*) di aver individuato un *Zirkelschluss* nella spiegazione leibniziana della tridimensionalità [I, 23]; *d*) di aver dimostrato Wolff responsabile di un *Fehlschluss* circa *l'effectus innocuus* [I, 114]. Non può esservi dubbio, allora, che Kant abbia consapevolmente cercato, e si vanti d'aver trovato, errori o anomalie di tipo logico.

---

[62] Ci si può domandare, infatti, se il Kant dei *Gedanken* concepisse il numero come relazione o come insieme di unità, le due concezioni allora dominanti. Ma il testo non consente di dare una risposta precisa lasciando il sospetto che egli non fosse giunto a conclusioni chiare sull'argomento. Del resto, poco chiara era la teoria esposta nei manuali wolffiani. In uno stesso contesto Wolff afferma che si ha un numero quando "si prendono assieme molte cose della stessa specie", e che però è preferibile definire il numero come ciò che "si rapporta all'unità come una linea retta a un'altra linea retta", cfr. *Mathematisches Lexicon,* Leipzig 1716, ristampa anastatica in C. WOLFF, *Gesammelte Werke,* XI, a cura di J. E. Hofmann, Hildesheim, Olms 1965, pp. 944-945.

Ne consegue che egli sa bene di non essere uno scienziato ma un filosofo che riflette su teorie scientifiche costituite. Il suo orgoglio scientifico tuttavia non è ingiustificato perché il ruolo che egli rivendica per sé non è un ruolo secondario ai fini dell'effettivo progresso della scienza.

8) *La crescita della scienza*. "La scienza", dice Kant, "è un corpo irregolare senza simmetria né uniformità" [I, 9], un corpo che cresce anche per aggiunte marginali, anche senza 'grandi scoperte' e, soprattutto, anche grazie a revisioni teoriche settoriali, come quella che lui stesso ha effettuato.

Ora, benché irregolare, la scienza è un corpo, un tutto, e non un coacervo di verità sconnesse. In quanto tale, essa deve risultare adeguata alla fondamentale armonia delle verità che, "come l'accordo in una pittura" [I, 107], esige il collegamento e la compresenza di tutte le sue parti, pena la perdita di senso e di bellezza. Ecco perché l'intervento di Kant sulla valutazione della forza non si ispira, né poteva ispirarsi, a un ideale statisticamente conciliatorio. La sua concezione di una crescita della conoscenza scientifica irregolare ma armonica gli fa imporre a ogni nuova teoria di sottoporsi alla prova più difficile: quella di accogliere al suo interno, reinterpretandole, le verità delle teorie cui vuole sostituirsi. E, poiché ciò deve valere anche quando la teoria di Leibniz vuole sostituirsi a quella di Cartesio, Kant indica alla teoria leibniziana il modo in cui la verità della vecchia misura *mv* per la valutazione delle forze morte può essere mantenuta traducendola nei termini metafisici leibniziani.

Nel chiudere il suo saggio Kant manifesta il sospetto che "l'attenzione del benevolo lettore, affaticata da tante indagini contorte, non desideri altro che la conclusione di queste considerazioni" [I, 180]. È un desiderio cui è difficile sottrarsi. Ma la difficoltà della lettura è ben compensata. Il giovane Kant rivelato dai *Gedanken* è uno studioso che, affascinato dalla scienza e fiducioso nella leggibilità del libro della natura (e quindi nella semplicità dell'universo e nella sua comprensibilità in termini matematici), tenta, armato delle leggi naturali del pensiero e di una cultura più filosofica che scientifica, di riempire le crepe dell'edificio metafisico leibniziano.

Parte essenziale di questo tentativo è un modello di progresso scientifico fondato su un'idea di scienza in cui un nucleo di verità dimostrate matematicamente resta invariato al variare degli schemi interpretativi. Questa invarianza di ciò che è stato riconosciuto vero in una dimostrazione geometrica resterà un punto di riferimento per Kant anche quando dovrà fondare trascendentalmente la sua fiducia nella matematica e in una fisica sempre più dichiaratamente newtoniana. Ma perché ciò avvenga egli dovrà attraversare un lunghissimo periodo di evoluzione filosofica che sfocerà nell'abbandono del tentativo di rifondazione della metafisica intrapreso nei *Gedanken*. Un tentativo che conserva il suo interesse nelle motivazioni e nelle modalità di realizzazione e che per queste va giudicato piuttosto che per gli esiti raggiunti.

2
Il realismo e la verità. Putnam e Kant

Dopo aver abbandono il 'realismo metafisico' adottando l'anti-realismo o 'realismo interno', Hilary Putnam si è spesso riferito a Kant non solo come a una fonte di ispirazione filosofica, ma anche come a uno dei suoi antenati filosofici. Cercheremo di vedere se davvero esiste una parentela tra Putnam e il filosofo trascendentale.

In *Reason, Truth and History* Putnam respinge il realismo metafisico perché questo richiede una prospettiva esternalista nel considerare la verità, una prospettiva secondo cui "la verità comporta una sorta di relazione di corrispondenza tra parole o segni del pensiero e cose e insiemi di cose esterne" [Putnam 1981: 49]. Putnam propone invece un punto di vista internalista, secondo cui "la verità è un'idealizzazione dell'accettabilità razionale" [*ib.*: 55].

La teoria della verità come idealizzazione si basa su due idee-chiave: 1) "la verità è indipendente dalla giustificazione qui e ora, ma non è indipendente da qualsiasi giustificazione. Sostenere che un'asserzione è vera è affermare che potrebbe essere giustificata"; 2) "ci si aspetta che la verità sia stabile o 'convergente'; se un'asserzione e la sua negazione potessero essere entrambe 'giustificate', anche se le condizioni fossero così ideali come si potrebbe sperare di renderle, non ha senso pensare all'asserzione come *avente* un valore di verità"[*ib.*: 56].

L'appello di Putnam alla giustificazione della verità richiede, come egli afferma con forza, che noi riconosciamo che:

> per quanto differenti siano le nostre immagini della conoscenza e le nostre concezioni della razionalità, noi condividiamo, anche con la cultura più bizzarra che possiamo riuscire ad interpretare, un enorme fondo di assunzioni e credenze su ciò che è ragionevole [*ib.*: 119].

Putnam sostiene che Kant avrebbe in qualche modo anticipato la sua posizione: "è meglio leggere Kant come il primo a proporre [...] il punto di vista 'internalista' o 'realista interno'" [*ib.*: 60]. In particolare, Putnam vede Kant come il primo a rifiutare la teoria della verità come corrispondenza e come il proponente di una descrizione della verità secondo cui "un pezzo di conoscenza (cioè una 'asserzione vera') è un'asserzione che un essere razionale accetterebbe se avesse sufficiente esperienza del genere di quella che possono effettivamente avere degli esseri che hanno la nostra natura" [*ib.*: 64].

Possiamo davvero considerare Kant un legittimo predecessore di Putnam? Stando a quanto abbiamo visto finora, la teoria della verità di Putnam, come è proposta nel 1981: A) collega una teoria della verità come corrispondenza con il realismo metafisico; B) fa un appello alla razionalità umana o alla natura umana; C) esclude dal numero delle proposizioni aventi un valore di verità le proposizioni che possono essere giustificate insieme alle loro negazioni, e considera vere solo proposizioni che sono giustificabili, almeno in linea di principio: in breve, sembrerebbe che, almeno nel 1981, Putnam respinga la bivalenza. Prenderò in esame la teoria della verità di Kant tenendo presenti i punti A), B) e C) ora menzionati.

A) Per quanto riguarda il legame tra la teoria della verità come corrispondenza e il realismo metafisico, Putnam ammette che "Kant in realtà non *dice* che abbandona la teoria della verità come corrispondenza. Al contrario, dice che la verità è 'la corrispondenza di un giudizio con il suo oggetto'. Ma questa è quella che Kant chiama una 'definizione nominale della verità'" [*ib.*: 63].

Ora, quando Kant afferma che la verità è "l'accordo della conoscenza col suo oggetto" [A 58/B 82], e chiama questa una definizione nominale della verità, non sta adottando un modo piuttosto tortuoso e implicito di respingere tale definizione. Al contrario, egli ammette che la verità sia correttamente definita come l'accordo della conoscenza con il suo oggetto, ma dice che, poiché si tratta solo della definizione nominale della verità, essa è neutrale e richiede un fondamento filosofico. La novità del suo approccio alla verità consiste nel fatto che la sua fondazione della verità non contiene assunzioni metafisiche. Infatti, il suo argomento è che la definizione della verità come corrispondenza non implica di per sé il realismo metafisico: il realismo metafisico è solo una possibile, anche se molto comune, fondazione della definizione nominale della verità. Perciò è possibile abbandonare il realismo metafisico e conservare tale definizione.

B) Come è universalmente noto, la nuova fondazione di Kant della definizione della verità come corrispondenza poggia sui due principi fondamentali della filosofia trascendentale: 1) spazio e tempo sono forme pure dell'intuizione sensibile; 2) gli esseri umani hanno una natura razionale della cui struttura interna si può avere una prima ricognizione osservando l'attività umana del giudicare.

Putnam tace sull'estetica trascendentale, come se la trattazione kantiana dello spazio e del tempo fosse una questione minore nella filosofia di Kant [cfr. Van Kirk 1984: 19]. Invece, presta moltissima attenzione alla questione della razionalità umana, ma solo per mostrare il suo disaccordo con Kant. Infatti, egli concorda con Quine nel sostenere che:

> i nostri concetti di razionalità e di rivedibilità razionale non sono fissati da un qualche libro di regole immutabile, né sono scritti nella nostra natura trascendentale, come pensava Kant, per l'ottima ragione che tutta l'idea di una natura trascendentale, una natura che noi abbiamo noumenicamente, indipendentemente dal modo in cui possiamo concepire noi stessi storicamente o biologicamente, non ha senso. Poiché i nostri concetti di razionalità e di rivedibilità razionale sono il prodotto della nostra fin troppo limitata esperienza e della nostra fin troppo fallibile biologia, c'è da attendersi che anche principi che noi consideriamo 'a priori', o 'concettuali', o come li si voglia chiamare, risulteranno di volta in volta bisognosi di revisioni alla luce di esperienze inattese o di innovazioni teoriche impreviste [Putnam 1981: 83].

A mio parere, quanto abbiamo appena visto è già sufficiente a stabilire che le posizioni di Putnam e Kant sono differenti. Le tesi di Kant sulla natura dello spazio e del tempo e sulle forme della ragione umana sono indispensabili al suo tentativo di stabilire *a priori*: *a*) le condizioni di applicabilità delle categorie [le forme della nostra razionalità] a dati intuitivi e sensibili; *b*) le condizioni per sussumere dati intuitivi e sensibili sotto le categorie.

È impossibile discutere qui gli argomenti di Kant al riguardo, soprattutto perché dovremmo inoltrarci nella complessa dottrina dello schematismo [cfr. Capozzi 1987]. Ma non c'è bisogno di dettagli per capire che Kant intende stabilire le condizioni che precedono ogni esperienza possibile e che egli espone nella forma di un elenco – da lui ritenuto completo – di principi dell'intelletto. Questi principi per Kant sono giudizi sintetici *a priori* e "costituiscono il fondamento di tutte le altre conoscenze *a priori*" [A 136/B 175] e disegnano il quadro generale entro il quale è possibile valutare la verità delle proposizioni [*Sätze*]. In altri termini, Kant ritiene che la verità come corrispondenza valga all'interno di questo quadro, quello che chiama il "territorio della verità", o anche un'"isola", i cui confini sono fissati *a priori* senza ricorrere a ipotesi metafisiche, ma solo grazie a un argomento che si basa sull'assunzione che spazio e tempo sono le forme della nostra sensibilità e che c'è una struttura fissa del pensiero. Questo chiarisce che Kant non avrebbe potuto accettare la tesi di Putnam che i canoni della razionalità umana sono suscettibili di evoluzione.

C) Poniamoci ora la domanda: nell'isola della verità di Kant vale la bivalenza? Io sostengo che questa domanda ha una risposta affermativa. È vero, Kant ammette che "molto […] deve restare incerto" e parecchie questioni devono restare "insolubili per quanto concerne la spiegazione dei fenomeni della natura, perché quanto sappiamo della natura è tutt'altro che sufficiente rispetto a quanto dobbiamo spiegare" [A 476-477/B 504-505]. Diversamente da Carl Posy [Posy 1983: 127], tuttavia, non credo che qui Kant stia rinunciando alla bivalenza. Ovviamente Kant riconosce che non possiamo sapere tutto, ma questo non significa che ci siano proposizioni che si riferiscono a cose o eventi che rientrano nel campo dei fenomeni naturali e che, solo perché ci sono sconosciuti, devono essere considerati come né veri né falsi. Al contrario, "un dubbio sospensivo [*ein Zweifel des Aufschubs*] può certamente riuscire utile nella filosofia sperimentale; tuttavia non si dà in essa malinteso che non possa facilmente essere tolto di mezzo, e i mezzi per risolvere il conflitto debbono, in ultima analisi, desumersi dall'esperienza, presto o tardi che possano venir reperiti" [A 425/B 452].

Per usare un esempio utilizzato da Posy, Kant non direbbe semplicemente che, anche se non ho trovato petrolio sotto il mio cortile, tuttavia potrei avere sufficiente conoscenza geologica per leggere segni che mi permettano di affermare ora che c'è petrolio sotto il mio cortile. A mio parere, Kant direbbe che, indipendentemente dalla mia conoscenza geologica, l'affermazione 'c'è petrolio sotto il mio cortile' deve essere vera o falsa e che alla fine posso essere in grado di decidere se tale affermazione è effettivamente vera o falsa.

In una delle lezioni di logica di Kant leggiamo che "oggettivamente tutte le proposizioni sono o certamente vere o certamente false" [*Logik Dohna-Wundlacken*, Ak. XXIV: 731], mentre il nostro tenerle per vere può essere problematico, assertorio o apodittico. Nel caso in questione, il mio tenere per vero [*Fürwahrhalten*] che c'è petrolio sotto il mio cortile è solo un'opinione [*Meinung*] che diventa sapere [*Wissen*] se alla fine trovo petrolio sotto il mio cortile. Ma Kant non arriva al punto di dire che l'asserzione 'c'è petrolio sotto il mio cortile' non solo è (ancora) indecisa, ma non ha alcun valore di verità. Lo stesso Kant dà un esempio: "È certamente ammissibile che nella luna possano esserci abitanti, anche se nessun uomo li ha ancora percepiti, ma tutto ciò non sta a significare altro se non che, col progredire della nostra esperienza, potremmo un giorno trovarceli innanzi" [A 493/B 521]. Il che significa che 'ci sono abitanti nella luna' è una proposizione che è vera o falsa, anche se al momento [1781] non abbiamo alcun mezzo per accertare il suo valore di verità. Quello che possiamo fare al momento è esprimere un giudizio problematico, perché quando io giudico problematicamente "giudico su molte cose che non decido" [Kant 1800, Ak. IX: 109].

Anche ammettendo che questo aspetto del pensiero di Kant necessiti di una più ampia discussione, la mia affermazione che Kant non respinge la bivalenza è sufficientemente corroborata dal fatto che adotta la bivalenza in matematica:

> Non è così straordinario, come sembra a prima vista, che una scienza possa richiedere e aspettarsi, rispetto a tutte le questioni che rientrano nel suo insieme (*quaestiones domesticae*), esclusivamente soluzioni certe, anche se, forse, per il momento non sono ancora disponibili. Alla filosofia trascendentale vanno aggiunte altre due scienze razionali pure, una di contenuto puramente speculativo e l'altra di contenuto pratico: la matematica pura e la morale pura [A 480/B 508].

Affermazioni come questa non sono rare nella *Critica della ragion pura*. Nell'illustrare i meriti del metodo scettico nella filosofia trascendentale Kant rileva che tale metodo sarebbe "assurdo in matematica". Infatti in matematica:

> non si dà la possibilità che una falsa asserzione si occulti o si renda invisibile, dovendo le dimostrazioni procedere sempre sul filo dell'intuizione pura e mediante una sintesi evidente in ogni caso [A 424-5/B 452].

Ancora più rilevante è la seguente affermazione:

> Chi ha mai udito dire che, magari a causa di una necessaria ignoranza delle condizioni, sia stato ritenuto incerto quale sia, in numeri razionali o irrazionali, l'esatto rapporto esistente fra il diametro e la circonferenza? Poiché risulta impossibile formularlo adeguatamente per mezzo dei numeri razionali e poiché non è stato ancora trovato il suo valore in numeri irrazionali, nacque la convinzione che potesse venir stabilita con certezza se non altro l'impossibilità di una tale soluzione e Lambert ne offerse la dimostrazione [A 480/B 508].

È quasi superfluo sottolineare che nel passo appena citato Kant non solo afferma la decidibilità di tutte le questioni matematiche, ma

46

sostiene che, indipendentemente da una necessaria ignoranza delle condizioni, nessuno potrebbe dubitare che esista un esatto rapporto fra il diametro e la circonferenza che possa essere espresso in numeri: questa è un'affermazione che solo il più convinto realista matematico potrebbe fare.

Sarebbe possibile sostenere che questo tipo di realismo è un realismo interno, così che dopo tutto Kant è un antenato di Putnam?

Vale la pena di ripetere che i confini dell'isola della verità di Kant pretendono di racchiudere una volta per tutte l'intero campo dell'esperienza possibile. Penso perciò che Putnam si sentirebbe a disagio in questo ambiente rigorosamente determinato e che non si adatta alla sua idea del kantismo, un'idea che equivale all'assunzione minima che non conosciamo le cose come sono in se stesse e che siamo tutti membri della razza umana. Ma anche Kant non si sentirebbe adeguatamente rappresentato da questo kantismo minimo. Infatti, se questa fosse la sua reale posizione filosofica, dovrebbe riconoscere di essere stato sconfitto da uno dei suoi più accesi oppositori.

Ricordiamo, infatti, che nel 1792, nel suo *Philosophisches Magazin*, il leibniziano Eberhard rilevò che se, come Leibniz aveva già sostenuto, noi conosciamo solo fenomeni e non cose come sono in sé, allora abbiamo bisogno di una garanzia metafisica che ciò che conosciamo abbia una validità oggettiva.

Secondo Eberhard, avendo accantonato la metafisica, Kant non era riuscito a fornire tale garanzia: la validità oggettiva non può essere fondata su una mera fondazione soggettiva come quella di Kant. Di qui la conclusione di Eberhard: Kant non è riuscito a respingere gli argomenti scettici di Hume. Sotto questo profilo, secondo Eberhard, la filosofia di Kant non è migliore di quella dei filosofi scozzesi Reid, Beattie e Oswald, che volevano fugare lo scetticismo con un appello al senso comune:

> Con quale diritto [la filosofia critica] può respingere le confutazioni
> dello scetticismo humeano secondo il metodo di Reid, Beattie e
> Oswald? È vero, i principi del *senso comune* sono assunti da questi
> filosofi scozzesi come certi senza prova, in base a ragioni

soggettive; ma hanno le forme del pensiero e le intuizioni pure una certezza differente, e possono esser prese come universalmente certe con maggior diritto? La verità universale di una conoscenza può essere conosciuta solo in base a ragioni oggettive. Perciò la filosofia critica si trova nell'inevitabile dilemma: o considera impossibile la realtà oggettiva della conoscenza, e allora non è possibile neppure alcuna certezza delle verità universali, e essa [la filosofia critica] è scettica, perciò non può confutare lo scetticismo; oppure accetta questa realtà oggettiva, ma allora le verità della ragion pura hanno validità trascendentale e noi conosciamo qualcosa delle cose in sé [Eberhard 1792: 101-102].

Eberhard presenta la filosofia di Kant come basata sul presupposto che non conosciamo le cose come sono in se stesse – presupposto condiviso da Eberhard – e sull'assunzione di una certa struttura della sensibilità e del pensiero, assunzione che Eberhard etichetta come soggettiva perché non c'è alcuna garanzia che tutti gli essere umani condividano gli stessi canoni della sensibilità e della razionalità. Se si tralascia la menzione delle forme della sensibilità, si vede che Eberhard presenta Kant come il proponente di quella sorta di vago kantismo che Putnam descrive e approva.

A Kant l'interpretazione di Eberhard sembrò un inaccettabile travisamento della sua filosofia, perché il suo sforzo filosofico nella *Critica* era stato volto a mostrare che, grazie all'assunzione delle forme del pensiero e della sensibilità, è possibile dare una prova dell'esistenza di principi sintetici *a priori* della conoscenza e che tale prova, a sua volta, offre la prova della bontà di quella assunzione. Inoltre – in una lettera a Reinhold del 12 Maggio 1789 – Kant aveva già imputato alla cattiva fede di Eberhard l'affermazione di quest'ultimo che la *Critica* non aveva fornito un principio dei giudizi sintetici, mentre tale principio era stato chiaramente esposto "dal capitolo sullo schematismo in poi" [Kant 1967: 141]. Ovviamente si può contestare la validità della prova di Kant, ma è quanto meno scorretto affermare che non fornisca alcuna prova e che creda che la mera assunzione dei comuni canoni della razionalità e della sensibilità sia una garanzia sufficiente della validità oggettiva della conoscenza.

La critica di Eberhard è comunque interessante perché pone in luce l'intento di Kant di respingere lo scetticismo, un intento primario anche per Putnam. Ma forse esattamente questo intento comune rende meglio l'idea di quanto i mezzi scelti dai due filosofi per realizzarlo – nonostante qualche somiglianza superficiale – siano differenti. Infatti, come respinge Kant lo scetticismo? Anche se non ha mai formulato l'ipotesi dei cervelli in una vasca, Kant conosceva Descartes e, soprattutto, conosceva il problema filosofico noto come problema del *somnium objective sumptum*. Contro la possibilità che noi viviamo un sogno collettivo e che non abbiamo modo di sapere di stare sognando, molti filosofi sostenevano la teoria che c'è una garanzia metafisica del fatto che ciò che sappiamo corrisponde a come le cose sono. Per Kant questo rimedio era peggiore del male perché la tesi dell'esistenza di una simile garanzia poteva essere, ed era stata, posta in discussione dal dubbio scettico. Donde la sua analisi della verità fondata sulla rivoluzione copernicana.

Tuttavia Kant non avrebbe ritenuto soddisfacente la sua analisi se il concetto di verità risultante fosse stato più debole di quello fondato su una garanzia metafisica. Perciò, *a*) avendo adottato il punto di vista copernicano del soggetto conoscente, non poteva considerare le forme della sensibilità e della razionalità passibili di cambiamento; *b*) sosteneva la bivalenza nel mondo fenomenico e in matematica.

Qui si pone la domanda: la bivalenza è limitata al mondo dell'esperienza possibile? Penso all'asserzione di Kant che "*non entis nulla sunt praedicata*" [A 793/B 821]. Nel luogo della *Critica* in cui compare tale asserzione Kant la chiarisce dicendo:

> è falso così quello che dell'oggetto [il cui concetto è impossibile] è detto affermativamente come quello che se ne dice negativamente [...] Se, per esempio, si parte dal presupposto che il mondo sensibile sia dato in se stesso nella sua totalità, è falso affermare che esso, per quanto concerne lo spazio, non può che essere o infinito o finito e limitato; in verità, ambedue le affermazioni sono false.

Qui sembra che tutte le proposizioni affermative e negative aventi come soggetto un'idea di ragione debbano essere erronee, cioè debbano essere false.

Tuttavia dovremmo confrontare questo testo della *Critica* con il seguente:

> se [...] affermo: 'Il mondo, rispetto allo spazio, o è infinito o non è infinito (*non est infinitus*)', riconosciuta falsa la prima proposizione, deve essere vera la sua opposta contraddittoria: il mondo non è infinito. In tal modo mi limiterei a negare un mondo infinito, senza la pretesa di porne un altro, ossia quello finito [A 503/B 531].

Nonostante la forma ipotetica dell'espressione – se 'il mondo è infinito' è falsa, allora 'il mondo non è infinito' [significativamente tradotta in latino in modo che sia chiaro che la negazione precede la copula: (*mundus*) *non est infinitus*] – Kant afferma che '*mundus non est infinitus*' è vera e che '*mundus est infinitus*' è falsa, in quanto con la prima proposizione arriviamo a "negare l'infinità [del mondo], e con essa forse il suo esistere per sé" [A 504/ B 531]. Nello stesso modo possiamo affermare che 'il mondo non è finito' [*mundus non est finitus*] è vera, e 'il mondo è finito' è falsa. Ciò che, secondo Kant, non ci è consentito fare è inferire che, poiché 'il mondo non è infinito' è vera, allora anche 'il mondo è finito' è vera; o, poiché 'il mondo non è finito' è vera, allora anche 'il mondo è infinito' è vera. Tale inferenza è errata perché, di qualcosa che non è dato nel tempo e nello spazio e che non può essere misurato, noi non possiamo predicare né la finitezza né l'infinità. Se lo facciamo, otteniamo due proposizioni false.

Questo è un punto di grande rilevanza. Infatti, anche un commentatore attento come Ralph Walker [Stevenson-Walker 1983: 158] ritiene che, in un passo simile dei *Prolegomeni* [§ 52 *c*], Kant sostenga che 'il mondo è limitato nello spazio' e 'il mondo non è limitato nello spazio' sono entrambe false. Al contrario, i *Prolegomeni* confermano la dottrina della *Critica* che tali proposizioni sono entrambe false solo se, una volta tradotte in latino, diventa chiaro che la negazione riguarda il predicato della seconda proposizione, mentre se la negazione riguarda la copula della seconda proposizione, quella proposizione è vera e la prima – in quanto sua contraddittoria – è falsa. Il testo citato dei *Prolegomeni* argomenta che è impossibile dire che il mondo è o finito o infinito, cioè ha o un predicato affermativo o un predicato negativo, così che sia la tesi sia l'antitesi delle prime due antinomie sono false.

Nondimeno, Kant riconosce che in qualche modo è difficile evitare il passaggio errato da 'non essere finito' a 'essere infinito', così come il passaggio da 'non essere infinito' a 'essere finito', e perciò accade che commettiamo l'errore di considerare due proposizioni dialetticamente opposte come se fossero contraddittoriamente opposte. Per questo motivo egli afferma:

> il modo apagogico di dimostrare è [...] ammissibile solo nelle scienze in cui è impossibile interpolare ciò che vi è di soggettivo nelle nostre rappresentazioni al posto dell'oggettivo, cioè della conoscenza di ciò che è nell'oggetto. Ma dove la cosa può aver luogo, potrà facilmente accadere che o il contrario di una certa proposizione contraddica solo alle condizioni soggettive del pensiero, e non all'oggetto, o che due proposizioni siano fra loro in contraddizione sulla base di una condizione soggettiva, erroneamente presa per oggettiva; e poiché la condizione è falsa, entrambe le proposizioni possono essere false, senza che dalla falsità dell'una sia possibile concludere alla verità dell'altra [A 791/B 819].

In questi casi è meglio non usare prove apagogiche, perché queste si basano su un'applicazione del principio del terzo escluso che, se applicato a proposizioni che non sono realmente contraddittorie, ci fa erroneamente concludere dalla falsità dell'una alla verità dell'altra. Evitare prove apagogiche è quindi una regola prudenziale che non dipende dal fatto che, nei "tentativi trascendentali della ragion pura" [A 792/B 820] la bivalenza "non può essere assunta" [Tiles 1980: 161], ma dal fatto che, a causa della "illusione dialettica", noi siamo soggetti a scambiare erroneamente la reale contraddizione per opposizione dialettica. Fuori dell'isola della verità, nell'oceano della parvenza [A 235/B 294-5], noi possiamo annegare non se assumiamo la bivalenza – come ho mostrato, almeno le proposizioni sull'idea di mondo hanno un valore di verità, 'falso' o 'vero' che sia – ma se, illusi dalla nostra capacità di pensare e parlare ben oltre l'ambito di ciò che è conoscibile, usiamo con fiducia il nostro linguaggio e la nostra logica, che è quella classica, senza prestare sufficiente attenzione alle restrizioni imposte su ciò che deve essere oggettivamente valido.

Ho sostenuto altrove che la difficoltà di distinguere le proposizioni contraddittorie da quelle dialetticamente opposte, unita al fatto che le regole logiche sillogistiche fanno uso di variabili che possono essere sostituite con qualsiasi termine linguistico e con proposizioni relative a *non entia*, come l'idea di mondo, spinse Kant a imporre restrizioni sull'uso di riduzioni indirette o *per impossibile* di sillogismi della seconda, terza e quarta figura a sillogismi della prima figura [Capozzi 1980]. Ma anche in questo caso Kant non limitò la sua logica né respinse la bivalenza: semplicemente mise in guardia contro l'errore comune di confondere – quando navighiamo nel mare della parvenza – contraddizione con opposizione dialettica. Tuttavia, quando possiamo controllare le nostre asserzioni nell'ambito dell'esperienza possibile, Kant raccomanda le prove apagogiche. In particolare tali prove "trovano posto" in matematica, dove abbiamo un completo controllo sui concetti che abbiamo costruito *a priori*. Ma le prove apagogiche possono essere adoperate anche "nella fisica, in cui tutto poggia su intuizioni empiriche" così che "la fallacia può certo essere evitata, il più delle volte facendo ricorso al raffronto fra osservazioni diverse" [A 792/B 820].

Questo per quanto riguarda Kant e la bivalenza.

Se ora guardiamo agli ultimi sviluppi della filosofia di Putnam, dobbiamo riconoscere che egli sembra aver cambiato idea su questo tema. Infatti, è vero che *a)* ancora nega che "abbiamo [...] una nozione di verità che *eccede* totalmente la possibilità di giustificazione"; b) chiarisce che respinge asserzioni come 'ci sono davvero numeri' perché "sfuggono alla possibilità di verifica in un modo che è assolutamente diverso dal modo in cui l'asserzione, diciamo, che in

Nord America c'era un dinosauro meno di un milione di anni fa, potrebbe sfuggire alla possibilità di reale verifica"; c) sottolinea che asserzioni come 'ci sono davvero numeri' "sono tali che non possiamo immaginare come qualsiasi creatura avente, come dice Kant, 'una natura razionale e sensibile' potrebbe accertare la loro verità o falsità sotto ogni condizione". Ma da ciò egli non conclude che 'ci sono davvero numeri' è un'asserzione a cui è impossibile applicare la sua nozione di verità. Al contrario:

> se alcune persone vogliono affermare che [...] c'è, dopo tutto, un metodo di 'verifica metafisico' mediante il quale possiamo determinare che i numeri 'esistono realmente', va benissimo; tali persone esibiscano tale metodo e ci convincano che funziona [Putnam 1990: prefazione, ix].

Stando così le cose, è difficile capire quale sia la differenza tra l'asserzione sull'esistenza dei dinosauri e l'asserzione sull'esistenza dei numeri. Entrambe le asserzioni sembrano condividere la stessa pretesa di verità in termini di una possibile giustificazione, poiché entrambe sono semplicemente indecise *pro tempore*, cioè fino a quando qualcuno non se ne esca con una verifica (rispettivamente) empirica o metafisica della loro verità o falsità.

L'accettazione della bivalenza rende Putnam più simile a Kant? Certamente no, perché questa accettazione è chiaramente legata al fatto che Putnam è diventato di così 'larghe vedute' da ammettere 'verifiche metafisiche' di asserzioni che, come lui ammette, non possiamo immaginare che siano mai verificate o falsificate da creature 'con una natura razionale e sensibile'. In altri termini, Putnam non solo ammette che la ragione possa subire un'evoluzione, ma – in apparente contrasto con le sue asserzioni precedenti e con alcune asserzioni di Kant che egli sembrava approvare [cfr. Putnam 1981: x, 118] – non pone limiti ai modi che tale evoluzione potrebbe assumere.

Possiamo concludere che Kant non solo avrebbe probabilmente ritenuto la posizione filosofica di Putnam incapace di respingere le critiche di Eberhard, ma avrebbe anche pensato che appellarsi a canoni mutevoli della razionalità avrebbe avuto conseguenze indesiderabili, e cioè o l'assunzione di una qualche garanzia metafisica dell'oggettività oppure la resa all'irrazionalità.

Riferimenti bibliografici

Ashworth, E.J. 1974: *Language and Logic in the Post-Medieval Period,* Dordrecht: Reidel.

Capozzi, M. 1980: "Osservazioni sulla riduzione delle figure sillogistiche in Kant", *Annali della Facoltà di Lettere e Filosofla dell'Università di Siena,* I, 79-98.

Capozzi, M. 1987: "Kant on Logic, Language and Thought", in D. Buzzetti & M. Ferriani (eds.), *Speculative Grammar, Universal Grammar, and Philosophical Analysis of Language,* Amsterdam-Philadelphia: Benjamins, 97-147.

Eberhard, J.A. 1792: *Philosophisches Magazin,* IV, Halle, repr. Bruxelles: Culture et Civilisation, 1967.

Kant, I.: *Gesammelte Schriften* [Ak.], ed. (Königlich) Preussische (Deutsche) Akademie der Wissenschaften, Berlin: Reimer; de Gruyter, 1900–.

Kant, I. 1781 [A], 1787 [B]: *Kritik der reinen Vernunft,* trad. it. di P. Chiodi, *Critica della ragion pura,* Torino: UTET, 1967.

Kant, I. 1783: *Prolegomena zu einer jeden künftigen Metaphysik, die als Wissenschaft wird auftreten können,* trad. it., di P. Carabellese, riv. da R. Assunto, *Prolegomeni ad ogni futura metafisica che si presenterà come scienza,* Bari: Laterza, 1967.

Kant, I. 1800: *Logik. Ein Handbuch zu Vorlesungen,* trad. it di M. Capozzi, *Logica. Un manuale per lezioni,* Napoli: Bibliopolis, 1990.

Posy, C. 1983: "Kant's Mathematical Realism", *The Monist,* LXVII, 115-134.

Putnam, H. 1981: *Reason, Truth and History,* Cambridge: Cambridge U. P.

Putnam, H. 1990: *Realism with a Human Face,* ed. by J. Conant, Cambridge, Mass.: Harvard University Press.

Stevenson, L.-Walker, R. 1983: "Empirical Realism and Transcendental Anti-Realism", *Proceedings of the Aristotelian Society,* Suppl. vol. LVII, 131-177.

Tiles, M. 1980: "Kant, Wittgenstein and the Limits of Logic", *History and Philosophy of Logic,* I, 151-170.

Van Kirk, C.A. 1984: "Kant's Reply to Putnam", *Idealistic Studies,* XIV, 13-23.

3
Concetto di filosofia e missione del filosofo secondo Kant

Per comprendere quale sia per Kant la missione del filosofo occorre indagare la sua concezione della filosofia. Questa indagine si giova dell'esame del *corpus* logico kantiano che consente di provare come, fra il 1755-56 e gli anni Novanta del secolo, Kant abbia proposto a differenti generazioni di studenti almeno tre versioni del concetto di filosofia e della sua storia[1].

Definizione e inizio della filosofia: le fasi di un'evoluzione

In una *prima fase*, che risale agli esordi del suo insegnamento della logica, Kant definiva la filosofia come "*scientia, quae circa rerum rationes versatur*"[2], una definizione che sebbene si richiami a Wolff[3], è tratta *ad literam* da Knutzen[4].

---

[1] Le opere di Kant sono citate con il volume (cifre romane precedute dalla sigla AA) e la pagina di *I. Kant's gesammelte Schriften*, hrsg. von der Königlich Preussischen Akademie der Wissenschaften (und Nachfolgern), Berlin (Berlin und Leipzig), 1900–. Per le citazioni dalla *Kritik der reinen Vernunft* (per cui uso la sigla *KrV*) i riferimenti sono alle pagine della prima (A) e della seconda (B) edizione, riportate anche dalla trad. it. di P. Chiodi (*Critica della ragion pura*), Torino 1967, che ho utilizzato. Per *Logik Jäsche* si intende I. KANT, *Logik. Ein Handbuch zu Vorlesungen*, hrsg. v. G. B. Jäsche (1800), trad. it. (*Logica. Un manuale per lezioni*) di M. Capozzi, Napoli 1990, citata con il solo riferimento al volume e alla pagina dell'edizione accademica, che la traduzione utilizzata reca al margine. Le sigle R. e RR. stanno per *Reflexion, Reflexionen*, seguite dal numero d'ordine che esse hanno nel *Nachlaß* kantiano, così come ordinato da E. Adickes. Là dove non altrimenti indicato, s'intende che le traduzioni di testi kantiani sono mie.

[2] R. 1632, AA XVI, p. 52.

[3] Cfr. C. WOLFF, *Philosophia rationalis sive Logica, methodo scientifica pertractata et ad usum scientiarum atque vitae aptata. Praemittitur discursus praeliminaris de philosophia in genere*, 3. ed. Francofurti et Lipsiae 1740,

57

In una *seconda fase*, collocabile tra la fine degli anni Sessanta e gli inizi degli anni Settanta, in accordo con Meier – l'autore del manuale di logica commentato a lezione – Kant presentava la filosofia come "la scienza razionale delle qualità delle cose"[5]. Così Kant abbandonava la definizione wolffiana e knutzeniana della filosofia e addirittura polemizzava con essa[6], confermando quanto egli aveva scritto nel saggio sulla *Deutlichkeit* del 1762, cioè: "vi è un numero infinito di qualità, costituenti il vero e proprio oggetto della filosofia"[7].

Il fatto che nella prima e nella seconda fase la filosofia fosse concepita come riguardante le *rationes* o le qualità delle cose consentiva a Kant di assumere criteri elastici nel decidere che cosa

---

Discursus praeliminaris, § 17, riprod. in C. WOLFF, *Gesammelte Werke*, Abt. II, Bd. I, hrsg. von J. Ecole, Hildesheim-Zürich-New York 1983. Il richiamo a Wolff è suggerito da E. Adickes, AA XVI, p. 52 nota: "nella conoscenza filosofica rendiamo ragione di quelle cose che o sono o possono essere".

[4] Cfr. M. KNUTZEN, *Elementa philosophiae rationalis seu Logicae*, Regiomonti et Lipsiae, 1747, *Prolegomena* § 9: la filosofia è "scientia quae circa rationes rerum versatur". Su questo argomento cfr. M. ALBRECHT, "Kants Kritik der historischen Erkenntnis - ein Bekenntnis zu Wolff?", *Studia Leibnitiana*, XVI, 1982.

[5] Cfr. le logiche *Blomberg* e *Philippi*, AA XXIV, pp. 24 e 320. Il manuale di logica adottato da Kant è G.F. MEIER, *Auszug aus der Vernunftlehre*, Halle 1752, ristampato in nota in AA XVI. La definizione di 'filosofia' di Meier è: "la filosofia [*Weltweisheit*] (*philosophia*) è una scienza delle qualità *generali* delle cose, in quanto conosciute senza ricorrere al credere [*ohne Glauben*]" (*Auszug*, § 5, AA XVI, p. 51).

[6] Cfr. *Logik Blomberg*, AA XXIV, p. 30: "si usa anche dire [...] *Philosophia est Scientia, quae circa rerum rationis* [*sic*] *versatur*. Tuttavia, poiché la filosofia non si occupa meramente delle ragioni delle cose, ma spesso si occupa semplicemente anche delle loro qualità, si vede facilmente che questa definizione è scorretta".

[7] *Untersuchung über die Deutlichkeit der natürlichen Theologie und der Moral*, pubblicata nel 1764, ma finita di comporre nel 1762, AA II, p. 282, trad. it. (*Indagine sulla distinzione dei principi della teologia naturale e della morale*) di P. Carabellese, riv. da R. Assunto e R. Hohenemser, in I. KANT, *Scritti precritici*, Roma-Bari 1982, p. 226.

dovesse essere considerato come pensiero filosofico. Conseguentemente i testi logici kantiani databili fino agli ultimi anni Sessanta o ai primi anni Settanta testimoniano che Kant insegnava ai suoi studenti che il pensiero filosofico era nato presso popoli e civiltà anteriori o diversi dalla grande civiltà greca. Così che, sia pure attribuendo a quelle antiche tradizioni di pensiero lo *status* di tentativi filosofici, egli menzionava la filosofia dei Caldei, degli Egiziani, dei Cinesi e degli Ebrei[8].

In una *terza fase*, rappresentata dal periodo del criticismo, Kant giunge a una definizione della filosofia come scienza che "si limita ai concetti universali"[9], e che procede unicamente "in base a concetti"[10]. Questa definizione è ripresa dalla *Logik Jäsche*, dove per 'filosofia' si intende una "conoscenza razionale derivante da semplici concetti"[11] o una conoscenza dell'universale *in abstracto*. In base a questa definizione, la conoscenza filosofica è caratterizzata dal non avere *immediatamente* a disposizione un corrispettivo intuitivo dei suoi concetti. Ciò significa che se la filosofia deve trovare questo corrispettivo, essa dovrà farlo non già immediatamente bensì discorsivamente: *philosophiren* è un riflettere mediato e discorsivo [*discursiv nachdenken*][12].

Quest'ultima definizione si differenzia dalle precedenti perché non determina la filosofia a partire dal suo *oggetto* – sia questo costituito dalle ragioni delle cose o dalle loro qualità – ma a partire dal suo *modo di procedere*, che è quello di una conoscenza non solo razionale ma anche discorsiva. Non che l'attenzione al procedimento discorsivo mancasse nelle prime due fasi dell'evoluzione della definizione kantiana della filosofia. Al contrario, Kant ha sempre insistito su questa caratteristica del filosofare. Tuttavia è solo l'ultima

---

[8] Cfr. AA XXIV, rispettivamente pp. 31-34 e 323-326.

[9] *KrV*, A 715/B 743.

[10] *KrV*, A 717/B 745. Nel formulare la nuova definizione Kant contestava quella (precedentemente accolta) di scienza razionale delle qualità delle cose.

[11] *Logik Jäsche*, AA IX, p. 23. Cfr. *KrV*, A 713/B 743: "La conoscenza filosofica è conoscenza razionale per concetti".

[12] Cfr. *KrV*, A 719/B 746-7.

definizione della filosofia che fa della discorsività la nota distintiva del filosofare, legandolo definitivamente all'uso di un linguaggio filosofico astratto e non "figurato"[13] che, una volta stabilito, diventa irrinunciabile: "Al fondo ogni filosofia è certamente prosaica; e la proposta di filosofare oggi di nuovo poeticamente, potrebbe ben essere accolta come il proporre ad un commerciante di scrivere per l'avvenire i propri registri non in prosa, ma in versi"[14].

Se l'uso di un linguaggio astratto, corrispondente al procedere *per conceptus* discorsivo e non immediato della filosofia, è il *proprium* della disciplina, allora la palma di iniziatori della filosofia spetta indiscutibilmente ai Greci, e in particolare a Aristotele. Infatti la capacità di adoperare un linguaggio astratto non solo è indice di rigore intellettuale, ma è anche una difesa dalla falsa illusione che le immagini del linguaggio figurato costituiscano il riferimento oggettivo dei concetti filosofici. Ecco allora perché la *Logik Jäsche* sostiene: "fra tutti i popoli i Greci hanno cominciato per primi a filosofare. Essi per primi, infatti, tentarono di coltivare le conoscenze senza la guida delle immagini ma *in abstracto*, mentre gli altri popoli cercarono sempre di rendersi intelligibili i concetti soltanto con immagini, *in concreto*"[15]. Il medesimo parere è espresso in una raccolta di lezioni degli anni Ottanta: "Nessun popolo ha iniziato a filosofare prima dei Greci, in quanto nessun popolo pensava per concetti, ma pensavano tutti per immagini. Essi [i Greci] incominciarono per primi a studiare regole *in abstracto*"[16].

---

[13] *Logik Jäsche*, AA IX, p. 28.

[14] *Von einem neuerdings erhobenen vornehmen Ton in der Philosophie* (1796, d'ora in poi *Ton*), AA VIII, p. 406, nota, trad. it. (*Di un tono di distinzione assunto di recente in filosofia*) di F. Desideri in I. KANT, *Questioni di confine*, Genova 1990, p. 68.

[15] *Logik Jäsche*, AA IX, p. 27.

[16] *Wiener Logik*, AA XXIV, p. 800. G. MICHELI, *Kant storico della filosofia*, Padova 1980, pp. 170, 209-210, ritiene che questo spostamento dell'inizio della filosofia non dipenda dalla nuova definizione della filosofia come conoscenza dell'universale *in abstracto*, ma attribuisce tale nuova definizione all'influenza esercitata su Kant da nuove fonti storiografiche, e segnatamente da D.

Una simile presa di posizione sull'inizio della filosofia comporta che non è più possibile considerare i filosofi che non speculavano *in abstracto* alla stregua di filosofi 'primitivi': costoro devono essere esclusi dalla storia della filosofia. Le testimonianze dell'insegnamento kantiano dell'età matura sono concordanti su questo punto. Ad esempio, nella *Metaphysik Volckmann*, databile 1784-85, c'è la seguente affermazione: "Se non si è capaci di separare il concetto dalle immagini, non si sarà neppure mai in grado di pensare in modo chiaro e senza errori"[17]. Ne consegue il drastico giudizio della *Logik Jäsche*: "nello Zendavesta di Zoroasto si scopre la *minima traccia* di filosofia. Lo stesso vale anche per la celebrata sapienza egiziana che, in confronto alla filosofia greca, è stata un *mero gioco da bambini*"[18]. Quanto ai pensatori cinesi e indiani contemporanei di Kant, la *Logik Jäsche* ammette che essi si occupano di "cose tratte solo dalla ragione, come Dio, l'immortalità dell'anima, e simili", ma non li colloca nel rango dei filosofi poiché essi "non cercano di investigare la natura di questi oggetti *in abstracto* secondo concetti e regole". Quanto ai Persiani e agli Arabi, il medesimo testo concede che essi abbiano fatto un uso speculativo della ragione, ma si affretta

---

TIEDEMANN, *Griechlands erste Philosophen oder Leben und Systeme des Orpheus, Pherecides, Thales und Pythagoras*, Leipzig 1780; C. MEINERS, *Geschichte des Ursprungs, Fortgangs und Verfalls der Wissenschaften in Griechenland und Rom*, 2 voll., Lemgo 1781-1782; D. TIEDEMANN, *Geist der spekulativen Philosophie*, 6 voll., Marburg 1791-1797, il cui I vol. (1791) Kant conobbe sicuramente. Non solo queste opere proclamavano la priorità dei Greci nelle scienze e nella filosofia, ma la seconda delle opere ora citate di Tiedemann definiva la filosofia come l'insieme delle opinioni ricavate da principi, siano questi presi da concetti o da esperienze. Una definizione, quest'ultima, da cui Kant potrebbe aver tratto più di un suggerimento per la propria 'nuova' definizione di filosofia. Che sia stata la concezione della filosofia a dipendere dalla conoscenza della storia della filosofia o viceversa, il nesso fra le due è innegabile, ed è ciò che qui conta.

[17] AA XXVIII, p. 369.

[18] *Logik Jäsche*, AA IX, p. 27 (corsivi miei).

a precisare che essi "ne hanno mutuato le regole da Aristotele, dunque ancora dai Greci"[19].

Filosofia e matematica

Per Kant la discorsività è diventata gradualmente il carattere dominante della filosofia, ma ho già ricordato che egli ha sempre affermato che il procedimento filosofico è discorsivo, al punto che in tutte e tre le summenzionate fasi attraversate dalla sua definizione della filosofia l'ha differenziata, in quanto discorsiva, da quella che a suo avviso è l'unica altra conoscenza razionale, cioè la matematica. In un appunto preparatorio alle lezioni logiche, risalente all'epoca in cui considerava la filosofia come la conoscenza che si occupa delle ragioni delle cose, Kant scriveva che anche la matematica si occupa delle ragioni delle cose (e in tal misura è una parte della filosofia), ma che essa gode, rispetto alla filosofia, del vantaggio di fondarsi sulla *sensibilità*[20]:

> La prima divisione principale della filosofia è 1. quella [parte] in cui le ragioni sono conosciute grazie a una trattazione sottratta ai sensi e alle immagini distinte dell'immaginazione, dunque grazie all'*intellectus purus*; 2. quella [parte] che ricava immediatamente le ragioni attraverso la comparazione di rappresentazioni sensibili. La

---

[19] *Ibidem*.

[20] In M. CAPOZZI, "J. Hintikka e il metodo della matematica in Kant", *Il Pensiero*, XVIII, 1973, pp. 240-243, ho cercato di confutare, relativamente alla *Deutlichkeit* del 1762, l'argomento di Hintikka secondo cui, in una fase 'preliminare' della sua filosofia, Kant avrebbe considerato tipico della matematica l'uso di esempi individuali, ma non avrebbe legato quest'uso alla sensibilità, cfr. J. HINTIKKA, "Kant's 'New Method of Thought' and His Theory of Mathematics", *Ajatus*, XXVII, 1965, p. 42; J. HINTIKKA, *Logic, Language-Games and Information: Kantian Themes in the Philosophy of Logic*, Oxford 1973, p. 145. La precocissima R. 1634, che lega palesemente la matematica alla sensibilità in una fase che è poco chiamare 'preliminare', trattandosi degli esordi del lavoro filosofico di Kant, mi sembra rafforzare definitivamente quella confutazione.

prima è la filosofia in senso proprio, la seconda è la matematica. Questi chiarimenti determinano la nota distintiva delle due scienze. Ma noi possiamo porre a confronto delle rappresentazioni sensibili a scopi diversi. Solo che, allo scopo di ottenere le ragioni, noi non possiamo far altro confronto che debba condurre immediatamente alla conoscenza della ragione per mezzo dei sensi, se non in quanto esso riguardi la quantità. Di conseguenza è la matematica l'unica scienza in cui una comprensione distinta della ragioni dipende immediatamente dai sensi o dalla loro sostituta, l'immaginazione [...] Forse si potrebbe dire: con questa definizione la filosofia non è sufficientemente distinta dalla matematica, poiché anche quest'ultima considera le ragioni delle cose, cioè in quanto si considera la loro quantità. Non si dovrebbe dire perciò che il *mathematicus* ha una conoscenza filosofica delle relazioni fra le cose? Egli dà dimostrazioni, non è vero? Qui bisogna tener conto del fatto che in matematica la ragione e la dipendenza dei rapporti da questa ragione viene dedotta e conosciuta grazie a una serie di confronti sensibili o di rappresentazioni tali da poter essere rese tutte sensibili. Ad esempio [si vuole sapere] quale sia il rapporto di tutti e tre gli angoli di un triangolo con due angoli retti che possono essere compresi in un semicerchio. Ciò può essere compreso assieme alla ragione nel mentre che vengono disegnati e resi sensibili sulla lavagna tutti i concetti che conducono ad essa [ragione]. Ma la filosofia richiede una comprensione delle ragioni tale che il collegamento con ciò che ne è derivato non viene afferrato per mezzo di una serie immediatamente sensibile di rappresentazioni, e di conseguenza viene afferrato per *intellectum purum*[21].

La medesima concezione è espressa da Kant in un altro appunto dello stesso periodo: "solo in matematica [...] si ha un sicuro filo conduttore della riflessione: i nostri sensi [...] o la loro *vicaria*, l'*imaginatio*"[22]. Non posso soffermarmi sul merito di questa

[21] R. 1634, AA XVI, p. 54.
[22] R. 1670, AA XVI, p. 72.

concezione della matematica, ma non ritengo azzardato vedervi una reminiscenza della concezione di Andreas Rüdiger, quale Kant poteva avere conosciuto direttamente, ma che probabilmente gli era stata resa nota dai riferimenti alle posizioni 'stravaganti' di quell'autore presenti nell'opera logica di Knutzen, nonché in un'opera di larghissima diffusione come il *Philosophisches Lexicon* di Walch[23].

Negli anni Sessanta e all'inizio degli anni Settanta, ossia nel periodo in cui Kant sostiene che la filosofia si occupa delle qualità delle cose, egli caratterizza anche la matematica in base al suo oggetto, che è la quantità. Infatti nel saggio sulla *Deutlichkeit* del 1762 Kant afferma che "la quantità [*Größe*] costituisce l'oggetto della matematica"[24]. Tuttavia egli continua a individuare tra le peculiarità della matematica quella di poter usare segni *sensibili* che significano immediatamente i concetti rappresentati: "[...] la matematica nelle sue deduzioni e dimostrazioni considera le sue conoscenze generali sotto i segni [*unter den Zeichen*] *in concreto* [...] i segni matematici sono mezzi conoscitivi sensibili"[25]. Per contro, i segni della filosofia sono solo *parole*, cioè *segni discorsivi,* per loro natura *mediati,* che accompagnano i concetti. Infatti, i concetti filosofici sono considerati "accanto ai segni [*neben den Zeichen*]": le parole "che sono i segni della conoscenza filosofica, non servono ad altro che a far ricordare i concetti generali che si vogliono indicare, e occorre sempre averne dinanzi agli occhi il significato"[26].

---

[23] Cfr. A. RÜDIGER, *De sensu veri et falsi libri IV*, Halae, II ediz. 1722, I, c. II, § 6; II, c. IV, §§ 1*a*, 2, 3c. Cfr. E. CASSIRER, *Das Erkenntnisproblem in der Philosophie und Wissenschaft der neueren Zeit*, vol. II, Berlin, III ediz. 1922, pp. 525-7. Sui riferimenti a Rüdiger nell'opera logica knutzeniana cfr. M. CAPOZZI, *Introduzione* alla trad. cit. di KANT, *Logica* (*Logik Jäsche*), p. XLII. Su Crusius e su J.G. WALCH, *Philosophisches Lexicon*, Leipzig 1726, quali fonti per Kant di dottrine rüdigeriane, cfr. H. SCHEPERS, *Andreas Rüdigers Methodologie und ihre Voraussetzungen, Kantstudien*, Erg.H. 78, Köln 1959, pp. 40 e 71-2.

[24] AA II, p. 282, trad. cit. (modificata), p. 225.

[25] *Deutlichkeit*, AA II, p. 291, trad. cit., p.236.

[26] *Deutlichkeit*, AA II, p. 291-2, trad. cit., p. 236.

Nella *Kritik der reinen Vernunft* Kant modifica questo quadro concettuale perché, mentre ripete che la filosofia procede *aus Begriffen*, abbandona la teoria 'sensista' della matematica. Kant, infatti, presenta ora la sua nota, e definitiva, teoria secondo cui la matematica procede per costruzione di concetti:

> costruire un concetto significa esibire [*darstellen*] *a priori* la corrispondente intuizione. La costruzione d'un concetto implica perciò un'intuizione non empirica, la quale dunque, in quanto intuizione, costituisce un oggetto singolo, ma nel contempo, in quanto costruzione d'un concetto (cioè d'una rappresentazione universale) deve esprimere nella rappresentazione qualcosa di valido universalmente rispetto a tutte le intuizioni possibili che rientrano sotto lo stesso concetto[27].

In breve, il Kant critico non fa più intervenire nella matematica la sensibilità, ma la forma pura della sensibilità, cioè l'intuizione pura.

Ciò che conta, comunque, è che ora, a fronte del mutamento avvenuto nella concezione della matematica, Kant dichiari con rinnovato vigore che la filosofia ha come suo unico strumento i concetti e le parole che li designano, e che questo strumento, che la obbliga a una riflessione discorsiva *in abstracto*, è il *suo proprium*.

Diventare filosofi

Se questa è la natura della conoscenza filosofica, come si fa a diventare filosofi? La *Logik Jäsche* risponde a questa domanda affermando che chi vuole essere filosofo non deve imparare una filosofia, ma deve imparare a filosofare[28]. Ciò per due motivi: 1) non esiste una filosofia data, 2) chi conosca uno dei sistemi filosofici disponibili non per questo può dirsi filosofo.

Che non esista una filosofia data è una tesi ben nota di Kant che, già nella dissertazione *De mundi* del 1770, rappresentava l'instabilità

---

[27] *KrV*, A 713/B 741.

[28] *Logik Jäsche*, AA IX, p. 25.

delle filosofie e l'inconcludenza delle ricerche metafisiche con l'immagine dell'incessante rotolare della pietra di Sisifo[29]. Nella *Wiener Logik* leggiamo in proposito che "la filosofia non può essere imparata, perché ogni filosofo eleva il proprio edificio sulle rovine di un altro"[30]. Di più: la filosofia, intesa come modello di valutazione di tutti i tentativi di filosofare, "è semplicemente l'idea di una scienza possibile, mai data in concreto", cui si cerca di avvicinarsi[31].

Sull'impossibilità di dirsi filosofi sulla scorta della mera conoscenza della storia della filosofia, la *Logik Jäsche* – ancora in pieno accordo con la *Critica*[32] – osserva che è innegabile che la filosofia possa anche essere appresa storicamente, vale a dire empiricamente o *a posteriori,* al pari di qualsiasi dato di fatto[33]. Ma questo genere di conoscenza non ha origine nella ragione di chi conosce, né autorizzerà chi la possegga a dirsi filosofo. La *Wiener Logik* argomenta: "se mi si desse un sistema tanto chiaro da contenere soltanto proposizioni non contraddicibili: non sarei un filosofo finanche se ne imparassi perfettamente tutte le proposizioni. Io non

---

[29] Cfr. *De mundi sensibilis atque intelligibilis forma et principiis*, AA II, p. 411, § 23, trad. it. (*La forma e i principi del mondo sensibile e intelligibile*) in KANT, *Scritti precritici*, cit., p. 451.

[30] AA XXIV, p. 799.

[31] *KrV*, A 838/ B 866.

[32] Cfr. *KrV*, A 836-837/B 864-865: "Chi abbia imparato un sistema di filosofia, ad esempio il *wolffiano*, anche se si sarà ficcati in testa tutti i principi, le definizioni e le dimostrazioni, nonché l'intera ripartizione della dottrina, e sarà in possesso di queste cose a menadito, non avrà tuttavia acquistato che una completa conoscenza storica della filosofia di Wolff: non saprà e non giudicherà nulla di più di quanto gli è stato dato. Se gli contesterete una definizione, non saprà come sostituirla. Egli si è formato in base a una ragione estranea, ma la facoltà imitativa non è la facoltà produttiva: la sua conoscenza non gli viene dalla ragione e quantunque, sotto l'aspetto oggettivo, si tratti d'una conoscenza razionale, sotto l'aspetto soggettivo si tratta di una conoscenza semplicemente storica. Egli ha certamente appreso e ritenuto, ha imparato: è la copia di gesso d'un uomo vivente".

[33] Sull'associazione storia-empiria cfr. A. SEIFERT, *Cognitio historica. Die Geschichte als Namengeberin der frühneuzeitlichen Empirie*, Berlin 1976.

imparerei a filosofare, ma sarei in possesso di una conoscenza storica, senza sapere a partire da quali fonti crearla"[34]. Del resto, nei *Prolegomena* Kant mette subito in chiaro: "Vi sono dotti che hanno come propria filosofia la storia della filosofia (sia antica che moderna); non sono scritti per loro i presenti Prolegomeni"[35].

Diverso è il caso della matematica: è vero che si possono apprendere storicamente, *a posteriori*, i risultati matematici ottenuti da altri, e tuttavia se davvero li si è appresi se ne avrà una conoscenza matematica a pieno titolo, dal momento che li si sarà fatti propri attraverso una personale (ri)costruzione[36]. Per diventare filosofi non resta che diventare *Selbstdenker*, secondo un ideale riportato da Herder nei suoi appunti di studente di un corso di logica kantiano del 1763[37]. Ma, affinché il filosofo sia formato all'indipendenza di pensiero, occorre che sia educato a un filosofare indagatorio. Come sostiene un famoso annuncio kantiano di lezioni del 1765: "il metodo proprio dell'educazione in filosofia è *zetetico*, così come lo

---

[34] AA XXIV, p. 799.

[35] AA IV, p 255, trad. it. (*Prolegomeni ad ogni futura metafisica che si presenterà come scienza*) di P. Carabellese, con Introduzione di R. Assunto, Bari, 1967, p. 35.

[36] Cfr. *Logik Jäsche*, AA IX, p. 26: la matematica "in certo qual modo" può essere imparata "poiché in essa le prove sono così evidenti che ognuno ne può essere convinto". Cfr. *KrV*, A 837/B 867: "È tuttavia strano che la conoscenza matematica, una volta appresa, valga anche soggettivamente come razionale [...] La causa è che le sorgenti conoscitive, a cui il maestro può attingere, stanno nei principi essenziali e più propri della ragione, sicché lo scolaro non può scoprirle altrove, né porle in contestazione; il che accade a sua volta perché qui l'uso della ragione è possibile solo *in concreto*, benché a priori, ossia nell'intuizione pura, e, proprio per ciò, è esente da errore, e sono esclusi confusione ed inganni. Di tutte le scienze razionali (*a priori*) soltanto la matematica si può dunque imparare".

[37] Cfr. *Logik Herder*, AA XXIV, p. 4: "prenderemo il buono da dovunque provenga – il nobile orgoglio di pensare da sé, di scoprire da noi stessi per primi i nostri errori [*Wir werden das gute nehmen, woher es komt – der edle Stolz selbst zu denken, selbst unsere Fehler zuerst entdecken*]".

chiamavano alcuni antichi (da *zetein), cioè indagatorio*"[38]. Ora, spiega la *Logik Blomberg,* il metodo zetetico non è altro che il metodo scettico: "gli scettici [...] si chiamano anche zetetici, ricercatori e indagatori"[39]. Infatti: "l'origine del termine *scepticismus* è propriamente la seguente: *skepteszai.* Questa parola in greco vuol dire: ricercare, *scrutari, investigare, indagare*"[40].

La connessione fra il metodo dell'educazione in filosofia e lo *zetein* degli scettici, giustifica la presenza nei vari *excursus* storici delle lezioni kantiane dei nomi di grandi scettici antichi, quali Pirrone, Speusippo, Arcesilao, Carneade e Sesto Empirico[41]. Accanto a

---

[38] *Nachricht von der Einrichtung seiner Vorlesungen im Winterhalbjahr 1765-66,* AA II, p. 307.

[39] AA XXIV, p. 213. I termini 'ephetico', 'scettico', 'zetetico', 'aporetico' si trovano, a proposito del pirronismo, in Gassendi, Bayle, Crousaz, Brucker, Baumgarten ed altri, cfr. G. TONELLI, "Kant und die antiken Skeptiker", in H. HEIMSOETH, D. HENRICH, G. TONELLI (hrsg.), *Studien zu Kants philosophischer Entwicklung,* Hildesheim 1967, p. 94.

[40] AA XXIV, p. 209. Accolgo l'emendamento al testo della *Akademie-Ausgabe,* che reca *skeptomai,* proposto da N. HINSKE, *Kant-Index, Bd. 3: Stellenindex und Konkordanz zur "Logik Blomberg",* Teilband 1 (erstellt in Zusammenarbeit mit H. P. Delfosse u. E. Reinardt), Stuttgart-Bad Cannstatt 1989, p. LXXI.

[41] Cfr. *Logik Blomberg,* AA XXIV, pp. 36, 83, 209, 213, 214, 215, *Logik Philippi,* AA XXIV, p. 330, *Wiener Logik,* AA XXIV, pp. 803, 885, *Logik Busolt,* AA XXIV, p. 646, *Logik Dohna-Wundlacken,* AA XXIV, pp. 700, 719, 745, 746, *Logik Jäsche,* AA IX, pp. 30, 31 (Pirrone); *Wiener Logik,* AA XXIV, p. 803, 886, *Logik Dohna-Wundlacken,* AA XXIV, p. 745 (Speusippo); *Logik Jäsche,* AA IX, p. 30, *Wiener Logik,* AA XXIV, pp. 803, 886, *Logik Busolt,* AA XXIV, p. 646, *Logik Dohna-Wundlacken,* AA XXIV, pp. 699, 700, 745, *Logik Jäsche,* AA IX, p. 30 (Arcesilao); *Logik Blomberg,* AA XXIV, p. 215, *Wiener Logik,* AA XXIV, pp. 803, 886, *Logik Dohna-Wundlacken,* AA XXIV, pp. 699, 700, 745, *Logik Jäsche,* AA IX, p. 30 (Carneade); *Wiener Logik,* AA XXIV, p. 803, *Logik Jäsche,* AA IX, p. 31 (Sesto Empirico). Gli scettici antichi sono nominati in alcune *Reflexionen* kantiane dedicate alla storia della filosofia e della logica, in particolare cfr. R. 1635, AA XVI, pp. 56-59, R. 1648, AA XVI, pp. 64-65. Ma cfr. soprattutto la R. 2660, AA XVI, pp. 455-57, dedicata specificamente allo scetticismo.

costoro sono menzionati anche molti scettici moderni. Nelle *Reflexionen* autografe e nelle raccolte di lezioni logiche troviamo infatti riferimenti a autori come La Mothe le Vayer, Huet, Bayle, D'Argens e Crousaz[42]. Una particolare attenzione è riservata a Hume. Ad esempio, la *Logik Blomberg* afferma che Hume, quando si occupa di una questione filosofica, "cerca tutti i possibili argomenti a favore e li presenta nel migliore stile letterario. Prende poi l'altro aspetto e lo presenta con uguale imparzialità, adducendo con la stessa eloquenza gli argomenti in contrario"[43]. Dunque Hume è indicato come colui che ha messo meglio a frutto il metodo scettico di trattare i problemi filosofici. Pertanto il suo dubitare, per quel che contiene di positivo, non è un mero ostacolo soggettivo al tener per vero dovuto a un animo indeciso. Il suo dubitare non nasce da un semplice *scrupolo*, ma si traduce nella formulazione di *obiezioni*[44], e solo la formulazione di obiezioni pertiene al *dubium* piuttosto che alla mera *dubitatio* soggettiva. Infatti, sebbene *dubium* e *dubitatio* siano comunemente confusi[45], tale confusione va eliminata: solo chi riesce a rendere oggettive, sotto forma di obiezioni, le ragioni del suo dubitare è consapevole (e sa rendere consapevoli gli altri) del perché una certa

---

[42] Cfr. RR. 1635 e 2403, AA XVI, pp. 58 e 346 (La Mothe le Vayer); *Logik Pölitz*, AA XXIV, p. 509, *Wiener Logik*, AA XXIV, p. 804, R. 1635, AA XVI, p. 558 (Huet); *Logik Blomberg* AA XXIV, p. 211, *Logik Pölitz*, AA XXIV, p. 509, *Wiener Logik*, AA XXIV, p. 804, RR. 1635, 2116, 2652, 2660, 3475, AA XVI, pp. 58, 241, 450, 457, e 860 (Bayle); RR. 1579, 2652, AA XVI, pp. 21, 450 (D'Argens). La citazione di P. Crousaz è indiretta, dal momento che la *Logik Blomberg*, AA XXIV, p. 218, si riferisce solo alla traduzione tedesca di A. von Haller (*Prüfung der Secte, die an allem zweifelt*, Göttingen 1751, e non 1757 come appare nell'apparato critico della *Logik Blomberg* in AA XXIV, p. 999) dell'*Abrégé de l'histoire du Phyrronisme de Crousaz* (1733-40), che era un riassunto dovuto a H.S. Formey dell'*Examen du Pyrronisme* di Crousaz (La Haye 1733).

[43] AA XXIV, p. 217.

[44] Cfr. *Logik Jäsche*, AA IX, p. 83.

[45] Cfr. *Wiener Logik*, AA XXIV, p. 881: "nel linguaggio comune *dubitatio*, dubbio soggettivo, e *dubium*, dubbio oggettivo, sono confusi fra loro".

conoscenza non è certa. Proprio per questo costui sarà in grado, qualora ciò sia possibile, di sciogliere il dubbio[46].

Nella *Kritik der reinen Vernunft* questa concezione prende la forma dell'affermazione: "Il metodo scettico [...] mira alla certezza" perché in un conflitto "onestamente impostato e condotto con intelligenza da ambo le parti, cerca di scoprire il punto in cui ha luogo l'equivoco"[47]. Dunque il metodo scettico si serve di obiezioni (come quelle elaborate da Hume) *onestamente impostate e condotte con intelligenza* onde poter mirare alla certezza, cioè, se possibile, al dissolvimento del *dubium*. Per questo motivo il metodo zetetico o scettico, così fecondo come autentico metodo filosofico e come palestra in cui formare i filosofi, è l'antenato del *metodo critico*. Al pari del metodo scettico, il metodo critico non distrugge la filosofia, ma invita a filosofare perché tutela dall'indifferentismo cui potrebbe condurre la constatazione che la storia della filosofia non è, in fondo, che una successione di inevitabili catastrofi filosofiche.

A quest'ultimo proposito mi sembra importante che, secondo Kant, la lezione scettica imponga a chi voglia formare filosofi di far sì che gli allievi non trascurino i 'fallimenti' di cui è costellata la storia della filosofia, ma al contrario siano messi in grado di dibattere intorno alle idee della tradizione filosofica. Infatti, solo grazie a questo genere di dibattito critico o indagatorio – il metodo scettico nel suo senso migliore – essi riusciranno a pensare da sé e potranno dirsi filosofi. Ma ciò richiede che i giovani conoscano storicamente le idee dei filosofi: è ben vero che non si è filosofi se si conosce solo la storia della filosofia, ma nulla deve ostacolare l'apprendimento della storia della filosofia e impedire di nutrirsene, sia pure per contestarla. Anche perché le "rovine degli antichi edifici caduti" sono un'utile miniera cui attingere materiali per costruire nuovi tentativi filosofici[48].

Di qui lo spazio che Kant concede alla storia della filosofia in tutti i corsi di logica, e non solo di logica. La qual cosa, per converso, è indizio della familiarità di Kant con molti testi filosofici e con la

---

[46] Cfr. *Logik Jäsche*, AA IX, p. 83.

[47] *KrV,* A 424/B 451-2.

[48] Cfr. *KrV*, A 835/B 863.

storiografia filosofica nata dall'eclettismo della tradizione illuministica precedente a – e poi rivale di – quella wolffiana, vale a dire la tradizione facente capo a Christian Thomasius. Brucker è l'esempio-tipo di questa tradizione[49], ma si possono citare anche i nomi di Gentzken e Formey che ricorrono in alcune *Vorlesungen* logiche precritiche.

La missione del filosofo: il lavoro, la comunicazione, la sistematizzazione

L'insistenza sulla natura discorsiva della filosofia, derivante dal suo strumento esclusivamente concettuale e linguistico, è dovuta al fatto che in Kant il *come* si fa filosofia determina *che cosa* è la filosofia stessa e come il filosofo deve svolgere la sua missione.

1. Innanzitutto il filosofo deve *lavorare*. Dato che la filosofia – dunque in primo luogo la metafisica, in quanto "scienza speculativa della ragion pura"[50] – si occupa del "formale" nella nostra conoscenza[51], e dato che la filosofia è prodotta da un intelletto discorsivo, il filosofo non può riferirsi immediatamente all'intuizione e tanto meno imboccare la scorciatoia del sentimento [*Gefühl*], ma deve *lavorare*: l'intelletto discorsivo "deve impiegare molto lavoro per la scomposizione e ricomposizione dei suoi concetti in base a principi e deve salire faticosamente molti gradini per fare progressi nella conoscenza"[52]. A modello di questo lavoro Kant indica l'analisi concettuale compiuta da coloro che hanno fatto, e fanno, filosofia nel *senso scolastico* del termine. Costoro "si ritengono obbligati a progredire con lentezza e cautela dalla critica della loro facoltà conoscitiva"[53]. Questa loro analisi graduale è tanto più apprezzabile in

---

[49] Brucker è citato nella *KrV*, A 316/B 372.

[50] *Prolegomena*, AA IV, p. 371, trad. cit., p. 184.

[51] Cfr. *Ton*, AA VIII, p. 404, trad. cit., p. 66: "il formale della nostra conoscenza" che "costituisce il compito più importante della filosofia".

[52] *Ton*, AA VIII, p. 389, trad. cit., p. 54.

[53] *Ton*, AA VIII, p. 390, trad. cit., p. 54.

quanto ha prodotto una grande quantità di materiale filosofico al quale chiunque può attingere per elaborare una propria metafisica[54].

Tuttavia il lavoro del filosofo non si esaurisce nell'analisi dei concetti. Nonostante le espressioni di stima per Wolff, autore di opere che, grazie all'analisi dei concetti in esse perseguita, costituiscono quasi "un magazzino della ragione"[55], Kant respinge l'idea che il filosofo debba mirare esclusivamente a un grado sempre crescente di distinzione analitica dei concetti. Al contrario, "[...] la metafisica ha propriamente da fare con proposizioni sintetiche *a priori*, e queste soltanto ne costituiscono il fine"[56]. In questa critica all'identificazione del filosofare con l'analizzare è ovviamente racchiusa la critica radicale rivolta da Kant alla scuola wolffiana che, ispirandosi a Leibniz, riduceva l'apparente disparità fra rappresentazioni sensibili e intellettuali a una differenza fra rappresentazioni dotate di un grado diverso di chiarezza, una differenza che quindi poteva essere diminuita e persino annullata attraverso un'analisi chiarificatrice[57]. Ecco allora che Kant prescrive al metafisico, oltre che il lavoro di analisi volto a ottenere "giudizi appartenenti alla metafisica", anche il lavoro di sintesi teso a produrre "giudizi metafisici"[58] sintetici *a priori*, che esprimano una conoscenza nuova e dotata di necessità.

La differenza fondamentale fra i lavori filosofici dell'analisi e della sintesi sta nel fatto che nell'analisi il filosofo *si giova* della discorsività della filosofia perché egli è legittimato nel non abbandonare il piano astratto dei concetti. Invece nel lavoro di produzione di giudizi sintetici *a priori* metafisici il filosofo è *condizionato* dalla discorsività della filosofia. Infatti, egli deve trovare un riferimento oggettivo ai concetti-parole della filosofia, e per di più deve farlo in maniera universale e necessaria, ma la discorsività del filosofare gli vieta di seguire l'esempio della matematica in cui la costruzione dei concetti nell'intuizione produce un'evidenza

---

[54] Cfr. *Prolegomena*, § 2, c, 3, AA IV, p. 273, trad. cit., p. 55.

[55] R. 5037 AA XVIII, p. 68, risalente agli anni 1776-7.

[56] *Prolegomena*, § 2, c, 3, AA IV, p. 269, trad. cit., p. 56.

[57] Cfr., ad esempio, *KrV*, A 270/B 326 e A 43-44/B 60-61.

[58] *Prolegomena*, § 2, c, 3, AA IV, p. 273, trad. cit., p. 55.

immediata[59]. La difficoltà del lavoro di sintesi del filosofo sta nel dover produrre una conoscenza *a priori* "così secondo l'intuizione che secondo i concetti [...] *rimanendo sempre nella conoscenza filosofica*"[60].

Ciò non vuol dire altro se non che i giudizi metafisici sintetici *a priori* devono essere sostenuti da un prova apodittica sì, ma di natura mediata. Il filosofo non può *demonstriren* come in matematica[61], ma deve fornire un'argomentazione che *provi* apoditticamente e *acroamaticamente* in base a quale diritto, e in quale modo, i concetti puri dell'intelletto si riferiscono *a priori* agli oggetti. Onde evitare fraintendimenti Kant spiega a chiare lettere che quel che contraddistingue le prove acroamatiche della filosofia è che esse "non possono esser condotte che per mezzo di semplici parole [*lauter Worte*] (l'oggetto del pensiero)"[62]. Pertanto il filosofo non può che tentare la via di una deduzione trascendentale dei fondamenti probativi della sua prova. Con le parole di Kant, il filosofo deve "difendere la propria causa attraverso una prova [*Beweis*] legittima, condotta sotto la forma di una deduzione trascendentale dei fondamenti di prova [*Beweisgründe*]"[63].

Qui posso soltanto accennare al fatto che i fondamenti di prova in questione vengono dedotti trascendentalmente da Kant (sulla base dell'Estetica trascendentale) nell'Analitica dei concetti della *Kritik der reinen Vernunft*, là dove viene stabilito appunto "il canone dell'intelletto puro, perché solo tale intelletto è in grado di raggiungere a priori conoscenze sintetiche vere"[64]. La prova stessa poi

---

[59] Cfr. *Prolegomena*, AA IV, p. 371, trad. cit., p. 184, dove Kant chiarisce perché, ad esempio, il concetto puro di causa non può essere presentato *a priori* nell'intuizione alla stregua dei concetti della matematica.

[60] *Prolegomena*, § 2 c, 3, AA IV, p. 269, trad. cit., p. 56.

[61] Cfr. *KrV*, A 734/B 762: "Il nome di dimostrazione [*Demonstration*] spetta solo a una prova [*Beweis*] apodittica, in quanto sia intuitiva [...] Soltanto la matematica è dunque in possesso di dimostrazioni".

[62] *KrV*, A 735/B 763.

[63] *KrV*, A 794/B 822.

[64] *KrV*, A 796/B 824.

culmina nell'Analitica dei principi, a iniziare dalla dottrina dello schematismo trascendentale per terminare nel sistema di tutti i principi dell'intelletto. Pertanto un giudizio metafisico come 'Tutto ciò che accade ha la sua causa', in tanto è sintetico *a priori* in quanto, sostiene Kant, egli ha fornito una prova acroamatica di come e con quale diritto sia possibile fare riferimento "a una terza cosa" – lo schema trascendentale – che non è contenuta nei concetti-parole del giudizio da provare, ma che, al pari di quei concetti, gode dell'apriorità e consiste nella "condizione della determinazione temporale in un'esperienza"[65]. Trattandosi di una "condizione formale e pura della sensibilità"[66], e in particolare della condizione formale e pura del senso interno, lo schema trascendentale non è della stessa natura degli schemi dei concetti empirici o degli schemi "sensibili puri" dei concetti geometrici[67]. A differenza degli schemi empirici e degli schemi sensibili puri, uno schema trascendentale "non può mai esser trasposto in immagine"[68], sebbene, proprio grazie allo schematismo trascendentale, i concetti puri possano essere *usati in concreto*, cioè *applicati* a qualche intuizione[69]. Questa caratteristica degli schemi trascendentali è di importanza fondamentale per convalidare l'affermazione di Kant d'essere riuscito a dare una prova acroamatica dei giudizi metafisici sintetici *a priori*. Kant può sostenere, ad esempio, d'aver provato acroamaticamente la sinteticità

---

[65] *KrV*, A 733/B 761. Cfr. pure *KrV*, A 766/B 794: "[...] nella Logica trascendentale abbiamo visto che se non è possibile trascendere immediatamente il contenuto di un concetto dato, è tuttavia possibile conoscere la legge della connessione di una cosa con altre rigorosamente a priori, in relazione però con un terzo elemento, cioè con l'esperienza possibile, ma pur sempre a priori".

[66] *KrV*, A 140/B 179.

[67] Cfr. M. CAPOZZI, "Kant on Logic, Language and Thought", in D. BUZZETTI-M. FERRIANI (eds), *Speculative Grammar, Universal Grammar and Philosophical Analysis of Language*, Amsterdam-Philadelphia 1987, in particolare pp. 118-123.

[68] *KrV*, A 142/B 181.

[69] Cfr. *Prolegomena*, § 8, AA IV, p. 282, trad. cit., p. 69: al fine di procurarsi "significato e senso", i concetti puri "hanno pur bisogno di un certo uso *in concreto*, cioè di un'applicazione a qualche intuizione".

a priori di 'Tutto ciò che accade ha la sua causa' poiché, come osserva in una nota della Dottrina del metodo, egli è sì uscito dal concetto di 'evento', ma non accedendo all'intuizione che rappresenta *in concreto* il concetto di causa (quale sarebbe, se fosse possibile, l'immagine del concetto 'causa'), bensì solo allo schema trascendentale del concetto di causa, cioè alle "condizioni di tempo in generale che potrebbero essere riscontrate nell'esperienza, in conformità del concetto di causa". Dunque, egli conclude: "Io non procedo [...] che secondo concetti"[70].

Kant sostiene, inoltre, che tutti i giudizi metafisici provati acroamaticamente sono considerabili come autentici *principi* dell'intelletto puro, sebbene, in quanto "discorsivi", siano privi dell'immediata evidenza dei principi matematici (assiomi)[71]. Nel loro insieme i principi dell'intelletto puro definiscono l'ambito dell'esperienza possibile e assumono quella funzione di fondamenti della verità metafisica o verità trascendentale che nella tradizione wolffiana era intesa come la verità inerente alle cose stesse[72], e che Crusius riteneva risiedesse nella mente di Dio[73]. Ma per Kant la "sorgente di ogni verità" sono proprio i principi dell'intelletto puro poiché essi "racchiudono il fondamento dell'esperienza, come insieme di ogni conoscenza in cui possano esserci dati oggetti"[74]. Ad esempio, il giudizio 'Tutto ciò che accade ha la sua causa' è un siffatto principio in quanto esprime una connessione in mancanza

---

[70] *KrV*, A 722/B 750.

[71] Cfr. *KrV*, A 732/B 760.

[72] Cfr. C. WOLFF, *Philosophia prima sive Ontologia*, Francofurti et Lipsiae 1737², §§ 495, 499, riprod. in Id., *Gesammelte Werke, cit.*, Abt. II, Bd. II, hrsg. von J. Ecole, 1962. Cfr. in merito M. CAPOZZI, "Sillogismi e proposizioni singolari: due aspetti della critica di Wolff a Leibniz", in D. BUZZETTI-M. FERRIANI (a cura di), *La grammatica del pensiero: Logica, linguaggio e conoscenza nell'età dell'Illuminismo*, Bologna 1982, pp. 124 ss.

[73] Cfr. C.A. CRUSIUS, *Weg zur Gewissheit und Zuverlässigkeit der menschlichen Erkenntniss*, Leipzig 1747, § 432, riprod. in C.A. CRUSIUS, *Die philosophischen Hauptwerke*, hrsg. v. G. Tonelli, vol. III, Hildesheim 1965.

[74] *KrV*, A 237/B 296.

della quale "l'esperienza stessa – e quindi l'oggetto dell'esperienza – diverrebbe impossibile"[75]. In particolare, se questo giudizio non valesse come principio un evento sarebbe impossibile "nel tempo", e dunque non sarebbe "appartenente all'esperienza". Per contro, un dato evento "ha validità oggettiva, cioè ha verità, soltanto in quanto, mediante la legge di causalità, è determinato un oggetto per il concetto"[76].

Va da sé che le prove acroamatiche dei giudizi metafisici sintetici *a priori*, essendo discorsive, sono *molto* laboriose. Già la risposta alla questione se siano possibili tali giudizi "richiede una riflessione molto più assidua, più profonda e più difficile che non la più vasta opera di metafisica"[77]. Tanto che Kant si attribuisce il merito d'aver svolto un "lavoro di così profonda indagine [*eine Arbeit von so tiefer Nachforschung*]"[78].

2. A causa della discorsività della filosofia al filosofo deve, oltre che lavorare, anche *comunicare*.

La comunicazione è necessaria per di arginare le risorgenti tendenze filosofiche 'fanatiche'. I nuovi *Schwärmer*, richiamandosi impropriamente a Platone, non solo rifiutavano il lavoro filosofico, in cui si era distinto Aristotele[79], ma presentando la propria filosofia come *philosophia arcani*, altro non volevano, secondo Kant, che un tipo di filosofia legata a idee *incomunicabili*. Ad essi Kant obietta che, è vero che la filosofia ha, rispetto alla matematica, lo svantaggio di lavorare solo con concetti, e dunque di doversi servire unicamente di parole per stabilire prove acroamatiche legittime. Tuttavia ciò non la esime dal dovere di fornire *pubbliche prove*, al contrario sancisce tale dovere. Il filosofo pertanto non può pretendere di "ascoltare e gustare l'oracolo"[80], che ha (o crede di avere) in se stesso, ma deve impegnarsi nel lavoro filosofico, sia quello analitico iniziato da

---

[75] *KrV*, A 783/B 811.

[76] *KrV*, A 788/B 816.

[77] *Prolegomena*, § 5, AA IV, p. 277, trad. cit., p. 63.

[78] *Ibidem*.

[79] *Ton*, AA VIII, p. 393, trad. cit., p. 54: "la filosofia di Aristotele è lavoro".

[80] *Ibidem*.

Aristotele e continuato in tempi moderni da Wolff, sia quello che Kant dichiara orgogliosamente d'aver compiuto nel reperire le prove acroamatiche dei giudizi metafisici sintetici *a priori*. Infatti, scopo di questo lavoro è rendere comunicabili le prove di quei i giudizi metafisici affinché questi ultimi valgano come principi per l'esperienza e nell'esperienza possibile di tutti e di ciascuno. D'altra parte, perché educare i filosofi al metodo scettico di considerare sempre ragioni pro e contro se non perché essi tengano conto delle ragioni altrui e imparino a sottoporre agli altri le loro ragioni esaminando le tesi pro e contro i loro argomenti[81]?

3. Lavorare e comunicare non basta. Il filosofo si deve proporre un ideale *sistematico*: "Non può esservi per un filosofo cosa più desiderabile di questa che egli possa trarre *a priori* da un unico principio la molteplicità dei concetti o dei principi, che, nell'uso che egli ne aveva fatto *in concreto*, gli si erano prima presentati dispersi, e che così possa riunire tutto in una conoscenza"[82]. Per esemplificare i vantaggi del seguire un'idea sistematica in filosofia Kant offre nel § 39 dei *Prolegomena* una narrazione del suo personale percorso filosofico. Egli racconta che, preso lo spunto dalle dieci categorie aristoteliche, dapprima separò "i concetti puri elementari della sensitività (spazio e tempo) da quelli dell'intelletto". Questa separazione decurtò l'elenco aristotelico delle categorie di tre (presunte) categorie ('quando', 'ubi' e 'situs'). Ma per trovare le categorie in quanto concetti puri dell'intelletto bisognò abbandonare l'esempio di Aristotele e affidarsi alla guida di un principio sistematico. Tale principio – dice Kant – fu da lui trovato in un "atto intellettivo" contenente tutti gli altri, cioè il giudizio. Seguendo questo filo conduttore egli poté presentare "una tavola completa delle funzioni pure dell'intelletto", e riferire queste funzioni del giudicare alla condizione di determinare i giudizi come oggettivamente validi. Di qui, finalmente, "scaturirono i concetti intellettivi puri" o categorie, il cui sistema, a sua volta, gli consentì di rendere sistematica "ogni trattazione di un qualunque oggetto della ragion

---

[81] Cfr. *Logik Jäsche*, AA IX, p. 30.

[82] *Prolegomena*, § 39, AA IV, p. 322, trad. cit., p. 121.

pura", in particolare la tavola dei principi, "della cui compiutezza si può essere certi soltanto col sistema delle categorie"[83]. Del resto, Kant non addebita forse i "traviamenti scettici" dell'acutissimo Hume al "mancato esame sistematico di tutte le specie di sintesi a priori dell'intelletto"[84]?

Le indicazioni date al filosofo in accordo con la natura discorsiva del filosofare non sono tematizzate da Kant in quanto tali. Tuttavia non solo sono sue indicazioni, come i passi citati dimostrano, ma non è difficile né arbitrario considerarle come una versione delle tre *massime* che egli prescrive a chiunque voglia evitare l'errore di giudicare vero il falso e di ritenersi certo dell'incerto: 1) pensare da sé, 2) pensare mettendosi al posto di un altro e 3) pensare conseguentemente[85].

La massima del pensiero autonomo privo di pregiudizi è rispecchiata dall'immagine del lavoro affidato al filosofo-*Selbstdenker*. Infatti, così come chiunque per pensare da sé deve liberarsi dai pregiudizi dell'autorità[86], il filosofo deve liberarsi dalla soggezione alle *auctoritates* filosofiche e deve filosofare autonomamente per gradi e con fatica, sia analizzando che sintetizzando conoscenze.

Parimenti la massima che si oppone al pregiudizio dell'egoismo logico[87], e che impone di pensare dal punto di vista di 'un altro' inteso

---

[83] *Prolegomena*, § 39, AA IV, pp. 323-325, trad. cit., pp. 122-124 *passim*.

[84] *KrV*, A 767/B 795.

[85] Cfr. *Kritik der Urtheilskraft*, § 40, AA V, p. 294, trad. it. (*Critica del Giudizio*) di A. Gargiulo, riv. da V. Verra, Bari 1972, p. 151. Cfr. pure *Logik Jäsche*, AA IX, p. 57; R. 1486, AA XV, p. 716.

[86] I pregiudizi dell'autorità sono tanti quante sono le autorità alle quali ci sottoponiamo passivamente, cfr. ad esempio *Logik Jäsche*, AA IX, pp. 77-80, sui pregiudizi dell'autorità della persona, dell'autorità dei molti, dell'autorità dell'età (sia antica che moderna). Sul tema della lotta ai pregiudizi nell'età dell'illuminismo, cfr. W. SCHNEIDERS, *Aufklärung und Vorurteilskritik. Studien zur Geschichte der Vorurteilstheorie*, Stuttgart-Bad Cannstatt 1983.

[87] Cfr., ad esempio, *Logik Philippi*, AA XXIV, p. 472: "La causa dell'egoismo logico è: a) amor proprio, poiché io stimo avveduto solo me stesso e disprezzo gli

come 'un altro qualsiasi', è rispecchiata dal filosofo comunicatore. A tale proposito mi sembra particolarmente illuminante che Kant scriva che è sulla seconda massima che si fonda "la tendenza comunicare la propria conoscenza ad altri, a mo' di esperimento logico"[88].

Meno palese è il collegamento fra la massima del pensare conseguentemente e il compito sistematico del filosofo. Ma che il collegamento esista lo si può evincere da alcuni passi delle lezioni logiche kantiane. Nella *Logik Jäsche* la terza massima è detta massima del modo di pensare "coerente o cogente [*consequente oder bündige*]". Questa caratterizzazione della terza massima è resa perspicua dalla *Logik Dohna-Wundlacken*, là dove spiega che la coerenza consiste nel collegare conseguenze a fondamento conformemente alle leggi logiche, mentre la *Bündigkeit* è un rafforzamento della coerenza, giacché consiste nel connettere una conoscenza con la serie delle conoscenze precedenti in quanto collegate in un sistema[89]. Questo aspetto sistematico della terza massima getta luce sul motivo dell'importanza che Kant le attribuisce, in quanto ora si vede che tale massima non solo prescrive la necessità 'banale' di essere logicamente coerenti, ma soprattutto impone di raccogliere le conoscenze in un sistema. Per quel che concerne il filosofo questo chiarimento risulta addirittura decisivo. Disporre le conoscenze filosofiche in un sistema, in quanto struttura organizzata secondo un'idea, vuol dire conciliare l'affermazione di Kant che non

---

altri; poiché io ritengo perfetta la mia conoscenza mosso da *philautia*, b) presunzione, perché non voglio dare ascolto ad opinioni altrui".

[88] R. 2127, AA XVI, p. 247.

[89] Cfr. *Logik Dohna-Wundlacken*, AA XVI, p. 735-36: "Cogente [*Bündig*] equivale a dire c o e r e n t e [*konsequent*], che tutto sta nel *nexus*, nel c o l l e g a m e n t o [*Zusammenhang*]. Il cogente è il massimo nella nostra conoscenza - essere coerente [coerente vuol dire conseguente se il collegamento delle conseguenze con il fondamento è conforme alle leggi logiche. Cogente se questa proposizione sta insieme con le precedenti nella serie di un sistema]". Le parentesi quadre del passo appena citato sono nell'originale tedesco.

esiste una filosofia data[90], con la sua rivendicazione dei progressi da lui ottenuti in filosofia. Per Kant, infatti, un sistema è simile a un organismo: per un verso, è fortemente delimitato poiché è costruito intorno a un'idea-guida e non consente l'apposizione rapsodica di nuove parti; per l'altro verso, entro quei limiti, il sistema può crescere indefinitamente *per intussusceptionem* di nuove conoscenze[91]. In altri termini, l'assetto sistematico costringe la filosofia in una struttura ben delimitata, ma ne promuove lo sviluppo senza doverla *mai dichiarare conclusa*.

La disciplina della ragione

Il riconoscimento della discorsività della filosofia è essenziale per Kant se non si vuole incorrere nel pericolo di una filosofia che pretende di procedere per 'illuminazioni'. Ma egli è consapevole del fatto che si possa abusare della discorsività del filosofare facendo correre alla filosofia un pericolo di segno opposto. Può accadere, e accade, che si ritenga possibile produrre filosofia senza dover fornire *prove* apodittiche (sebbene acromatiche), ma semplicemente concatenando parole in maniera persuasiva secondo *Vernunftschlüsse* che appaiono logicamente ben formati.

Ora i lunghi anni di insegnamento hanno consentito a Kant di riflettere sulla natura della logica per giungere alla conclusione che essa è una scienza avente la sola funzione di canone della correttezza

---

[90] Di qui l'accusa mossa a Kant da Fichte di non aver fornito che una propedeutica alla filosofia, cfr. *Intelligenzblatt* della *Allgemeine Literatur-Zeitung*, CIX (28 agosto 1799) coll. 876-8, AA XII, pp. 370-71. Cfr. N. HINSKE, *Kants Weg zur transzendentalen Philosophie. Der dreißigjärige Kant*, Stuttgart/Berlin/Köln/Mainz 1970, pp. 136-41.

[91] Cfr. *KrV*, A 833/B 861: un sistema è un tutto "[...] articolato (*articulatio*), e non ammucchiato (*coacervatio*); è suscettibile di crescita dall'interno (*per intussusceptionem*), ma non dall'esterno (*per appositionem*), proprio come un corpo animale, il cui accrescimento non importa alcuna aggiunta di membra, limitandosi a rendere ogni membro più forte e più idoneo ai propri fini, senza mutamento delle proporzioni".

formale del pensare e non quella di strumento inventivo di verità. Voler adoperare la sola logica per produrre verità sintetiche (naturalmente senza riuscirvi) significa esattamente volersene servire a mo' di organon inventivo, e dunque significa farne abuso. Tale abuso si sposa all'equivoco di considerare la logica come un'arte dialettica[92], intendendo quest'ultima come un'arte della disputa avente scopi persuasivi. Ma Kant obietta che confondere la logica con la dialettica vuol dire confondere un canone con uno strumento sofistico col quale "cavillare su tutto" al fine di "dare alla parvenza l'aspetto della verità e per far passare il nero per bianco"[93]. Spiega la *Logik Busolt*: "Se si considera la logica, trattata come organon, come la logica della verità, allora un avvocato diventa un azzeccagarbugli [*Rabulist*], un filosofo diventa un sofista giacché si giudica una tale forma degli oggetti secondo regole universali, senza conoscere l'oggetto stesso"[94]. Pertanto la dialettica, lungi dal regolamentare (formalmente) la verità e tanto più dall'invenire verità, è solo una logica della parvenza della verità.

Nella sua critica della dialettica quale pretesa logica strumentale Kant è consapevole di dover prendere in considerazione un ulteriore significato che la dialettica aveva ereditato dalla tradizione[95], ma che si era rinvigorito in epoca a lui più vicina. Mi riferisco al significato della dialettica come logica speciale (o parte della logica) che non vuole semplicemente insegnare a persuadere, ma vuole stabilire regole per assegnare probabilità a conoscenze la cui verità non siamo in grado di provare. Questo significato della dialettica era ben presente a Kant giacché veniva proposto proprio dal manuale che egli commentava nelle sue lezioni di logica. Nell'*Auszug* di Meier, infatti, l'equivalente latino di *Dialektik* è *dialectica* o *logica probabilium* e la definizione di 'dialettica' è: "logica della conoscenza dotta probabile [*wahrscheinliche*]"[96]. Propugnando questa concezione della dialettica

---

[92] *Logik Busolt*, AA XXIV, p. 612.

[93] *Logik Jäsche*, AA IX, p. 28.

[94] *Logik Busolt*, AA XXIV, p. 612.

[95] Cfr. TONELLI, "Kant und die antiken Skeptiker", cit., p. 102.

[96] MEIER, *Auszug*, § 6, AA XVI, p. 72.

Meier non era isolato, dal momento che, ad esempio, l'*Introductio in artem inveniendi* di Joachim Darjes – pubblicata un decennio prima e le cui tesi erano note a Kant – non solo divideva la trattazione in due parti dedicate rispettivamente all'analitica e alla dialettica, ma intitolava la prima sezione della dialettica: *De probabilitate eiusque investigatione generatim*[97].

Nella pagina iniziale della Dialettica trascendentale della *Kritik der reinen Vernunft* Kant si oppone con decisione a questa associazione di dialettica e probabilità, ancorché egli l'avesse accolta in fasi precedenti della sua riflessione sulla logica[98]. Nel luogo citato dell'opera maggiore Kant scrive: la dialettica "non è una logica della probabilità"[99]. La reazione di Kant all'associazione della dialettica con la probabilità è di tale portata che egli impone severe restrizioni persino all'uso del termine 'probabilità' [*Wahrscheinlichkeit, probabilitas*]. L'uso legittimo di questo termine egli lo riserva al *calcolo* delle probabilità, un calcolo che può essere effettuato solo in casi speciali. Fermo restando che noi siamo certi di una conoscenza quando abbiamo ragioni sufficienti (soggettivamente e oggettivamente) per tenerla per vera[100], la probabilità può essere calcolata quando tutte le ragioni sufficienti alla certezza di una qualche conoscenza e le ragioni insufficienti che abbiamo a

---

[97] Conseguentemente il § 1 dell'opera di Darjes inizia affermando che la dialettica è la "*scientia de regulis inveniendi veritates probabiliter*".

[98] Cfr. R. 1669, AA XVI, pp. 71-72, risalente all'inizio dell'adozione dell'*Auszug* meieriano come libro di testo, in cui Kant si riferisce alla *logica probabilium* come a una parte necessaria della logica pratica. Inoltre, stando alle testimonianze delle raccolte di lezioni logiche dei primi anni Settanta (*Logik Blomberg* e *Logik Philippi*) a quell'epoca Kant non si opponeva alla definizione meieriana della dialettica, cfr. HINSKE, *Kant-Index*, Bd. 3, Teilband 1, cit., pp. XXIX-XXX.

[99] *KrV*, A 293/B 349: "Wir haben oben die Dialektik überhaupt eine *Logik des Scheins* genannt. Das bedeutet nicht, sie sei eine Lehre der Wahrscheinlichkeit". Traducendo '*Wahrscheinlichkeit*' con '*probabilità*', mi discosto dall'errata traduzione di Chiodi che rende '*Wahrscheinlichkeit*' con '*verosimiglianza*'.

[100] Cfr. *Logik Jäsche*, AA IX, p. 70.

disposizione sono *omogenee* sì da poter essere *numerate*[101]. Solo se questa condizione è soddisfatta è possibile porre le ragioni sufficienti e le ragioni insufficienti in un rapporto che esprime l'*esatta misura* della probabilità nella forma di una frazione che reca le prime al denominatore e le seconde al numeratore. L'esempio classico di applicazione della probabilità così intesa è quello del gioco dei dadi e Kant vi si riferisce negli esempi forniti ai suoi studenti[102], ma è possibile dimostrare che egli, sebbene piuttosto fra le righe, era disposto a estendere tale campo d'applicazione fino ad includervi la probabilità *a posteriori* di questioni trattabili statisticamente. Con ciò intendo dire che, se ci si attiene allo schema di classificazione dei significati di probabilità elaborato da Lorraine Daston (che però non si occupa di Kant né dell'illuminismo tedesco), Kant restringe la probabilità ai significati 'oggettivi' di questa nozione[103].

Ma una dialettica quale presunta *logica* della probabilità vorrebbe trattare questioni di tutt'altra natura, incluse quelle concernenti 'anima', 'mondo' e 'Dio'. Non a caso questa logica presunta assume l'antico nome di 'dialettica'. Da un lato, essa sfrutta tecniche persuasive utilizzando abilmente il linguaggio senza preoccuparsi della verità, dall'altro lato, essa si rifà all'antico studio dei sillogismi dialettici aventi premesse *endossali*[104]. Così, data una *qualunque* questione incerta, la dialettica vorrebbe dare regole per confrontare le

---

[101] Cfr. *Logik Jäsche*, AA IX, p. 82.

[102] Cfr. ad esempio *Wiener Logik*, AA XXIV, p. 880.

[103] Cfr. L. DASTON, *Classical Probability in the Enlightenment*, Princeton 1988, p. 188.

[104] Si tratta di sillogismi le cui premesse sono basate su *éndoxa*, vale a dire "le cose ritenute vere da tutti o dalla maggioranza dei sapienti, e fra questi o da tutti o dalla maggioranza o dai più noti e endossali" (ARISTOTELIS *Topica et Sophistici Elenchi*, a cura di W. D. Ross, Oxford 1958, Top. I, 1, 100b 21-23), cfr. in merito W. CAVINI, "Modalità dialettiche nei *Topici* di Aristotele", in *Atti del Convegno Internazionale di Storia della Logica "Le teorie della modalità", San Gimignano 5-8 dicembre 1987*, Bologna 1989, p. 18 ss. Sulla traduzione boeziana di 'endoxon' con 'probabile', cfr. A. MAIERÙ, *Terminologia logica della tarda scolastica*, Roma 1972, pp. 397 ss.

ragioni ad essa favorevoli con le ragioni contrarie onde assegnare 'probabilità' a quelle che risultino più *pesanti*. Qui il *soppesamento* qualitativo e *soggettivo* concerne ragioni pro e contro fra loro *eterogenee* e non *numerabili*[105], e soprattutto non pone a confronto le ragioni pro con le ragioni sufficienti alla certezza. Questa caratteristica della dialettica, quale presunta logica della probabilità, è fondamentale nell'uso speculativo della ragione poiché le consente di ignorare lo standard della certezza là dove esso non può sussistere, cioè fuori dell'ambito dell'esperienza possibile.

Ecco perché Kant non può ammettere confusioni nemmeno al livello terminologico: dove non siano soddisfatti i requisiti per l'applicabilità di un calcolo della probabilità non v'è questione di *Wahrscheinlichkeit*. Semmai si può parlare di *Scheinbarkeit*. La *Scheinbarkeit*, infatti, è definita nella *Logik Jäsche* come un tener per vero "fondato su ragioni insufficienti che siano maggiori delle ragioni del contrario"[106], nel senso che tali ragioni siano (soggettivamente e qualitativamente) giudicate maggiori di quelle del contrario, e dunque non siano commisurate alle ragioni della certezza.

Al termine *Scheinbarkeit* Kant dà come corrispettivo latino il termine *verisimilitudo*, e dunque è naturale rendere in italiano *Scheinbarkeit* con 'verosimiglianza'. Tuttavia è bene ricordare che nell'uso corrente tedesco *Scheinbarkeit* è associato con 'apparenza' e finanche con 'speciosità'. Pertanto le argomentazioni dialettiche della ragione nel suo uso speculativo non solo sono ben lungi dall'essere prove acroamatiche legittime, ma non possono nemmeno pretendere di assegnare un grado di probabilità a una delle tesi contrapposte, essendo le argomentazioni dialettiche basate su confronti di ragioni eterogenee da cui si può solo ricavare la persuasione che ci fa propendere per una delle due tesi. Solo che questa propensione non deriva dall'essere la tesi in questione più *wahrscheinlich* dell'altra, ma solo dal suo apparire come tale, cioè dal suo essere più *scheinbar*

---

[105] Cfr. *Wiener Logik*, AA XXIV, p. 880, dove ci si riferisce alle ragioni delle questioni filosofiche che differiscono per qualità e non per quantità sicché esse "non possono essere numerate, ma pesate".

[106] AA IX, p. 81.

dell'altra. Del resto, è dall'inconsistenza delle pretese della ragione di assegnare almeno una probabilità, là dove non si riesce a dare una prova legittima, che sono nate le difficoltà della metafisica e il diffuso scetticismo nei suoi confronti.

Alle insidie dell'uso speculativo della ragione il filosofo *deve* reagire. Infatti, se il fine della metafisica sono le proposizioni sintetiche *a priori*[107], l'"autentico scopo" della filosofia è servirsi dei progressi compiuti in metafisica per "mettere in chiaro le illusioni di una ragione ignara dei propri limiti"[108]. Onde conseguire questo obiettivo il filosofo deve attenersi ancora più scrupolosamente ai compiti che gli sono propri.

Pertanto il filosofo deve innanzitutto lavorare esaminando le argomentazioni dialettiche con cui la ragione ignara dei propri limiti s'illude, confidando nel carattere discorsivo della filosofia e in una nozione spuria di probabilità, di potersi esimere dall'obbligo della prova, che invece proprio la discorsività della filosofia impone.

In secondo luogo, il filosofo deve confrontarsi con la ragione altrui. Mai come nell'intento di contenere le pretese della ragione questo compito si dimostra strettamente connesso con il metodo scettico, essenzialmente *dialettico*, di considerare sempre ragioni pro e contro al fine – l'ho sottolineato sopra – di "scoprire il punto in cui ha luogo l'equivoco"[109]. La paradossalità di adoperare il metodo scettico come arma contro lo scetticismo, al pari della paradossalità di elogiare lo scettico Zenone perché "sottile dialettico"[110], per Kant è solo apparente. L'uso del metodo scettico-dialettico pone sotto

---

[107] *Prolegomena*, § 2, c, 3, AA IV, p. 269, trad. cit., p. 56.

[108] *KrV*, A 735/B 763.

[109] *KrV*, A 424/B 451-2. La connessione fra scetticismo e dialettica è stata lentamente elaborata da Kant. Nelle lezioni logiche fra gli anni Sessanta e Settanta gli scettici non erano chiamati dialettici, cfr. TONELLI, "Kant und die antiken Skeptiker", cit., pp. 100-101. Tuttavia già nella *Logik Blomberg* di quel periodo, da un lato, i dialettici erano favorevolmente contrapposti ai dogmatici che "non sanno ma che decidono tutto e non vogliono ricercare nulla" (AA XXIV, p. 206), dall'altro lato, gli scettici erano chiamati "zetetici, ricercatori e indagatori".

[110] *Logik Jäsche*, AA IX, p. 28.

l'occhio dell'illuso metafisico (o del metafisico che vuole illudere gli altri) la fonte contenutistica del suo errore. Il confronto con la ragione altrui non può essere affidato al puro logico, proprio perché il puro logico non può né deve occuparsi di questioni di contenuto. Il puro logico non è in grado di rivelare la parvenza, ma solo, una volta che la parvenza sia stata rivelata, di riconoscere come un paralogismo un ragionamento in apparenza formalmente corretto. Kant stesso invita a considerare, ad esempio, l'argomento dialettico che dà luogo alle idee cosmologiche: "se il condizionato è dato, è data anche la serie globale di tutte le sue condizioni; ma sussistono oggetti sensibili dati come condizionati; dunque, ecc."[111]. Formalmente questo argomento si presenta come un sillogismo ipotetico corretto: 'p implica q, ma p, dunque q'. L'aspetto ingannevole della questione si palesa quando si rivela che p è stato interpretato in due modi diversi, l'uno riferentesi alle cose in sé, l'altro ai fenomeni. Solo che – questo è quanto sta a cuore a Kant – nessun logico, stando alla forma del sillogismo, è in grado di eccepire alla sua correttezza. Naturalmente, se gli si mostra che, nascostamente, un termine è stato preso in due significati, il logico sarà il primo a dichiarare quel sillogismo ipotetico non valido formalmente. Egli anzi denuncerà quel sillogismo come un paralogismo provocato dal ben noto *sophisma figurae dictionis*. Ma svelare la falsa parvenza celata nella forma dei sillogismi[112] spetta al filosofo, ma appunto al filosofo versato nel metodo scettico e dialettico. Giacché chi meglio di costui conosce l'arte di architettare giochi e trabocchetti sofistici confidando nelle ambiguità del linguaggio? Pertanto il filosofo non deve cedere alle lusinghe della dialettica, ma deve conoscerla perché solo se la conosce riesce, come deve, a "illuminare al massimo ogni passo della ragione"[113]. Ecco allora che, separata la dialettica dalla probabilità, Kant, per un verso, la appiattisce sull'arte disputatoria e in tal misura la deprezza, ma, per l'altro verso, la investe di un'importantissima funzione catartica. Donde l'asserzione della *Logik Jäsche* che la dialettica "conterrebbe

---

[111] *KrV*, A 497/B 525.

[112] *KrV*, A 333/B 390.

[113] *KrV*, A 737/B 766.

86

le note e le regole secondo le quali potremmo conoscere che qualcosa non si accordi con i criteri formali della verità, nonostante sembri accordarsi con essi. In questo senso allora la dialettica avrebbe una sua utilità come *catartico* dell'intelletto"[114].

Il filosofo, infine, deve anche farsi guidare dall'idea di sistema. Nel § 43 dei *Prolegomeni* Kant estende i vantaggi della ricerca filosofica condotta sulla guida sistematica di un filo conduttore anche all'enumerazione completa, alla classificazione e specificazione delle idee, un filo conduttore che egli reperisce nelle tre funzioni dei sillogismi[115].

Dunque, la combinazione di un lavoro di riesame delle argomentazioni parventi con il metodo scettico-dialettico e con l'approccio sistematico consente non solo di far progredire la metafisica, ma anche di usare la metafisica per controllare la ragione umana perché la metafisica, "attraverso una conoscenza scientifica e illuminante di sé, rende impossibili gli sconvolgimenti che una sfrenata ragione speculativa non mancherebbe di apportare, così nella morale come nella religione"[116]. In questo modo si costituisce una *disciplina* per l'uso speculativo della ragione, là dove 'disciplina' è "la *costrizione* che frena, e infine, dissolve la persistente tendenza a deviare da certe regole"[117].

Il concetto cosmico della filosofia

L'imposizione di questa disciplina, come è noto, non ha per Kant esiti risolutivi perché la ragione non può non tendere a deviare da quelle "certe regole". La dialettica della ragion pura è infatti "inevitabile" essendo una "disposizione naturale". Ma allora può il filosofo limitarsi a dissipare la parvenza o non deve anche spiegare lo scopo di

---

[114] *Logik Jäsche*, AA IX, p. 17.

[115] Cfr. *Prolegomena*, AA IV, p. 330, trad. cit., pp. 130-31.

[116] *KrV*, A 850/B 878.

[117] *KrV*, A 709/B 737.

quella dialettica, scopo che, in quanto disposizione naturale, essa deve avere[118]?

Kant è decisamente favorevole a questa seconda alternativa. Tuttavia concede che spiegare lo scopo della dialettica in quanto disposizione naturale è questione che investe l'utilità pratica della metafisica. Tale spiegazione, perciò, non è di pertinenza della metafisica e può essere considerata solo in uno scolio di quest'ultima[119]. Ma se la questione che occupa uno scolio della metafisica è tanto importante per il filosofo, occorrerà specificare meglio il concetto di filosofia.

A tal fine Kant spiega che il filosofo che s'interroga sul fine cui può essere diretta la disposizione a concetti trascendenti nella nostra ragione, è un filosofo che affianca al concetto *scolastico* il concetto *cosmico* [*Weltbegriff*] della filosofia[120]. La filosofia secondo il concetto scolastico fa astrazione "da qualsiasi scopo che non sia quello dell'unità sistematica del sapere, quindi della perfezione logica della conoscenza"[121]. Invece la filosofia secondo il concetto cosmico è "la scienza della relazione di ogni conoscenza ai fini essenziali della ragione umana"[122]. Considerata secondo il *Weltbegriff*, la filosofia non solo deve rifondare la metafisica e impiegare quest'ultima per costituire una disciplina della ragione, ma deve pure mostrare come si è guidati "dal proprio *sentimento* morale ai concetti del dovere".

È chiaro che la filosofia intesa in senso cosmico non è riducibile a una tecnica o *ars* della ragione. Se lo fosse, essa sarebbe *mera filodossia*[123]. Usando questo termine platonico Kant in qualche modo fa valere in filosofia – contro il presunto platonismo degli *Schwärmer* – proprio 'le ragioni di Platone'. Questo punto è chiarito da una delle

---

[118] *Prolegomena*, § 60, AA IV, p. 363, trad. cit., p. 175.

[119] *Ibidem*. Kant chiarisce che un siffatto scolio, "come tutti gli scolii, non appartiene, quale parte alla scienza stessa".

[120] Cfr. *Logik Jäsche*, AA IX, pp. 23-24.

[121] *KrV*, A 838/B 866.

[122] A 839/B 867. In *KrV*, A 841/B 869, nota, Kant spiega che "concetto cosmico [...] significa il concetto contenente ciò che interessa necessariamente ognuno".

[123] Cfr. *Logik Jäsche*, AA IX, p. 24.

lezioni logiche: "Platone distingue la 'filosofia' dalla 'filodossia'. 'Filodosso' è colui che si procura ogni abilità nel rispondere a tutte le possibili questioni per quanto privi di senso possano essere gli scopi di queste. Il filosofo in senso accademico è un siffatto 'filodosso', ma il vero filosofo è colui che cerca di rendersi capace di rispondere unicamente a ciò che corrisponde alla vera perfezione e alla destinazione ultima dell'uomo"[124]. Conseguentemente Kant, nello stesso scritto in cui loda Aristotele per il lavoro filosofico svolto, lo qualifica come un *tecnico della ragione* [*Vernunftkünstler*][125], che non ha saputo "dividere e misurare l'organo del pensiero in se stesso, la ragione, nei suoi due campi: il teoretico e il pratico"[126]. Da tutte queste considerazioni Kant conclude che il vero filosofo dovrà conferire alla filosofia un significato *cosmopolitico*[127] in modo che, da un lato, la filosofia intesa in senso cosmico concerna necessariamente gli uomini non solo singolarmente, ma anche collettivamente e, dall'altro lato, il filosofo divenga un legislatore della ragione.

---

[124] *Logik Philippi*, AA XXIV, p. 383.

[125] *Ton*, AA VIII, p. 393, trad. cit., p. 58. Cfr. pure *Logik Jäsche*, AA IX, p. 24 e *KrV*, A 839/B 867.

[126] *Ton*, AA VIII, p. 394, trad. cit., p. 58.

[127] Cfr. *Logik Jäsche*, AA IX, p. 25. Il termine 'cosmopolitico' è tratto dalla dottrina dello stato e del diritto, e in tal senso è adoperato nella *Kritik der Urtheilskraft*, § 49, AA V, p. 316, trad. cit., p. 175, dove un "tutto cosmopolitico" è un sistema di tutti gli stati, che è al di sopra di tutti gli stati, ma che nel contempo li riunisce tutti in sé; cfr. pure *Zum ewigen Frieden. Ein philosophischer Entwurf* (1795), AA VIII, p. 349 nota, trad. it. (*Per la pace perpetua. Progetto filosofico*) in I. KANT, *Antologia di scritti politici*, a cura di G. Sasso, Bologna 1977, p. 114 nota, dove Kant sostiene che ogni costituzione civile deve essere conforme al diritto cosmopolitico "in quanto uomini e stati che stanno fra loro in rapporto esterno e si influenzano reciprocamente devono considerarsi cittadini di uno Stato universale (*ius cosmopoliticum*)". Si chiarisce così l'analogia con il senso cosmopolitico della filosofia, quale "scienza dei *fini ultimi* della ragione umana in quanto essi costituiscono un sistema nella nostra capacità conoscitiva", cioè un sistema il cui fine supremo sovrasta e al tempo stesso riunisce in sé tutti i fini (*Logik Blomberg*, AA XXIV, p. 71).

Con ciò Kant nulla concede agli *Schwärmer*. Il *philosophiren* per Kant resta comunque un riflettere mediato e discorsivo[128]. Perciò se secondo il *Weltbegriff* la filosofia si occupa di come siamo guidati dal nostro *sentimento* morale ai concetti del dovere[129], non per questo ci dovremo affidare a quel sentimento come a un oracolo. Anche intesa nel senso cosmico la filosofia è condizionata dalla sua natura discorsiva. Pertanto anche il filosofo che si attiene al *Weltbegriff* della filosofia deve *lavorare*[130] attraverso un "trattamento metodico" per ottenere una "chiara cognizione"[131], *comunicabile* a tutti, dei principi del sentimento morale. Inoltre, egli è esortato da Kant a collegare tutti i fini dell'uomo riunificandoli e subordinandoli al fine supremo della ragione umana secondo una sorta di *sistema* dei fini.

Ha Kant compiuto la missione da lui stesso indicata a chi fa filosofia? A questa domanda Kant risponderebbe affermativamente e aggiungerebbe che nessun filosofo prima di lui ha mai assolto tutti e tre i doveri di un filosofare ben condotto *nel loro insieme*. Qui non è il caso di discutere della validità dei *risultati* così raggiunti, poiché in questa occasione l'intento è quello di ricostruire *che cosa Kant proponeva di fare nel fare filosofia*. Analizzando in questa prospettiva la missione del filosofo 'kantiano' mi sembra che si sia posto in una luce particolare l'universalmente noto intendimento di Kant di riconoscere alla filosofia lo *status* di attività intellettuale capace di mantenersi al livello della dignità scientifica, e dunque della certezza, senza essere subalterna o *ancilla* di alcuna scienza. Di qui la sua opposizione alla filosofia 'dimostrata' *more geometrico*, al dogmatismo delle metafisiche basate sugli enti reali e su Dio, e perciò vittime dello scetticismo, e alla soluzione 'debole' del senso comune. Ciò che ho cercato di argomentare è che Kant ha perseguito lo scopo

---

[128] Cfr. *KrV*, A 719/B 746-7.

[129] Cfr. *Ton*, AA VIII, p. 405, trad. cit., p. 68.

[130] Conseguentemente quando Kant rimprovera Aristotele per non aver saputo dividere la ragione nei campi teoretico e pratico, egli afferma altresì che tale divisione era "un lavoro [...] riservato a tempi ulteriori", cfr. *Ton*, AA VIII, p. 394, trad. cit., p. 58.

[131] *Ton*, AA VIII, p. 405, trad. cit., p. 68.

di rendere autonoma e autorevole la filosofia legandola indissolubilmente a un procedimento per concetti designati da semplici parole, e dunque alla discorsività. Soprattutto ho cercato di argomentare che egli sapeva benissimo che un'autonomia e un'autorevolezza fondate su un simile procedimento potevano essere effettivamente conquistate dalla filosofia solo al prezzo del rispetto di rigorose *regulae philosophandi*. Proprio per questo, tali regole non concernono una scelta marginale di stile filosofico, ma sono funzionali e indispensabili all'idea che la filosofia, se vuole esistere, deve provare pubblicamente e connettere sistematicamente le sue proposizioni fondamentali, e deve farlo lavorando discorsivamente, poiché il suo limite, ma anche la sua arma, sono unicamente i concetti e le parole.

4
Kant epistemologo: la dottrina delle ipotesi

Nel corso del suo insegnamento della logica Kant ha spesso sottolineato la differenza fra verità e certezza.[1] In una raccolta delle sue lezioni logiche tenute in età matura si afferma che "oggettivamente tutte le proposizioni [*Sätze*] sono certamente vere o certamente false".[2] Tuttavia il soggetto conoscente può non essere in grado di decidere tale verità o falsità. In questi casi per Kant, come testimonia una *Vorlesung* d'epoca precritica, la "conoscenza resta sì vera, ma non è certa".[3]

Kant ha descritto bene la brama di sapere che ci spinge a uscire dallo stato d'incertezza prima di avere sufficienti ragioni per farlo. Contro questa precipitazione, che è fonte di errori, Kant dà l'ovvio consiglio di riservare il giudizio. Evidentemente, però, egli non pretende che la riserva del giudizio possa o debba essere sempre praticata, giacché in tal caso, come ammoniva Locke, non saremmo sicuri "di nulla in questo mondo, se non di perire alla svelta".[4] Di conseguenza, Kant si occupa di investigare le procedure 'razionali' che regolamentano l'uscita dallo stato di incertezza anche in assenza di ragioni oggettive sufficienti per farlo. Fra queste procedure spicca il fare ipotesi, inteso non nel senso generale di 'ragionare ipoteticamente', ma come la produzione

---

[1] Gli scritti di Kant (le opere, le *Reflexionen* e le trascrizioni tratte dalle sue lezioni logiche) sono citati con il volume (cifre romane) e la pagina (cifre arabe) di Kant, 1900–, eccetto Kant, 1781/1787, che è citata con la pagina della I (A) e della II (B) edizione, che anche la traduzione italiana utilizzata reca a margine.

[2] *Logik Dohna-Wundlacken*, XXIV: 731.

[3] *Logik Philippi*, XXIV: 420.

[4] Locke, 1690, L. I V, c, xi, § 10.

e la regolamentazione delle ipotesi utilizzate nella scienza della natura, là dove esse sono non solo utili, ma "indispensabili".[5]

Le ipotesi scientifiche devono soddisfare alcuni requisiti.[6]

I) La supposizione dell'ipotesi deve essere possibile. A tale proposito Kant fa l'esempio dei fenomeni vulcanici. Una supposizione possibile è che essi siano provocati da un fuoco sotterraneo.[7] Invece è impossibile la supposizione che tali fenomeni dipendano dall'essere la Terra un animale i cui umori producono calore.

II) Il rapporto di conseguenza [*Consequenz*] fra la supposizione dell'ipotesi e le conseguenze [*Folgen*] che se ne traggono deve essere corretto, cioè le conseguenze devono effettivamente discendere dalla supposizione. Questo è il passo deduttivo dell'ipotesi, e la sua correttezza è indispensabile a garantire che l'ipotesi non sia una "pura chimera".[8]

III) L'ipotesi non deve appoggiarsi a ipotesi ausiliarie.

Una volta che un'ipotesi sia stata formulata nel rispetto dei tre requisiti elencati e sia dunque ammissibile, occorre metterla alla prova.

Le prove delle ipotesi sono prove indirette o *a posteriori*. Quando si ipotizza si cerca di provare la supposizione fatta risalendo ad essa dalle sue conseguenze. Kant sa benissimo che nelle prove indirette bisogna evitare la 'fallacia del conseguente'. Egli sottolinea perciò che la prova indiretta di un'ipotesi è valida solo se si risale alla supposizione da *tutte* le sue conseguenze.[9] Donde la sua conclusione che, essendo per noi impossibile esaminare tutte le possibili conseguenze di un'ipotesi empirica,

---

[5] Kant, 1800, IX: 86.

[6] Kant, 1800, I X: 85-86; Kant, 1781/1787, A 83/B 115; A 769-782/B 792-870; A 820-830/B 848-850.

[7] Cfr. Kant, 1800, IX: 85; cfr. pure le logiche *Blomberg* e *Wiener,* XXIV: 89-90 e 887; Kant, 1803, IX: 259. In merito cfr. Adickes, 1925, pp. 353 ss.

[8] Kant, 1800, IX: 85.

[9] Kant, 1800, 1X: 52.

questa non è mai provata conclusivamente, sebbene possa essere falsificata anche da una sola conseguenza falsa.

In realtà una maniera per provare conclusivamente un'ipotesi ci sarebbe, ed è quella di affiancare alla prova indiretta una prova diretta o *a priori*. Osserva la *Logik Philippi* che "se a un'ipotesi si aggiungono, oltre alle prove *a posteriori* anche ragioni *a priori,* allora essa ha certezza. Questo è il supremo dovere nella scienza della natura, cioè che si dimostri anche *a priori* ciò che si è assunto".[10] Ma la questione è che, qualora un'ipotesi fosse provata *a priori,* essa cesserebbe d'essere tale.

Escludendo comunque che le ipotesi non falsificate, finché rimangono ipotesi, possano mai essere provate conclusivamente, si apre la questione di come esse si rapportino al problema della certezza, cioè, in termini kantiani, di quale sia la modalità del nostro tenerle per vere.

L'ipotesi fra opinione e sapere

Per affrontare questa questione occorre richiamare brevemente la teoria kantiana del tener per vero [*Fürwahrhalten*]. Questo riguarda il modo con cui chi conosce considera vera una data conoscenza. Per il Kant maturo esso presenta tre possibili modalità: opinare, credere e sapere.[11]

L'*opinare* è un tener per vero caratterizzato dalla coscienza dell'insufficienza di ragioni sia oggettive che soggettive per asserire una certa conoscenza. Il *credere* è un tener per vero tale che, sebbene si sia coscienti di non avere sufficienti ragioni oggettive a sostegno della cosa creduta, si è però coscienti di avere sufficienti ragioni soggettive per non sospendere il giudizio (assertorio).[12] Il *sapere* è

---

[10] XXIV: 440.

[11] Kant, 1800, IX: 66-70.

[12] Caso speciale del credere è quello della fede razionale morale in Dio e nella vita ultraterrena. Le ragioni della fede razionale morale sono solo soggettivamente sufficienti, tuttavia, differentemente da ciò che accade nel credere concernente cose d'esperienza, esse sono fondate sulla necessità soggettiva della legge morale e al

quel tener per vero che Kant chiama *certezza logica,* in quanto la distingue dalla certezza soggettiva del credere. La certezza logica è definita come un tener per vero fondato sulla coscienza di avere ragioni sufficienti soggettivamente e oggettivamente ad asserire la cosa saputa. Ciò significa che di una cosa di cui ho certezza logica, di una cosa che so, posso dire non solo che *io sono certo,* ma che è *certa.*

Il sapere (o certezza logica) può essere empirico o razionale. Il sapere per eccellenza è quello razionale e non è soggetto a variazioni. Invece, il sapere empirico può ben essere il risultato di un'evoluzione del tener per vero, che può essersi trasformato da opinione in sapere. La possibilità di cambiamento concerne le stesse conoscenze empiricamente certe, le quali, anche per questo rispetto, si differenziano dalle certezze razionali. Infatti, la certezza di una qualche conoscenza empirica può non rimanere tale in ogni tempo, e perciò "è una vera contraddizione voler ricavare la necessità da una proposizione empirica (*ex pumice aquam*)".[13]

Per quel che concerne la modalità del nostro tener per vere le ipotesi, l'epistemologia kantiana sembra sostenere che debba trattarsi di opinione. La *Logik Dohna-Wundlacken* non mostra dubbi al riguardo poiché afferma che "ogni ipotesi in fin dei conti è mera opinione".[14] Del resto, Kant stabilisce un nesso fra ipotesi e opinione non solo nell'opera maggiore,[15] ma anche in alcuni appunti autografi: "l'opinione della verità di un fondamento a partire dalla sufficienza delle sue conseguenze è ipotesi";[16] "ipotesi è una specie di opinare con la ragione [*durch die Vernunft zu meynen*]".[17]

L'associazione dell'ipotesi all'opinione appare naturale. Poiché le ragioni del nostro tener per vera un'ipotesi sono le sue conseguenze, e

tempo stesso godono dell'assoluta sicurezza che nessuno potrà mai provare il contrario.

[13] Kant, 1788, V: 12, trad. p. 53.

[14] XXIV: 746.

[15] Kant, 1781/1787, A 770/B 798.

[16] *Reflexion* 2678, XVI: 465.

[17] *Reflexion* 2693, XV1: 472.

poiché non possiamo esaminarle tutte, le ragioni per tenere per vera un'ipotesi, per quanto numerose, sono sempre oggettivamente insufficienti. E poiché (essendo qui in questione la certezza logica e non una qualche forma di credere) l'insufficienza delle ragioni oggettive a favore dell'ipotesi produce anche l'insufficienza delle ragioni soggettive, l'ipotesi è tenuta per vera in base a ragioni insufficienti oggettivamente e soggettivamente, e dunque essa non è altro che un'opinione

Butts considera "unfortunate" che Kant abbia accostato ipotesi e opinione perché terne che tale accostamento potrebbe far sembrare le ipotesi dei "purely subjective feelings".[18] Questo timore può essere rimosso se si considera più approfonditamente quel che Kant intende per opinione. Per Kant l'opinione non è di per sé un tener per vero assolutamente privato e arbitrario. Lo prova il fatto che, quando gli sembra opportuno, egli qualifica una certa opinione come opinione *privata*. Inoltre, egli dichiara ammissibile l'opinare solo su questioni empiriche, escludendo che si opini sia su ciò che è conoscibile *a priori* (giacché o si posseggono tutti i *Gründe* di una conoscenza razionale, o non se ne possiede alcuno), sia su cose di morale.[19] Ad esempio, Kant vieta di ammettere come un'opinione che "nell'universo materiale vi siano spiriti pensanti puri [...] questo si chiamerebbe fantasticare e non sarebbe cosa d'opinione".[20] In definitiva il poter essere (almeno) opinabile è una minima condizione di garanzia dell'ammissibilità di un'ipotesi scientifica.

Le perplessità suscitate da un collegamento esclusivo delle ipotesi con l'opinione sono altre e provengono da Kant medesimo. Stando alla *Logik Pölitz*, quando proponiamo un'ipotesi non facciamo la stessa cosa di quando diamo voce a un'opinione. Chi opina è consapevole del fatto che le ragioni a sostegno della conoscenza opinata sono insufficienti oggettivamente e soggettivamente. Egli quindi enuncia la sua opinione come un giudizio modalmente *problematico*, e quindi *non asserisce* alcunché. Invece, chi ipotizza

---

[18] Butts, 1984, p. 233.
[19] Kant, 1800, IX: 68.
[20] Kant, 1790, § 91, V: 467-8, trad. p. 351.

assume l'ipotesi e la asserisce in virtù delle conseguenze vere che ne trae, fino a prova contraria. Infatti, "[nel fare un'ipotesi] io assumo una cosa realmente senza prova; se essa è un fondamento sufficiente da cui trarre conseguenze, allora viene ammessa come vera grazie alle conseguenze e non perché essa stessa è la conseguenza dì una conoscenza vera".[21]

Ciò è ben chiaro già nella precritica *Logik Philippi* che, pur mantenendo il nesso dell'ipotesi con l'opinione, spiega che tra esse v'è la differenza che, "se inferisco dalle conseguenze alla verità del fondamento, allora ciò è l'ipotesi. Se inferisco da fondamenti insufficienti alle conseguenze, allora è l'opinione".[22] Ecco perché persino la *Logik Dohna-Wundlacken*, nel medesimo contesto in cui afferma senza mezzi termini che l'ipotesi è opinione, concede che "ipotesi è più che mera opinione".[23]

Dunque, di una data ipotesi che finora sia stata sempre e pubblicamente convalidata, non solo si può dire che è più di un'opinione in quanto si continua ad asserirla, ma si può dire anche, a condizione di evidenziare il 'finora', che essa è dotata di "certezza empirica".[24] Naturalmente un'ipotesi non può raggiungere lo standard della certezza razionale. Quest'ultima soltanto è una certezza che, non solo ci consente di dire che una conoscenza è certa, ma che essa deve essere certa. Ecco perché, sebbene un'ipotesi sempre convalidata possa essere tenuta per vera *pro tempore* come un sapere empirico, con le ipotesi "non possiamo mai raggiungere nella nostra conoscenza una certezza *apodittica* [corsivo mio]".[25]

La *Logik Philippi* fa in merito un'osservazione che ritengo illumini sia l'oscillazione delle ipotesi fra opinione e certezza empirica, sia la caducità della certezza empirica o dei saperi empirici. Infatti la *Logik Philippi* nota che "da poco è morto Monatessa un dottore di Padova che fu l'ultimo contestatore del sistema

---

[21] XXIV: 558.

[22] XXIV: 439.

[23] XXIV: 746.

[24] *Logik Dohna-Wundlacken*, XXIV: 747.

[25] Kant, 1800, IX: 84.

copernicano. Ma non bisogna inorgoglirsi in ciò. Talora è deciso in un'epoca qualcosa che non lo era in un'altra".[26] Dunque, con la morte dell'ultimo avversario del sistema copernicano tutta la comunità scientifica di fatto ha abbandonato l'ipotesi tolemaica. Perciò, non solo in via di principio, ma anche sulla base della storia della scienza, non dobbiamo escludere che una parte o la totalità della comunità scientifica possa aderire in un'altra epoca a ipotesi alternative a quelle che attualmente godono del più ampio consenso. Questa possibilità, che in una conoscenza provata *a priori* non è nemmeno concepibile, per un verso riporta l'ipotesi nell'ambito dell'opinione, ma per un altro verso consente, grazie a un'indicizzazione temporale ("in un'epoca"), di storicizzare il sapere empirico e di parlare di un'epoca in cui l'ipotesi tolemaica era tenuta per vera come un sapere empirico.

Ho rilevato che per Kant un'ipotesi raggiungerebbe lo standard della certezza razionale se venisse provata *a priori* o *ex principiis* e cessasse d'essere un'ipotesi. Ovviamente questo genere di prova non sempre è possibile. Ciò non diminuisce il nostro naturale desiderio di tener per vere le nostre ipotesi (almeno quelle convalidate finora) con una certezza non rigidamente legata alle convalide già ottenute. Perciò ci sentiamo autorizzati a supporre che, oltre alle conseguenze favorevoli di un'ipotesi effettivamente tratte, anche tutte le conseguenze possibili siano favorevoli. In virtù di questa supposizione noi svincoliamo l'ipotesi da una mera certezza *hic et nunc* e la consideriamo "come se fosse del tutto certa", o come se avesse raggiunto un "*analogon* della certezza",[27] dove la certezza cui ci si avvicina per analogia è la certezza razionale, la sola che caratterizza una conoscenza come del tutto certa. Lo strumento logico di cui ci serviamo per poter considerare alcune ipotesi come se fossero del tutto certe è l'induzione.[28]

L'induzione non rientra nella formulazione dell'ipotesi. La supposizione dell'ipotesi non è ricavata induttivamente dai particolari, ma è assunta come ragione di quei particolari e perciò richiede, con le

[26] XXIV: 422.
[27] Kant, 1800, IX: 85.
[28] Kant, 1800, IX: 85.

parole di Peirce, un passo diverso e "più periglioso" di quello che si compie quando si induce.[29] Kant non ha dubbi in proposito quando scrive che "tutte le ipotesi sono autorizzazioni relative, ad ammettere qualcosa arbitrariamente, cioè onde trovare, relativamente a qualcosa che deve avere una causa, questa causa. Sono autorizzazioni a inventare euristicamente".[30] Afferma la *Logik Blomberg*: "tutte le ipotesi sono poste arbitrariamente. Vale a dire, io assumo qualcosa e vedo se qualcosa è sufficiente a derivarne o meno una certa conseguenza".[31]

L'induzione compare invece proprio quando tentiamo di dare completezza alla prova indiretta di un'ipotesi. Nel fare questo tentativo noi ci appelliamo al principio di generalizzazione, secondo cui "ciò che conviene a molte cose di un genere, conviene anche alle rimanenti".[32] Forti di questo appello inferiamo che "se il fondamento assunto risulta in accordo con tutte le conseguenze che sono state prese in esame, sarà in accordo anche con tutte le altre conseguenze possibili".[33]

Con l'intervento dell'induzione, naturalmente, la certezza completa dell'ipotesi non viene davvero raggiunta. L'induzione per Kant è un'inferenza del Giudizio riflettente che, ancorché indispensabile, non è affatto un'inferenza dotata di necessità.[34] Ecco perché la certezza delle ipotesi basata sull'induzione non può di fatto superare il livello della "certezza empirica"[35] e non può aspirare ad essere altro che un *analogon* della certezza razionale.

---

[29] Cfr. Peirce, 1984, 2.632, pp. 211 -12.

[30] *Reflexion* 2681, XVI: 469.

[31] XXIV: 221.

[32] Kant, 1800, IX: 133, § 84.1.

[33] Kant, 1781/1787, A 790-791/B 818-819.

[34] Per questo motivo l'induzione (e l'analogia) non sono sillogismi, ovvero inferenze necessarie tratte dalla ragione. Infatti, "ogni sillogismo deve produrre necessità. Perciò induzione e *analogia* non sono sillogismi" (Kant, 1800, IX: 133, § 84.3.

[35] Kant, 1800, IX: 133, § 84.3.

Ipotesi e probabilità

Le ipotesi cui spetta una certezza empirica, o un *analogon* della certezza razionale ottenuto per induzione, sono le ipotesi convalidate da tutte le conseguenze tratte fino a un certo momento. Ma questa è una condizione di privilegio. Si danno (e sono la maggioranza) ipotesi che, benché non falsificate, hanno conseguenze solo in parte favorevoli. Queste ipotesi possono essere tenute per vere (con la modalità dell'opinione) attribuendo loro "un grado, ora maggiore ora minore, di probabilità".[36] Leggiamo nella *Logik Pölitz*: "quante più conseguenze discendono da un'ipotesi, tanto più essa è probabile, quante meno [conseguenze], tanto più essa è improbabile".[37] La *Wiener Logik* lega la perdita di probabilità di un'ipotesi al ricorso a ipotesi ausiliarie poiché afferma che, "se alcune, ma non molte, conseguenze si lasciano dedurre dall'ipotesi, e si devono fare sempre nuove ipotesi per sostenerla: allora là c'è poca probabilità".[38] La *Logik Busolt* conferma che "quante più ipotesi sussidiarie sono necessarie, tanto più improbabile è l'ipotesi".[39]

A prima vista nulla sembrerebbe più scontato del nesso fra ipotesi e probabilità, non fosse che perché lo studio della probabilità affonda storicamente le sue radici nei tentativi di razionalizzare le situazioni di incertezza, esattamente come è il caso con le ipotesi.[40] Ma è la posizione teorica di Kant sulla probabilità a richiedere che tale nesso venga giustificato.

La probabilità [*probabilitas, Wahrscheinlichkeit*] per Kant è "un tener per vero fondato su ragioni insufficienti che tuttavia hanno con le ragioni sufficienti un rapporto maggiore di quanto non lo abbiano le

---

[36] Kant, 1800, IX: 84.

[37] XXIV: 559.

[38] XXIV: 888.

[39] XXIV: 647.

[40] Cfr. Hacking, 1975, p. 12. Non entro nel merito della questione se Hacking abbia correttamente ricostruito la storia del problema, soprattutto per quel che concerne l'antichità. Cfr. in proposito Garber-Zabell, 1979, pp. 33-53; Howson, 1978, pp. 274-80. Sulla probabilità nell'illuminismo, cfr. Daston, 1988.

ragioni del contrario".[41] Le ragioni della probabilità di un evento, per quanto insufficienti, devono essere *oggettive* e devono poter figurare al numeratore di una frazione il cui denominatore sono le ragioni che sarebbero sufficienti alla certezza. Ma ciò è possibile se tanto il numeratore quanto il denominatore della frazione rappresentano ragioni *omogenee* e se il denominatore della frazione designa *tutte* le ragioni della certezza. Infatti, solo le ragioni omogenee sono *numerabili*, e solo se il rapporto è stabilito fra ragioni insufficienti e tutte le ragion sufficienti, è possibile *calcolare matematicamente* la probabilità.[42]

Se queste condizioni sono rispettate, si può assegnare una probabilità a un evento e si può dire che quell'evento "è probabile in una determinata misura", proprio come si può dire di qualcosa che teniamo per vero con la modalità del sapere: "è certo". Infatti, l'esatta misura della probabilità dell'evento, cioè l'esatta misura delle ragioni oggettive a favore dell'evento rispetto alle ragioni della certezza, produce ragioni soggettive sufficienti a tener per vera tale probabilità alla maniera di un sapere razionale: io e chiunque altro dobbiamo tener per vero che nel singolo lancio di una moneta la probabilità del risultato 'croce' è 1/2. Per questo motivo Kant afferma che il *calculus probabilium* contiene "giudizi del tutto certi sul grado della possibilità di certi casi in certe condizioni uniformi: casi che, nella somma di tutti i casi possibili, devono verificarsi immancabilmente secondo la regola, sebbene essa non sia sufficientemente determinata riguardo a ogni singolo caso".[43]

La probabilità così configurata è evidentemente la probabilità calcolabile *a priori*, il cui esempio-tipo negli scritti logici kantiani è rappresentato dai risultati del gioco dei dadi.[44] Ma se questo è l'esempio-tipo di che cosa si debba intendere per probabilità, allora si deve concludere che Kant restringe rigorosamente la probabilità alla *Mathematic* dei *Glücks-Fälle*, ovvero al *calcolo delle chances*

---

[41] Kant, 1800, IX: 81.

[42] Kant, 1800, IX: 82.

[43] Kant, 1783, IV: 369, trad. cit., (modificata): 82.

[44] Cfr. *Logik Dohna-Wundlacken* e *Wiener Logik*, XXIV: 742 e 880.

(*calculus probabilium*).[45] Questa restrizione è rigorosa a tal punto che Kant sostiene che una probabilità che non sia calcolabile non può chiamarsi "*probabilità* [*probabilitas, Wahrscheinlichkeit*]", bensì "*verosimiglianza* [*verisimilitudo, Scheinbarkeit*]".

La verosimiglianza è "un tener per vero fondato su ragioni insufficienti che siano maggiori delle ragioni del contrario",[46] ma senza possibilità di stabilire con un calcolo esatto in quale misura le ragioni a favore siano maggiori di quelle del contrario. La verosimiglianza si basa, infatti, su un mero confronto fra ragioni insufficienti ragioni pro e contro, e non su un confronto fra ragioni insufficienti e *il metro della certezza* (cioè le ragioni sufficienti che dovrebbero stare al denominatore della frazione che esprime la probabilità). Il fatto è che le ragioni della verosimiglianza sono *eterogenee* fra loro e dunque non possono essere poste in serie e *numerate*, ma possono essere solo *pesate* da un soggetto particolare il quale giudica se i pro siano *per lui* più o meno pesanti dei contro. Perciò della verosimiglianza tutt'al più si può dire che è una sorta di "probabilità soggettiva" che procede "per accumulo di molte ragioni isolate (nessuna delle quali per sé è probante)".[47] In breve, "dove le ragioni sono numerate, posso dire che è probabile, ma dove sono pesate posso dire solo che è probabile *per me*".[48] Conseguentemente la verosimiglianza è "solo grandezza della persuasione"[49] e, come sempre accade con la persuasione, la possibilità dell'inganno, e dell'auto-inganno, è inevitabile. Non è casuale che tra i significati del termine tedesco '*Scheinbarkeit*' ci sia quello di speciosità e illusorietà.[50] Tanto meno è casuale che, in un suo tardo scritto, Kant

---

[45] La *Logik Blomberg*, XXIV: 38, con riferimento a Jakob Bernoulli, spiega che quest'ultimo ha scritto una "matematica, che è applicata ai casi [*Glücks-Fälle*].

[46] Kant, 1800, IX: 81.

[47] Kant, 1796, VIII: 415.

[48] *Logik Dohna-Wundlacken*, XXIV: 742.

[49] Kant, 1800, IX: 82.

[50] Cfr. la voce *Scheinbarkeit* in Grimm, 1984, vol. 27. Ma cfr. pure Adelung, 1798, dove il termine *Scheinbar* è definito come "Den Schein von etwas habend, ohne es wirklich zu seyn, und in engere Bedeutung, den Schein der Wahrheit habend".

adoperi come corrispettivo tedesco di 'verisimilitudo' il termine 'Wahrheitsschein', accentuando la parentela della verosimiglianza con la parvenza della verità.[51] Come accennato, questa teoria che lega la probabilità al calcolo sembra inconciliabile con l'attribuzione di una probabilità alle ipotesi scientifiche. Come è possibile che Kant ritenga applicabile ad esse il *calculus probabilium* contenente "giudizi del tutto certi sul grado della possibilità di certi casi in certe condizioni uniformi: casi che, nella somma di tutti i casi possibili, devono verificarsi immancabilmente secondo la regola, sebbene essa non sia sufficientemente determinata riguardo a ogni singolo caso"?[52]

Al problema posto da questa domanda si è cercato di rispondere sostenendo che quando Kant dice che un'ipotesi è più o meno probabile, in realtà egli intende dire che essa è verosimile.[53] Questa risposta appare insoddisfacente per due motivi. 1) Ascrive a Kant un uso del tutto incoerente del termine tedesco 'Wahrscheinlichkeit' e del termine corrispondente latino 'probabilitas'. 2) Sembra trascurare le ragioni per cui Kant distingue fra probabilità e verosimiglianza. Poiché questa risposta si fonda in gran misura sulla lettura della *Logik* kantiana curata da Jäsche (Kant, 1800), che forse è più laconica che imprecisa al riguardo, una risposta più soddisfacente va cercata consultando anche gli altri testi relativi all'insegnamento kantiano della logica.

Per esempio, nella *Wiener Logik* si afferma:

> si dà certo una matematica della probabilità e questa è anche adoperata. Ad esempio, nelle scuole è fornita un'istruzione sul modo migliore, rispetto agli errori degli altri metodi, di riuscire a scoprire la probabilità nel calcolare. Ad esempio, calcolo l'elevazione di una stella venti volte. Una volta ottengo 10 gradi, 13 minuti la seconda volta ottengo 13 gradi, 11 minuti, ecc. Io calcolo questo totale e lo divido per venti, e allora ho l'elevazione *probabile*. Così la matematica determina certe regole secondo le

---

[51] Kant, 1796, VIII: 420.

[52] Kant, 1783, IV: 369, trad. (modificata), 182.

[53] Cfr. Pera, 1982, p. 69 ss. Cfr. pure Artosi, 1990, p. 99.

quali l'oggetto può essere conosciuto *probabilmente* [corsivi miei].[54]

L'applicazione di un calcolo matematico a·'cose empiriche' è presente anche nella precritica *Logik Blomberg* dove si afferma che

> si può effettivamente calcolare matematicamente il grado di probabilità o il grado di improbabilità di questa o quella cosa empirica. Così, ad esempio, in tutti i giochi, lotterie, nella morte di esseri umani in base al numero degli anni, e in molti svariati aumenti [*Augmenten*], come cambiamenti del mondo.[55]

Nel medesimo testo la probabilità è nominata a proposito della costituzione di fondi assicurativi in caso di morte,[56] evidentemente basate su indici di mortalità a cui allude il passo precedente. La probabilità menzionata in tutti questi luoghi, cioè la probabilità dell'elevazione di una stella valutata nel modo descritto o la probabilità di morte stimata da istituti assicurativi in base a rilevamenti statistici, non coincide con la probabilità *a priori* del gioco dei dadi. Questi luoghi testimoniano perciò che Kant contempla anche una nozione di probabilità *a posteriori*, fondata sulla frequenza relativa, rilevata sperimentalmente, con cui i membri di una classe presentano una certa caratteristica.

La questione è ora di capire che cosa questa probabilità abbia in comune con la probabilità *a priori*, sì da giustificare l'uso per entrambe dello stesso nome. La risposta sembra essere che esse hanno in comune *la* caratteristica che per Kant distingue la probabilità dalla verosimiglianza. Entrambe fanno riferimento a ragioni *oggettive, omogenee*, e in tal misura *numerabili*, correlate a un *numero determinato di casi* presi in considerazione. Ora, è proprio questo stretto rapporto fra i due tipi di probabilità – che mi sembra argomentabile in Kant a partire dai testi che ho citato – a

---

[54] XXIV: 883.

[55] XXIV: 196.

[56] XXIV: 38.

consentire di proiettare la probabilità *a posteriori* su eventi futuri. Del resto, la legittimità di questa proiezione era stata affermata alla metà del secolo da Hume. Questi nel *Treatise*, dopo aver distinto la probabilità dei casi [*chances*] dalla probabilità delle cause, sosteneva che le due nozioni di probabilità sono simili perché anche la probabilità delle cause si occupa solo del numero di elementi omogenei. Secondo Hume:

> è evidente che, quando trasportiamo il passato al futuro, il noto nell'ignoto, ogni esperienza precedente *ha lo stesso peso,* ed è soltanto il *numero* superiore quello che può far cadere la bilancia da un lato. Quindi la possibilità che entra in ogni ragionamento di questo genere è composta di *parti della stessa natura, tanto fra loro, quanto di quelle che compongono la probabilità opposta* [corsivi miei].[57]

In definitiva, i due tipi di probabilità hanno in comune la caratteristica di essere quantificabili. Ciò chiarisce in che senso Kant possa adoperare il termine 'probabile' relativamente alle ipotesi scientifiche. La probabilità di un'ipotesi è una probabilità valutata rilevando la frequenza con cui la caratteristica dell'essere vero è presentata di fatto dai membri della classe numericamente completa delle sue conseguenze effettivamente tratte. Si consideri, ad esempio, un fenomeno F da spiegare, e si faccia in proposito la supposizione (possibile) S. Si dia il caso che F segua da S in 90/100 dei casi presi in considerazione. In termini kantiani (e humeani),

---

[57] Hume, 1739-40, 1.3.12, p. 136, trad. it. in Hume, 1971, I. p. 151. La medesima posizione è assunta anche in Hume, 1748, Sec. VI, p. 57, trad. it. in Hume, 1971, II, p. 63, dove Hume afferma che "colla probabilità delle cause, le cose vanno allo stesso modo che colla probabilità del caso". In merito cfr. Daston, 1988, p. 201. Sulla possibilità che all'epoca della precritica *Logik Blomberg* Kant conoscesse la posizione di Hume, si può dare una risposta affermativa, almeno per quanto concerne la *Enquiry,* che era stata tradotta in tedesco, con il titolo *Philosophische Versuche über die Menschlichen Erkenntniß,* e pubblicata in una miscellanea nel 1754-56, miscellanea che era posseduta da Kant, cfr. Kreimendahl, 1990, pp. 93 ss.

ciò significa che, essendo *omogenee e numerabili* le 90 ragioni a favore e le 100 ragioni della certezza, ed essendo queste ultime di numero *determinato,* qui si può dire che l'ipotesi ha una *probabilità* 90/100. Non solo: si può prevedere che questo rapporto si mantenga tale in futuro e si può decidere di scommettere sul futuro in base a tale rapporto. Naturalmente la probabilità *a posteriori* può subire variazioni se i dati variano, ma tale variabilità rientra agevolmente nel quadro dell'epistemologia kantiana in cui la stessa certezza empirica è rivedibile.

Quel che mi preme sottolineare, comunque, è che, come spiega un passo già citato della *Logik Pölitz,* per Kant è importante il *numero* delle conseguenze vere in relazione alla probabilità dell'ipotesi. In quel passo si afferma che, "quante più conseguenze discendono da un'ipotesi, tanto più essa è probabile, quante meno [conseguenze], tanto più essa è improbabile".[58] Pertanto, quanto più il valore della frazione conseguenze vere/conseguenze tratte è vicino a 1, tanto più la probabilità si approssimerà alla certezza (empirica). D'altronde, se le ragioni favorevoli a un'ipotesi (le sue conseguenze) non fossero considerate come omogenee tra loro, cioè non di peso o di specie diversa, come sarebbe possibile l'appello all'induzione che consente di inferire dalle conseguenze ottenute alle conseguenze possibili dell'ipotesi? Il principio di generalizzazione richiesto dall'induzione presume, infatti, l'omogeneità delle cose su cui compiere la generalizzazione. In base ad esso, "ciò che conviene a molte cose *di un genere* [corsivo mio], conviene anche alle rimanenti".[59]

Questa spiegazione dell'uso del termine 'probabile' a proposito delle ipotesi scientifiche, presenta, oltre al vantaggio di non dover ascrivere a Kant una costante incoerenza terminologica, anche il vantaggio di tenere nel debito conto la sua concezione della verosimiglianza. È perché le ragioni della verosimiglianza sono eterogenee, non possono essere numerate, sono soggettive e non oggettive e non danno alcuna approssimazione alla certezza, che Kant non può ritenere le ipotesi scientifiche solo verosimili, perché in tal

---

[58] XXIV: 559. Cosa che, del resto, è affermata anche in Kant, 1800, IX: 85.

[59] Kant, 1800, IX: 133, § 84.1.

caso dovrebbe privarle del rapporto con l'oggettività indispensabile alla scienza della natura.

A questo proposito, non ci si deve lasciar ingannare dal collegamento che la verosimiglianza presenta con il modo di ragionare ipotetico. Quando disponiamo solo di ragioni eterogenee riguardo a qualcosa, noi possiamo fondarci su quel che, soppesando pro e contro, ci sembra verosimile per esprimere *giudizi provvisori*. È quanto Kant scrive in un appunto, in cui afferma che la "*verisimilitudo* dà il fondamento di un giudizio provvisorio".[60] Ora i giudizi provvisori, che sono una parte indispensabile del nostro processo conoscitivo, possono essere assunti a mo' di *supposizioni* e possono dare inizio al procedimento con cui si fanno ipotesi scientifiche. Come ho rilevato in precedenza, la supposizione di un'ipotesi non si basa sull'induzione che richiede ragioni omogenee. Dietro la supposizione di un'ipotesi può esservi un giudizio provvisorio fondato sulla verosimiglianza. Ma solo una supposizione vagliata e messa alla prova secondo la rigorosa procedura delle ipotesi scientifiche, la quale impone alle *conseguenze* della supposizione di essere omogenee, oggettive, ecc., può essere ritenuta (qualora non sia falsificata o non sia provata *a priori*) dotata di una certezza empirica *pro tempore,* oppure di un *analogon* della certezza completa per induzione, oppure di un grado di probabilità. Opportunamente la *Logik Pölitz* chiarisce che "la verosimiglianza dà un giudizio provvisorio, la probabilità un giudizio determinante sebbene non apodittico".[61]

Contro l'attribuzione di verosimiglianza alle ipotesi scientifiche si può addurre anche una considerazione d'ordine più generale. Kant connette la verosimiglianza con un uso del ragionamento ipotetico molto lontano dalla produzione di ipotesi scientifiche. Mi riferisco all'*uso polemico* della ragione, nel quale possono esercitarsi due disputanti relativamente a questioni qualsivoglia, ivi incluse questioni svincolate dalle condizioni dell'esperienza possibile, che invece le ipotesi scientifiche devono rispettare. Kant fa l'esempio di una

---

[60] *Reflexion* 2595, XVI: 434.

[61] XXIV: 555.

disputa intorno alla natura materiale o immateriale dell'anima. Ciascuno dei due disputanti procede assumendo *ipoteticamente* la tesi dell'avversario al fine di trame una conseguenza che la falsifichi.[62] Ma l'eventuale esito confutatorio non è accompagnato da una capacità dimostrativa. Se, ad esempio, è confutato l'argomento che l'anima è immateriale, non per questo si è dimostrata la tesi antagonista che l'anima è materiale. Una volta abbandonato il terreno dell'esperienza possibile, l'uso polemico della ragione per mezzo di ragionamenti ipotetici è un'arma di piombo.[63]

Che cosa ha a che fare tutto ciò con la verosimiglianza? Le argomentazioni contrapposte dei disputanti, incapaci entrambe di un possibile riscontro oggettivo, possono spingere chi le valuta ad assumere una posizione scettica.[64] Ma esse possono altresì ingenerare in costui, dopo che le abbia *soppesate* in base agli ostacoli superati nel proprio animo,[65] una propensione maggiore per una sola di esse in quanto *più verosimile* dell'altra. Ciò è perfettamente legittimo. Quello che non è legittimo è che costui non riconosca che la sua è una "opinione *privata* [corsivo mio]",[66] e cerchi di garantirle lo *status* di conoscenza certa o almeno un grado maggiore di probabilità rispetto alla tesi avversaria. Questo, secondo Kant, è un errore di prima grandezza. Data la sua concezione della probabilità, egli nega che si possa costituire una *logica probabilium*[67] che, usurpando il nome di

---

[62] Cfr. Kant, 1781/1787, A 778-779/B 806-807; *Wiener Logik*, XXIV: 884.

[63] Kant, 1781/1787, A 778/B 806.

[64] Cfr. Kant, 1781/1787, A 793-794/B 822-823: "Gli spettatori, costatando che gli avversari sono alternativamente vincitori, ne traggono spesso motivo per sollevare scetticamente dubbi sull'oggetto stesso della contesa".

[65] Kant, 1800, IX: 83.

[66] Kant, 1781/1787, A 782/B 810.

[67] Abbiamo visto che nella *Logik Blomberg* c'è un riferimento sia al calcolo della probabilità, sia alla probabilità *a posteriori*. È ora il caso di osservare che in quella *Vorlesung* questo secondo tipo di probabilità è distinto da ciò che andava sotto il nome di *logica probabilium* e avrebbe dovuto estendersi "all'esperienza di tutti gli uomini". Tuttavia quella *Vorlesung* non esprime obiezioni alla speranza di poter un giorno sviluppare una simile logica, che "non è ancora disponibile", cfr. XXIV: 38.

probabilità, pretenda di regolamentare quello che non è regolamentabile, cioè il campo del verosimile.[68]

Le considerazioni fin qui svolte provano a sufficienza che la dottrina kantiana delle ipotesi scientifiche si iscrive in un quadro epistemologico complesso le cui interrelazioni non possono essere trascurate. Kant ha riflettuto accuratamente sulla certezza delle ipotesi scientifiche e, sebbene possa essere caduto in qualche ingenuità, non è caduto in quello che egli avrebbe considerato l'errore di non assicurare alle ipotesi scientifiche un rapporto con la probabilità e non con la parvenza del vero. Per questo motivo, come si evince da alcune delle sue lezioni logiche, egli non ha trascurato una nozione di probabilità fondata su un retroterra statistico, che ha in comune con la probabilità a *priori* del calcolo delle *chances* la caratteristica d'essere trattabile matematicamente.

Riferimenti bibliografici

Adelung J.C. 1798. *Grammatisch-Kritisches Wörterbuch der Hochdeutschen Mundart.* Leipzig, reprint Hildesheim-New York 1970.

Adickes E. 1925. *Kant als Naturforscher*, II. Berlin.

Artosi A. 1990. *Induzione e ipotesi nella metodologia scientifica di Leibniz e Kant*, Annali dell'Università di Ferrara. Sez.III. Filosofia.

Butts R.B. 1984. *Kant and the Double Government Methodology*, Dordrecht-Boston-Lancaster.

Capozzi M. 1987. "Kant on Logic, Language and Thought", in D. Buzzetti-M. Ferriani (eds.), *Speculative Grammar, Universal Grammar and Philosophical Analysis of Language*, Amsterdam-Philadelphia, pp. 97-147.

---

[68] Sul profondo legame che esiste in Kant fra questa concezione della probabilità e della verosimiglianza e la concezione della logica pura quale canone che non contempla una parte dialettica, cfr. Capozzi, 1987, pp.101-4, cfr. pure Capozzi, 1990, pp. cxxxiii-cxlix.

Capozzi M. 1990. *Introduzione* a I. Kant, *Logica. Un manuale per lezion,*. Napoli.

Daston L. 1988. *Classical Probability in the Enlightenment*, Princeton.

Garber D.-Zabell S. 1975. "On the Emergence of Probability", *Archiv for History of Exact Sciences*, XXI, 1979, pp. 33-531.

Hacking I. 1975. *The Emergence of Probability*, Cambridge.

Howson C. 1978. "The Prehistory of Chance", *The British Journal for the Philosophy of Science,* XXIX, pp. 274-80.

Hume D. 1739-40. *A Treatise of Human Nature: Being an Attempt to Introduce the Experimental Method of Reasoning into Moral Subjects*, ed. L.A. Selby-Bigge (1888) and P.H. Nidditch. Oxford 1978, trad. it. (*Trattato sulla natura umana*), a cura di A. Carlini, in Hume 1971.

Hume D. 1971. *Opere*, a cura di E. Lecaldano e E. Mistretta. Bari.

Hume D. 1748. *An Enquiry concerning Human Understanding*, ed. L.A. Selby-Bigge (1892, 1902) and P.H. Nidditch, Oxford 1975,trad. it. (*Ricerca sull'intelletto umano*), a cura di M. Dal Pra, in Hume 1971.

Kant I. 1900–. *Kant's gesammelte Schriften*, hrsg. von der Königlich Preussische Akademie der Wissenschaften (und Nachfolgern), Berlin (Berlin und Leipzig).

Kant I. 1780/1787. *Kritik der reinen Vernunft*, trad. it. (*Critica della ragione pura*), a cura di. P. Chiodi, Torino 1967.

Kant I. 1783. *Prolegomena zu einer jeden künftigen Metaphysik, die als Wissenschaft wird auftreten können*, trad. it. (*Prolegomeni ad ogni futura metafisica che si presenterà come scienza*), a cura di R. Assunto, Bari 1967.

Kant I. 1788. *Kritik der praktischen Vernunft*, trad. it. (*Critica della ragion pratica*), a cura di V. Mathieu, Milano 1993.

Kant I. 1790. *Kritik der Urtheilskraft,* trad. it. (*Critica del Giudizio*), a cura di A. Gargiulo, riv. V. Verra, Bari 1972.

Kant I. 1796. *Verkündigung des nahen Abschlusses eines Tractats zum ewigen Frieden in der Philosophie.*

Kant I. 1800. *Logik. Ein Handbuch zu Vorlesungen*, trad. it. (*Logica. Un manuale per lezioni*), a cura di M. Capozzi, Napoli 1990.

Questa traduzione reca al margine l'indicazione della pagina del vol. IX di Kant 1910.

Kant I. 1803. *Physische Geographie.*

Kreimendahl L. 1990. *Kant – Der Durchbruch von 1769*, Köln.

Locke J. 1690. *An Essay concerning Human Understanding*, ed. by P.H. Nidditch, Oxford 1984.

Peirce C.S. 1984. *Le leggi dell'ipotesi. Antologia dai 'Collected Papers'*, trad. it. di M. A. Bonfantini, R. Grazia e G. Proni, Milano.

Pera M. 1982. *Hume, Kant e l'induzione*, Bologna.

Zabell S. 1975. vedi Garber-Zabell 1975.

5
La norma e l'azione: von Wright e Kant

In *Norm and Action* von Wright discute il principio 'Ought entails Can'. Egli rileva che questo principio è associato all'etica di Kant, ma dichiara di essere interessato a esprimere il proprio punto di vista sull'argomento, piuttosto che a indagare le effettive intenzioni di Kant in proposito (NA 108). A mio parere, come cercherò di argomentare, il punto di vista di von Wright può illuminare alcuni passaggi dell'etica kantiana.

I. Secondo von Wright il principio 'Ought entails Can' afferma un rapporto di implicazione logica (non causale) tra una premessa "to the effect that there is a norm of such and such a character and content" e una conclusione "to the effect that the enjoined or permitted thing, which is the content of the norm, can be done" (NA 110). Ciò significa che l'esistenza di una norma dipende logicamente da "facts about ability" (NA 110). Pertanto, il principio può essere formulato, per le norme che sono prescrizioni (cioè i comandi, i permessi e i divieti dati da un'autorità a uno o più soggetti sottoposti alla norma (NA 7), nel modo seguente: "That there is a prescription which enjoins or permits a certain thing, presupposes that the subject(s) of the prescription can do the enjoined or permitted thing" (NA 111).

Che cosa significa che i soggetti a una prescrizione possono fare la cosa imposta o permessa? von Wright distingue due significati di 'possono fare':

1) 'poter fare' può significare la capacità di fare "the *kind* of thing which the norm enjoins or permits" (capacità generica) ;

2) 'poter fare' può significare il successo in ogni singolo caso (NA 111).

von Wright sostiene che il significato di 'poter fare' insito nella sua formulazione del principio 'Ought entails Can' è solo il primo. Al fine di escludere il secondo significato, egli considera il caso di una persona alla quale sia stato ordinato di fare una certa cosa in una certa occasione, ma fallisce. Se 'poter fare' fosse inteso come il successo in ogni singolo caso, il fatto che questa persona in quella occasione non possa fare la cosa che le è stato ordinato di fare comporterebbe, per *modus tollens*, che "there is not a duty to do this thing" (NA 110). Pertanto il fallimento nell'obbedire alla norma in un singolo caso annullerebbe la norma, e questo non è accettabile. Al contrario, se i soggetti a una prescrizione non hanno la capacità generica di fare la cosa prescritta, è naturale dire che non possono ricevere l'ordine (NA 122).

II. Kant non ha una teoria vera e propria delle norme. Ha, tuttavia, una teoria generale della volontà orientata a un fine e, nell'ambito di questa teoria, considera anche le azioni fatte in obbedienza a una prescrizione. Ciò non sorprende perché secondo Kant gli esseri umani agiscono sempre in vista di un fine[1], ovviamente anche quando si tratti di azioni compiute perché le si deve compiere.

La teoria kantiana della volontà razionale orientata a un fine è governata da una legge generale: "chi vuole il fine vuole anche (perché la ragione ha un'influenza decisiva sulle sue azioni) il mezzo in suo potere necessario per ottenerlo"[2]. Questa legge – che per Kant è analiticamente vera – è formulata per agenti dotati di una volontà perfettamente razionale. Questo non è il caso degli esseri umani che devono essere costretti da imperativi: ciò che una volontà perfettamente razionale (una volontà santa) farebbe necessariamente è ciò che gli agenti imperfettamente razionali devono fare[3]. Perciò Kant formula la legge generale della volontà razionale orientata a un fine come segue: chi vuole un fine *deve* volere i mezzi. Questa legge può anche essere espressa in forma ipotetica: se vuoi un certo fine devi compiere una certa azione. Quest'ultima frase è un imperativo

---

[1] Korsgaard 1996, 176.

[2] Gr IV 417, trad. p. 75.

[3] Gr IV 413-4, trad. p 71.

ipotetico che obbliga l'agente di un'azione, a condizione che tale agente desideri qualcosa che l'azione sarebbe in grado di produrre[4].

Formulata come un imperativo ipotetico, la legge generale della volontà orientata a un fine tiene conto della summenzionata peculiarità delle azioni umane, cioè che sono tutte finalistiche, in modo che, come sostiene Kant, "devo fare questo perché voglio qualcos'altro [*Ich soll etwas thun darum, weil ich etwas anders will*]"[5]. La natura intenzionale delle azioni umane caratterizza gli esseri umani come razionali ed è essenziale per compensare l'imperfezione della loro volontà.

Secondo Kant, quando agiscono razionalmente gli esseri umani seguono una sorta di procedura in tre fasi:

1) prima di fare una certa azione x, gli esseri umani si preoccupano del risultato che si otterrebbe facendo x;

2) nel caso in cui approvino tale risultato, essi lo assumono come un fine degno di essere ottenuto;

3) poiché è analiticamente vero che chi vuole un fine deve volere i mezzi, essi considerano l'azione x, che è il mezzo per ottenere il fine assunto, come qualcosa che devono fare per ottenere tale fine[6].

Questa procedura è razionale perché soltanto esseri razionali (anche se imperfetti per quanto concerne la volontà) sono "capable of projecting ends, acting on the basis of self-imposed general principles (maxims) and in the light of objectively valid rational norms"[7].

La volontà orientata a un fine è governata anche dalla legge morale: *una volontà perfettamente razionale agirà solo attraverso*

---

[4] Nelle lezioni di logica del periodo precritico Kant commentava il singolare statuto dei giudizi che sono imperativi ma non sono necessari: "un giudizio è espresso praticamente se enuncia un'azione possibilmente necessaria. Probabilmente ciò sembra contraddittorio, ossia che qualcosa sia possibilmente necessario. Ma qui è del tutto corretto, infatti l'azione è sì sempre necessaria, cioè se io voglio produrre la cosa, ma il caso non è necessario, bensì meramente possibile" (*Logik Blomberg* XXIV 278).

[5] Gr IV 441, trad. p. 100.

[6] Rel VI 7 nota, trad. p. 7.

[7] Allison 1996, 126.

massime che potrebbe anche volere essere leggi universali. Per esseri che hanno una volontà razionale imperfetta anche questa legge – che per Kant non è analitica – deve assumere la forma di un imperativo. Questa volta, però, l'imperativo è categorico: "agisci soltanto secondo quella massima che, al tempo stesso, puoi volere che divenga una legge universale"[8].

III. Credo che Kant sarebbe d'accordo in larga misura con l'analisi di von Wright del principio 'Ought entails Can'. Da un lato, gli imperativi ipotetici – che possono essere considerati come prescrizioni in quanto hanno una sorta di carattere normativo autoimposto subordinato a un fine (NA 11) – presuppongono la capacità generica. Infatti, la legge generale della volontà orientata a un fine dice proprio che chi vuole il fine vuole anche i mezzi che sono *in suo potere.* Dall'altro lato, e *a fortiori*, la capacità generica è presupposta dall'imperativo categorico che è palesemente una prescrizione: come potremmo agire come se la massima della nostra azione dovesse diventare, attraverso la nostra volontà, una legge universale della natura, se non supponessimo che ogni agente umano è in grado di compiere questa azione? Kant non lascia alcun dubbio in proposito: "il dovere ci ordina solo ciò che è attuabile da noi"[9]. Il fatto che l'imperativo categorico operi principalmente attraverso veti non è un ostacolo. Come von Wright ha mostrato, 'ought to' e 'must not' sono interdefinibili (NA 83-5), e quindi il principio 'Ought entails Can' si applica anche ai veti.

A mio parere Kant sarebbe anche d'accordo con von Wright nel dire che se qualcuno, avendo la capacità generica di fare ciò che una norma prescrive, non riesce a farlo in una singola occasione, non per questo la norma è annullata. Ciò è particolarmente evidente per l'imperativo categorico: i nostri fallimenti nell'obbedirlo sono ben lungi dall'annullarlo.

---

[8] Gr IV 421, trad. p. 79. Cfr. Schneewind 1992, 319-20.
[9] Rel VI 47, trad. p. 51.

IV. Tuttavia nella concezione di Kant la capacità presupposta da una prescrizione è più di una capacità generica. Per chiarirlo, farò riferimento all'analisi di von Wright della teoria 'classica' delle norme che si applica principalmente alle prescrizioni, e che egli chiama "the will-theory of norms" (NA 120). Secondo questa teoria, "norms are the expressions or manifestations of the will of some norm-authority with regard to the conduct of some norm subject(s)" (NA 121). von Wright – che giudica questa teoria sostanzialmente corretta come teoria dello statuto ontologico delle prescrizioni in generale – sostiene che la volontà di cui i comandi sono manifestazioni è raramente una volontà di fare o proibire fine a se stessa, ma ha "some ulterior end in view" (NA 121).

Dato che per Kant anche le azioni fatte in obbedienza a una prescrizione rientrano nella sua teoria della volontà razionale orientata a un fine, un essere umano deve chiedere: 'se faccio quello che devo fare, quale ne sarà il suo risultato?' Questa domanda non riguarda il contenuto della prescrizione. Se un'autorità prescrive: 'apri la porta', il soggetto a cui è diretta la prescrizione sa che se obbedisce si aprirà una porta chiusa. Quando il soggetto chiede: 'quale sarà il risultato del mio compiere l'azione prescritta?', il soggetto vuole sapere quale è, per usare il linguaggio di von Wright, il fine ulteriore che l'autorità si prefigge. Ciò significa che il soggetto si aspetta che esista un tale fine (il che dimostra definitivamente che Kant adotta la "will-theory of norms"). Kant è assolutamente chiaro: è una caratteristica naturale degli esseri umani che in tutte le loro azioni debbano concepire "oltre alla legge, anche uno scopo [*außer dem Gesetzt noch einen Zweck*]"[10].

Ma gli esseri umani si aspettano non solo che ci sia un fine "oltre la legge". Dato il carattere finalistico che Kant attribuisce a tutte le loro azioni, essi devono approvare il fine ulteriore, e devono farlo per cercare di raggiungerlo facendo quel che la legge prescrive. Ciò significa che essi si aspettano che, facendo ciò che la legge prescrive, saranno in grado di raggiungere, almeno in linea di principio, il fine ulteriore. Pertanto, dal punto di vista di un agente che non può che agire intenzionalmente, il principio 'Ought entails Can' afferma non

---

[10] Rel VI 7 nota, trad. p. 8.

solo che i soggetti di una prescrizione possono riceverla solo se sono genericamente in grado di fare il contenuto della prescrizione. Esso afferma anche che i soggetti di una prescrizione possono riceverla solo se ritengono di essere in grado, almeno in linea di principio, di raggiungere il fine della prescrizione, in base al presupposto che ve ne sia uno.

V. Questa lettura del principio 'Ought entails Can' può essere chiarita se si considerano i motivi per i quali dei soggetti di una prescrizione, pur essendo in grado di fare la cosa prescritta, decidono di non farla. In *Norm and Action* von Wright considera solo i motivi di disobbedienza e sembra limitarli al caso in cui i soggetti a una prescrizione si oppongono o al contenuto o al fine ulteriore della prescrizione.

Tuttavia è possibile considerare il caso di una persona soggetta a una prescrizione che è in grado di fare il contenuto della prescrizione e che non vi si oppone. Come sempre fanno gli esseri umani, questa persona pone la domanda 'kantiana' circa il fine ulteriore della prescrizione. Ci sono due risposte a questa domanda che possono costituire motivi per non fare il contenuto della prescrizione, risposte che fanno capo ai seguenti casi.

Caso 1) il soggetto ritiene che la prescrizione sia inutile o gratuita, cioè che non abbia un fine ulteriore.

Caso 2) il soggetto ritiene che la prescrizione abbia un fine ulteriore, concorda con esso ed è disposto a raggiungerlo facendo la cosa prescritta. Tuttavia questo soggetto si rende conto di non essere in grado in linea di principio di raggiungere il fine ulteriore della prescrizione.

Questi sono motivi per non ricevere una prescrizione piuttosto che per disobbedirle. Coloro che disobbediscono *ricevono* la prescrizione, in quanto ammettono di poter fare ciò che gli si prescrive di fare, dove 'poter fare' significa avere la capacità generica di fare la cosa prescritta e essere anche in grado di raggiungere l'ulteriore fine della prescrizione. Ma, poiché attivamente si oppongono al contenuto e/o al fine ulteriore della prescrizione, decidono di disobbedire. Invece, coloro che si considerano giustificati nel *non ricevere* una prescrizione il cui contenuto sono in grado di fare, riconoscono la prescrizione come esistente solo in quanto hanno la capacità generica richiesta. Ma essi ritengono o che la prescrizione sia inutile o di non essere in grado in linea di principio di raggiungere il fine ulteriore della prescrizione. In una prospettiva kantiana, secondo cui gli esseri umani devono concepire un fine al di là della legge, una prescrizione che manca di un fine ulteriore, o il cui fine ulteriore non può essere raggiunto in linea di principio da parte di coloro che sono chiamati a obbedire, è seriamente difettosa. Perciò, ammesso l'argomento di von Wright secondo cui, se i soggetti di una prescrizione non possono (non hanno la capacità generica) di fare la cosa prescritta allora non c'è il dovere di farla (NA 110), perché questo argomento non dovrebbe applicarsi anche ai soggetti che hanno la capacità generica di fare la cosa prescritta, ma non possono raggiungere il fine oltre la prescrizione, o perché non ve ne è alcuno, o perché per loro è irraggiungibile in via di principio?

Discutendo della disobbedienza von Wright fa un'osservazione molto interessante: una prescrizione può essere obbedita solo per timore della punizione. Infatti il timore di sanzioni (la minaccia di punizioni) è "a motive for obedience to the norm in the absence of other motives for obedience and in the presence of motives for disobedience" (NA 126). Ovviamente anche i soggetti che si sentirebbero giustificati a non ricevere una prescrizione per i motivi di cui sopra potrebbero considerare il timore un motivo per fare del contenuto di una prescrizione inutile o di una prescrizione il cui fine ulteriore non possono raggiungere. Ma è importante rimarcare, come fa von Wright (NA 127-8), che il timore della sanzione può funzionare come motivo di obbedienza solo se l'autorità che emette la prescrizione è abbastanza forte da garantire che i trasgressori saranno puniti.

VI. Tutto questo è importante per valutare il modo in cui Kant tratta la legge morale. Questa legge, come abbiamo visto, presuppone da parte nostra la capacità generica: il dovere non ci chiede di fare nulla che non possiamo fare. Infatti, la legge morale sembrerebbe presupporre solo la nostra capacità generica, giacché, come principio formale, essa comanda assolutamente, "qualunque ne possa esserne la conseguenza"[11], cioè indipendentemente dagli oggetti della nostra facoltà di desiderare (la materia dalla volontà), dunque indipendentemente "da qualsiasi scopo" [*irgend eines Zwecks*]"[12].

Proprio qui è il problema. Gli esseri umani non si limitano a fare (come dovrebbero) ciò che la ragione pura prescrive loro nella legge: essi devono compensare la loro volontà imperfetta con la razionalità. Così, essi si preoccupano, per ogni azione, "del risultato che essa avrà", anche per azioni che devono essere fatte in obbedienza alla legge morale[13]. Il controllo della razionalità sulla volontà imperfetta fa sì che gli esseri umani non possano obbedire ciecamente. Pertanto essi pongono la domanda su "che cosa derivi da questa [...] buona condotta"[14]. Come ho rilevato con riferimento alle prescrizioni in generale, questa domanda non riguarda il contenuto della legge morale ma il suo fine ulteriore.

La legge morale ha un fine ulteriore? Di certo la legge morale non è inutile: non siamo nella situazione del soggetto di una prescrizione descritta sopra nel Caso 1). Anzi, il fine ulteriore della legge morale è così importante da essere l'*Endzweck* di tutti gli esseri razionali[15]. Questo *Endzweck* è il sommo bene (*summum bonum*), che funge da

---

[11] Rel VI 7 nota, trad. p. 7; Gr IV 416, trad. p. 74.

[12] KdU § 91 nota V 471, trad. p. 352.

[13] Rel VI 7-8 nota, trad. p. 7.

[14] Rel VI 5, trad. p. 5. Cfr. Yovel 1980, 40-41: "The pure principle of morality demands that man act without regard of consequences. He ought to do his duty regardless of circumstances, even if he has good reason to believe that the consequences of his act will be lost in a hostile and indifferent nature. As far as formal law is concerned, a man can act in a vacuum, without contributing to any real change in the world. However Kant regards such a situation as incompatible with human nature [...] even when he [man] acts from duty, disregarding his self-interest and thus becoming subjectively moral, he still wants objective results that contribute to the implementation of a moral project in the world. Man is naturally incapable of intending to perform futile [...] deeds but constantly demands to know 'what is to result from this right conduct of ours'."

[15] KdU § 91 nota V 471, trad. p. 354.

"punto di riferimento dove tutti i fini convergono"[16], ed è il risultato auspicabile di tutti gli sforzi morali e storici dell'umanità. Ma allora: possiamo raggiungere almeno in linea di principio il sommo bene? Ciò dipende da che cosa è il sommo bene.

VII. Kant dà diverse definizioni del sommo bene in diversi contesti.[17] Per la presente discussione si può fare riferimento alla sua definizione del sommo bene come "la felicità in quanto è possibile in accordo con il dovere"[18], cioè come l'accordo tra la nostra ricerca dell'"appagamento di tutte le nostre inclinazioni"[19], e il dovere che le leggi morali ci impongono.

Ora, quando ci confrontiamo con la legge morale ci troviamo nella stessa situazione del soggetto di una prescrizione descritta sopra nel Caso 2). Anche se siamo in grado di fare ciò che la legge morale prescrive, anche se riconosciamo che c'è un fine al di là della legge e lo approviamo, anche se siamo pronti a farlo nostro, in modo da raggiungerlo obbedendo alla legge, la nostra ragione speculativa non può fare a meno di vedere che l'attesa dalla sola natura (in noi e fuori di noi) della realizzazione del *summum bonum*, grazie alla nostra buona condotta deve ritenersi "infondata e vana, se anche ispirata da buona intenzione"[20]. Questo ci pone in una posizione difficile. Infatti, "il fine ultimo (il bene supremo)" è un dovere "in quanto è raggiungibile [*sofern er erreichbar ist*]", e viceversa – il che conferma definitivamente la nostra lettura del senso kantiano del principio 'Ought entails Can' – "se è un dovere, deve anche essere raggiungibile"[21].

Si osservi che per Kant l'obbedienza all'imperativo categorico ci rende degni di essere felici. Ma questo non è sufficiente. Noi vogliamo ancora sapere: "se mi comporto in modo da non essere

---

[16] Rel VI 5, trad. p. 5.

[17] Cfr. Yovel 1980, 48 ss.

[18] KdU § 91 nota, V 471, trad. p. 354.

[19] KrV A 806/B 834.

[20] KdU § 91 nota, V 471, trad. p. 355.

[21] EF VIII 418, trad. p. 78.

indegno della felicità. Come potrò sperare di poterne divenire partecipe?"[22] A questa domanda non c'è risposta certa. Infatti, per quanto che possiamo vedere, non c'è alcuna certezza della ricompensa per i virtuosi (né di punizione per il viziosi). Se la legge morale fosse alla pari con qualsiasi altra prescrizione, l'inaccessibilità del fine ultimo, che sarebbe l'unico compenso adeguato alla nostra buona condotta (così come l'incertezza della pena per il disobbediente), ci farebbe sentire giustificati nel non riceverla.

Ma l'imperativo categorico non può mai essere annientato. La ben nota strategia di Kant per uscire da questa impasse ricorda l'analisi di von Wright della necessità di una forte autorità che minacci punizioni quando manchino i motivi per obbedire a una prescrizione. In realtà – ponendo l'accento sulla ricompensa piuttosto che sulla punizione – Kant sostiene:

se la più rigorosa osservanza delle leggi morali deve essere concepita come causa dell'attuazione del supremo bene (fine ultimo) bisogna – perché il potere dell'uomo non basta a far sì che la felicità si accordi, nel mondo, col merito di essere felici – ammettere un Essere morale onnipotente come Signore del mondo, sotto la cui provvidenza avviene questo accordo, cioè bisogna ammettere che la morale conduca necessariamente alla religione[23].

In questo modo Kant inverte l'osservazione di von Wright che, se sappiamo che esiste una forte autorità che minaccia punizioni noi (a volte) obbediamo a una prescrizione alla quale avremmo altrimenti disobbedito, o che non avremmo ricevuto perché difettosa. Kant concorda fondamentalmente con questa osservazione quando si tratta di prescrizioni ordinarie. Ma nel caso della legge morale rovescia l'argomento: poiché la legge morale sembra difettosa, non essendo noi in grado di raggiungere il suo fine ulteriore in questa vita, allora dobbiamo assumere un'intelligenza provvidenziale, tanto potente da essere onnipotente, che possa promettere che in un'altra vita

---

[22] KrV A 809/B 837.

[23] Rel VI 7-8, nota, trad. pp. 7-8.

raggiungeremo, come ricompensa per la nostra buona condotta, il fine oltre la legge morale[24]. In breve: abbiamo bisogno di credere (perché non possiamo provare) in un'autorità sovraumana nell'immortalità delle nostre anime come condizione per obbedire alla legge morale e, per converso, questa fede è giustificata perché dobbiamo obbedire a una legge che non può essere annullata, anche se non siamo in grado di raggiungere il suo fine ulteriore in questa vita[25]. Solo così, dice Kant, "so che colui che si comporta bene, è degno della felicità, e credo che egli ne diverrà partecipe. Fede razionale. Dio e l'altro mondo"[26]. Per Kant questa situazione straordinaria ha aspetti positivi: non fa appello a una qualche fede irrazionale, ma si basa su un'analisi dell'azione razionale, ed è pertanto una "fede razionale morale"[27]. Inoltre, essa rende meritoria la nostra condotta morale, perché se sapessimo che Dio esiste e che le nostre anime sono immortali, la nostra condotta morale sarebbe solo una saggia conseguenza di tale conoscenza.

VIII. Per concludere, la tesi di von Wright che il principio 'Ought entails Can' afferma che si suppone che i soggetti di una prescrizione abbiano la capacità generica di fare il contenuto della prescrizione, ma non si suppone che riescano a farlo in ogni singola occasione, può essere adattata perfettamente alla filosofia di Kant. Tuttavia mi sembra che, per Kant, a causa della sua tesi che tutte le azioni razionali umane sono volte a uno scopo, si suppone che i soggetti di una prescrizione siano anche in grado in via di principio di raggiungere il fine ulteriore della prescrizione.

---

[24] Cfr. KrV A 633-B 661-2: "Poiché esistono leggi pratiche fornite di necessità assoluta (le leggi morali), ne segue che, se esse presuppongono necessariamente una qualsiasi esistenza quale condizione della possibilità della loro forza *vincolativa*, una tale esistenza dev'essere *postulata*, in conseguenza del fatto che il condizionato, a partire dal quale si giunge a quella condizione determinata, è oggetto di una conoscenza che lo riconosce a priori come assolutamente necessario".

[25] Cfr. Korsgaard 1996, 172.

[26] Reflexion 2491 XVI 92.

[27] L IX. 72 nota.

Ne segue che il fatto che dobbiamo obbedire a una prescrizione comporta che noi possiamo tanto fare il contenuto della prescrizione, quanto raggiungere il suo fine ulteriore. Nel caso in cui non potessimo raggiungere il fine ulteriore della prescrizione saremmo giustificati nel non riceverla, proprio come nel caso non avessimo alcuna possibilità generica di obbedire. Ma quando si tratta della legge morale troviamo che, sebbene non possiamo raggiungere il fine ulteriore di questa legge, è impossibile non riceverla. Pertanto, mentre von Wright rileva che l'esistenza di un'autorità in grado di punire i trasgressori può essere un motivo per obbedire a una prescrizione ordinaria, al cui fine (immediato o ulteriore) ci opponiamo (o il cui ulteriore fine sembra impossibile da raggiungere), Kant sostiene che, poiché esiste una legge che non può essere annullata, nonostante il fatto che il suo fine ulteriore non possa essere raggiunto in questa vita, dobbiamo necessariamente assumere l'esistenza di un'autorità divina capace di garantire che la nostra obbedienza sarà premiata con il conseguimento di tale fine ulteriore in una vita oltre la nostra esistenza biologica.

Riferimenti bibliografici

Le citazioni da Kant sono tratte da *Kant's Gesammelte Schriften*, hrsg. von der Königlich Preussischen Akademie der Wissenschaften zu Berlin und Nachfolgern, 1900– . Per le citazioni uso abbreviazioni seguite dal numero del volume (in numeri romani) e della pagina di questa edizione, eccetto che per le citazioni dalla *Kritik der reinen Vernunft* per le quali uso la paginazione della prima edizione del 1781 (A) e della seconda edizione del 1787 (B).

Allison, H.E. 1996, *Idealism and Freedom. Essays on Kant's Theoretical and Practical Philosophy*, Cambridge: Cambridge University Press.
Kant, I. (EF) *Verkündigung des nahen Abschlusses eines Tractats zum ewigen Frieden in der Philosophie*, 1796, trad. it. *Annuncio della prossima conclusione di un trattato per la pace perpetua in*

filosofia, in I. Kant, *Questioni di confine*, a cura di F. Desideri, Genova: Marietti, 1990, pp. 73-82.

Kant, I. (Gr) *Grundlegung zur Metaphysik der Sitten*, 1785, trad. it. *Fondazione della metafisica dei costumi*, in I. Kant, *Scritti morali*, a cura di P. Chiodi, Torino. UTET, 1986, pp. 39-125.

Kant, I. (L) *Logik. Ein Handbuch zu Vorlesungen*, 1800, trad. It. *Logica. Un manuale per lezioni*, trad. it., Introduzione e note di M. Capozzi, Napoli: Bibliopolis, 1990.

Kant, I. (KdU) *Kritik der Urtheilskraft*, 1790, trad. it. di A. Gargiulo, riv. da V. Verra, *Critica del Giudizio*, Bari: Laterza, 1972.

Kant, I. (KrV) *Kritik der reinen Vernunft*, 1781 (1 edizione), 1787 (2 edizione), trad. it. di P. Chiodi, *Critica della ragion pura*, Torino: UTET, 1967.

Kant, I. (Rel) *Die Religion innerhalb der Grenzen der bloßen Vernunft*, 1793, trad. it. di A. Poggi, riv. da M. M. Olivetti, *La religione nei limiti della semplice ragione*, Roma-Bari: Laterza, 1980.

Korsgaard, C.M. 1996, *Creating the Kingdom of Ends*, Cambridge: Cambridge University Press.

von Wright, G. H. (NA) 1963, *Norm and Action. A Logical Enquiry*, London: Routledge and Kegan Paul; New York: Humanities Press.

Yovel, Y. 1980, *Kant and the Philosophy of History*, Princeton: Princeton University Press.

Schneewind J.B. 1992, "Autonomy, Obligation and Virtue: An Overview of Kant's Moral Philosophy", in P. Guyer (ed.), *The Cambridge Companion to Kant*, Cambridge: Cambridge University Press.

6
Leggere Kant con occhi fregeani

È noto che per Frege la filosofia della matematica è un ambito d'indagine privilegiato e che, entro questo ambito, egli ha ritenuto importante, anche se non del tutto condivisibile, ciò che ha detto Kant[1]. Questa presa di posizione da parte di uno dei padri della logica moderna, lontana dai toni distruttivi delle critiche rivolte a Kant da Russell e Couturat, ha prodotto effetti nella *Kant-Literatur*. Effetti sobri perché in generale nella letteratura su Kant non si è cercato di rivendicare l'influenza di Kant su Frege, diretta o mediata dai neo-kantiani[2]. Lo dimostra il fatto che di solito non ci si è riferiti all'ultimo Frege, che avrebbe dato maggiore appiglio a una simile rivendicazione[3], ma al Frege delle *Grundlagen*. Nemmeno io ho

---

[1] FREGE, Recensione a *Das Prinzip der Infinitesimalmethode und seine Geschichte*, di H. Cohen, Berlin 1883, in G. FREGE, *Kleine Schriften*, a cura di I. Angelelli, Hildesheim, 1967, p. 99, trad. it. in G. FREGE, *Logica e aritmetica*, a cura di C. Mangione, con prefazione di L. Geymonat, Torino 1965, p. 406: la matematica "è specificamente adatta a servire come base per ricerche teoretico-conoscitive e logiche" e "se in questa direzione, all'infuori di Kant, è stato realizzato ancora poco, ciò è dovuto principalmente al fatto che solo raramente si trovano riuniti un pensare corrente matematico e filosofico e conoscenze sufficienti in entrambi i campi". Quanto al non condividere appieno la filosofia kantiana della matematica, si rimanda al ben noto atteggiamento differenziato di Frege verso le concezioni kantiane della geometria e dell'aritmetica.

[2] Su quest'ultimo punto cfr. G. GABRIEL, "Frege als Neukantianer", *Kant-Studien*, LXXVII, 1986, pp. 84-101, trad. it. di S. Besoli, "Frege come neokantiano", in S. Besoli e L. Guidetti (a cura di), *Conoscenza, valori e cultura. Orizzonti e problemi del neocriticismo* (*Quaderni di Discipline Filosofiche*, VII), Bologna 1997, pp. 505-526.

[3] Cfr. G. FREGE, *Zahlen und Arithmetik*, 1924, in G. FREGE, *Nachgelassene Schriften*, introduzione, cura e note di H. Hermes, F. Kaulbach e F. Kambartel, con la collaborazione di G. Gabriel e W. Rödding, Hamburg 1969, pp. 295-297, trad. it.,

rivendicazioni da fare e qui cercherò di guardare all'innegabile rapporto di Frege con la filosofia kantiana in una prospettiva rovesciata. Tratterò, infatti, di come alcune considerazioni di Frege nella sua opera del 1884 abbiano influenzato gli studi kantiani favorendo un riesame della nozione kantiana di intuizione e di come dall'interesse che questo riesame ha suscitato siano emersi aspetti poco noti del pensiero di Kant[4].

Intuizione, singolarità e sensibilità

Nel § 12 delle *Grundlagen* Frege osserva che nel § 1 della *Logik* di Kant curata da Jäsche le intuizioni e i concetti differiscono solo in quanto le intuizioni sono rappresentazioni singolari e i concetti sono rappresentazioni comuni[5]. Fondandosi soprattutto su questo testo, e richiamando la citazione che ne fa Frege, Hintikka ha sostenuto che esiste una fase storicamente preliminare della filosofia kantiana, di cui permangono tracce negli scritti della maturità come la *Logik Jäsche*, in cui le intuizioni non sono connesse con la sensibilità, ma sono caratterizzate solo dall'essere singolari. Dunque, egli dice, secondo

---

Numeri e aritmetica, in G. FREGE, *Scritti Postumi*, a cura di E. Picardi, Napoli 1986, pp. 423-425, dove Frege riconosce che anche le verità aritmetiche come sintetiche *a priori*. Infatti egli tenta di fondare la certezza della matematica sull'intuizione *a priori* dello spazio, identificando la conoscenza aritmetica con quella geometrica. Cfr. G. CURRIE, *Frege. An Introduction to His Philosophy*, Brighton e Towota N. J. 1982, p. 185.

[4] Gli scritti di Kant (opere, *Reflexionen*, corrispondenza e trascrizioni tratte dalle sue lezioni) sono citati con la sigla AA seguita dal numero del volume e della pagina di *Kant's gesammelte Schriften*, a cura della Königlich Preussische Akademie der Wissenschaften (und Nachfolgern), Berlin (Berlin e Leipzig) 1900–, eccetto la *Kritik der reinen Vernunft*, che è citata con la sigla *KrV*, seguita dal numero di pagina della I (A, 1781) e della II (B, 1787) edizione, numero che reca al margine anche la trad. it., *Critica della ragione pura*, a cura di P. Chiodi, Torino 1967.

[5] Cfr. I. KANT, *Logik. Ein Handbuch zu Vorlesungen*, 1800, [qui citata come *Logik Jäsche*], trad. it., *Logica. Un manuale per lezioni*, a cura di M. Capozzi, Napoli 1990 (che reca al margine il numero di pagina di AA), AA 9: 91.

128

questa concezione preliminare, non inquinata da preoccupazioni trascendentali, "la nozione kantiana di intuizione non è lontana da ciò che noi chiameremmo un termine singolare"[6]. Perciò per Hintikka, e a suo parere per Kant, la sinteticità della matematica dipende sì dal ricorso a intuizioni, ma solo in quanto la matematica usa argomentazioni in cui intervengono termini singolari.

Queste argomentazioni, se rappresentate nella logica dei predicati del primo ordine, sono sintetiche nella misura in cui comportano l'introduzione di variabili libere, cioè di termini singolari o 'intuizioni' che si riferiscono a membri particolari ma non specificati di certe classi di oggetti, e proprio per questo permettono di trarre sinteticamente conclusioni circa tutti gli oggetti di quelle classi. Anni fa ho argomentato, prendendo in considerazione testimonianze kantiane degli anni Sessanta, che l'analisi del pensiero preliminare di Kant sulla matematica su cui si fonda l'interpretazione di Hintikka è assai debole[7]. Ultimamente ho trovato prove conclusive che negli anni 1755-56, dunque in una fase che più 'preliminare' non potrebbe essere, Kant sosteneva a chiare lettere che la certezza della matematica si fonda direttamente sui sensi, sicché quando in seguito approda alla teoria dello spazio e del tempo come intuizioni *pure*, egli in matematica diventa molto *meno* sensista che all'inizio[8]. Quanto poi alla base teorica di Hintikka, e cioè che in generale sia possibile che Kant intendesse l'intuizione come omogenea al concetto e diversa da esso solo in quanto singolare, già la lettura di Frege avrebbe dovuto

---

[6] Cfr. J. HINTIKKA, "On Kant's Notion of Intuition (*Anschauung*)", in T. PENELHUM-J.J. MACINTOSCH (a cura di), *The First Critique: Reflections on Kant's Critique of Pure Reason*, Belmont Calif. 1969, p. 43; J. HINTIKKA, "Kant's 'New Method of Thought' and His Theory of Mathematics", *Ajatus*, XXVII, 1965, p. 42; J. HINTIKKA, *Logic, Language-Games and Information: Kantian Themes in the Philosophy of Logic,* Oxford 1973, p. 145.

[7] Cfr. M. CAPOZZI, "J. Hintikka e il metodo della matematica in Kant", *Il Pensiero*, XVIII, 1973, pp. 240-243.

[8] Cfr. M. CAPOZZI, "Kant e i compiti della filosofia", in AAVV, *L'etica e le forme. Studi per Giuseppe Prestipino*, a cura di B. Muscatello, Gaeta 1997, pp. 53-54.

rendere dubbiosi. Infatti, nel richiamare l'attenzione sulla peculiarità del § 1 della *Logik Jäsche*, Frege denuncia come difettosa la definizione dell'intuizione lì contenuta esattamente per il motivo per cui essa piace tanto a Hintikka. Frege infatti ritiene che in Kant la relazione dell'intuizione con la sensibilità è inevitabile perché senza di essa l'intuizione "non potrebbe servire di base conoscitiva per i giudizi sintetici *a priori*"[9]

Nondimeno va riconosciuto a Hintikka il merito di aver risvegliato l'interesse per la filosofia della matematica di Kant connettendola a questioni di logica, e di aver così favorito una nuova prospettiva sull'argomento e una rinnovata attenzione per Frege negli studi kantiani. Devo almeno menzionare in questo contesto gli studi di Charles Parsons che, polemizzando con Hintikka, ha sottolineato l'imprescindibilità per l'intuizione di Kant di una connessione con la sensibilità e, su queste basi, ha proposto una sua lettura della concezione kantiana dell'aritmetica[10]. Ma è un altro oppositore di

---

[9] *Grundlagen der Arithmetik. Eine logisch mathematische Untersuchung über den Begriff der Zahl*, Breslau 1884, § 12, p. 19, trad. it., *I fondamenti dell'aritmetica. Una ricerca logico-matematica sul concetto di numero,* in FREGE, *Logica e aritmetica*, cit., p. 240. Già B. BOLZANO, *Wissenschaftslehre*, Sulzbach 1837, § 77, aveva sottolineato che la distinzione fra idee singolari e comuni era ben nota prima di Kant, al quale perciò, dal suo punto di vista, va attribuito non il merito di aver stabilito quella distinzione, ma al contrario il demerito di averla trascurata commettendo l'errore di caratterizzare le intuizioni come riferentisi immediatamente all'oggetto.

[10] Cfr. C. PARSONS, "Kant's Philosophy of Arithmetic", in S. MORGENBESSER-P. SUPPES-M. WHITE (a cura di), *Philosophy, Science, and Method: Essays in Honor of Ernest Nagel*, New York, 1969, e C. PARSONS, "Postscript" a "Kant's Philosophy of Arithmetic", in C. PARSONS, *Mathematics in Philosophy: Selected Essays*, Ithaca, N.Y. 1983, ora riprodotti insieme in C. J. POSY (a cura di), *Kant's Philosophy of Mathematics: Modern Essays*, Dordrecht 1992, pp. 43-79. Parsons accoglie la lettura fregeana dell'intuizione di Kant non solo come singolare e connessa alla sensibilità, ma anche come immediata, e cerca di costruire su queste basi un'interpretazione della concezione kantiana dell'aritmetica. Non entro nel

Hintikka che mi interessa qui perché ha scelto un terreno di confronto dal quale si possono trarre frutti che vanno al di là della questione della natura della matematica. Mi riferisco a Manley Thompson, il quale argomenta nel modo seguente: se Hintikka sostiene che la sinteticità della matematica consiste nell'uso di termini singolari in certe argomentazioni, e se i termini singolari sono intuizioni, allora si può confutare Hintikka mostrando che nella logica, e dunque non nella sola matematica, kantiana non ci sono termini singolari[11]. Dal momento che Thompson è in sintonia con Kant i suoi argomenti sono convincenti. Tuttavia non tutte le sue armi sono efficaci perché in molti passaggi gli accade di speculare su quali siano i reali intendimenti di Kant, non riuscendo a reperire sufficiente evidenza nei testi. Nel fare ricerche sulla logica kantiana – un tema su quale l'incremento di adeguati studi filologici negli ultimi anni è stato notevole – mi sono accorta che non c'è bisogno di speculare in merito. Riferendomi a testi derivati dall'attività di Kant come docente di logica, cercherò di dimostrarlo.

La teoria dei concetti di Kant

Per decidere qualcosa sui termini singolari in Kant occorre dare alcuni elementi della sua teoria dei concetti. Per Kant i concetti (empirici), quanto alla loro forma, sono tutti fatti dall'intelletto: quale che sia la sua materia, "la forma di un concetto, in quanto rappresentazione discorsiva, è sempre fatta"[12]. L'intelletto fa la forma dei concetti attraverso i tre atti logici della comparazione, astrazione e riflessione. Ad esempio, dice la *Logik Jäsche*, uno vede un abete, un salice e un tiglio. Costui prima paragona questi oggetti fra loro e ne osserva le differenze, poi riflette su ciò che hanno in comune finché, astraendo

merito di questa interpretazione, che comunque è impossibile ignorare a chiunque si occupi della filosofia della matematica di Kant.

[11] M. THOMPSON, "Singular Terms and Intuitions in Kant's Epistemology", *The Review of Metaphysics*, XXVI, 1972, ora riprodotto con un "Postscript" in POSY, *op. cit.*, pp. 81-107.

[12] *Logik Jäsche*, AA 9: 93, § 4.Oss. Cfr. R. 2855, AA 16: 547 (successiva al 1772).

dalla loro grandezza, figura, ecc., ottiene il concetto di albero[13]. Generati formalmente nel modo appena descritto, i concetti sono caratterizzabili come aventi un'*intensione* [*Inhalt*] e un'*estensione* [*Umfang*][14].

L'*intensione* di un concetto è "l'insieme [*Menge*] delle note che sono contenute in esso"[15]. Poiché le note contenute in un concetto sono a loro volta concetti dotati di un'intensione, un concetto contiene anche le note delle sue note, le quali vengono reperite per analisi delle note primitive. La nozione di intensione è collegabile a quella di *essenza logica*, ma è più indeterminata di quest'ultima: mentre l'intensione è costituita genericamente dai concetti contenuti in un concetto, l'essenza logica è, per così dire, un'intensione strettamente regolamentata. Essa, infatti, è definita da Kant come "tutto ciò che è contenuto necessariamente e primitivamente nel mio concetto [...] e in quello di ogni uomo"[16]. Pertanto le note costituenti l'essenza logica di un concetto sono quelle *necessarie* a qualificarlo come *quel* concetto e, di conseguenza, sono *immutabili*: "non si può modificare nulla in ciò che appartiene in modo essenziale al [...] concetto senza togliere al tempo stesso questo concetto medesimo"[17]. Inoltre le note costituenti

---

[13] *Logik Jäsche*, AA 9: 94-95, § 6.Oss.1. Cfr. *Logik Pölitz*, AA 24: 570.

[14] Cfr. *Logik Jäsche*, AA 9: 95, § 7: "Ogni concetto, come c o n c e t t o p a r z i a l e, è contenuto nella rappresentazione delle cose; come f o n d a m e n t o c o n o s c i t i v o, cioè come n o t a, queste cose sono contenute s o t t o di esso. Sotto il primo aspetto ogni concetto ha un'i n t e n s i o n e, sotto il secondo ha un'e s t e n s i o n e".

[15] *Logik Pölitz*, AA 24: 569. Cfr. pure, ad esempio, *Wiener Logik*, AA 24: 911: "Noi consideriamo il concetto secondo l'intensione quando guardiamo all'insieme [*Menge*] delle rappresentazioni che sono contenute nel concetto stesso".

[16] Lettera a C.L. Reinhold del 12 maggio 1789, AA 11: 36.

[17] I. KANT, *Über eine Entdeckung, nach der alle neue Kritik der reinen Vernunft durch eine ältere entbehrlich gemacht werden soll*, 1790, AA 8: 236-237 nota, trad. it., *Su una scoperta secondo la quale ogni nuova critica della ragion pura sarebbe resa superflua da una più antica*, in I. KANT, *Scritti sul criticismo*, a cura di G. De Flaviis, Roma-Bari 1991, p. 114. Kant prosegue spiegando che la logica prescrive "che se io voglio conservare il concetto di un unico e medesimo oggetto, non devo

l'essenza logica sono *primitive* e non derivate, e sono *associate al nome* attribuito al concetto. Infatti per Kant qualsiasi concetto è connesso alla parola che lo esprime così come, viceversa, "di tutte le cose di cui parliamo dobbiamo pur avere dei concetti, e questi dobbiamo pur spiegarli [*erklären*], per poter rintracciare i loro *essentialia* e *rationata*, e quel che appartiene *primitive* e *derivative* all'essenza" (*Wiener Logik*, AA 24: 839). Per questo motivo Kant sostiene che "in nessuna lingua si danno propriamente dei sinonimi. Infatti quando si inventarono le parole, si volle con ciascuna designare con certezza un particolare concetto, il quale anche si troverà sempre con certezza mediante un'indagine adeguata sulla parola"[18]. Infine le note essenziali sono *disponibili* "facilmente" (*Logik Jäsche*, AA 9: 61) a chiunque adoperi una parola-concetto. Ciò significa non solo che il nesso parola-concetto-essenza logica è esclusivo, ma anche che l'essenza logica consiste di un numero *limitato* di note concettuali[19].

cambiarvi nulla, ossia non devo predicare di esso il contrario di ciò che io penso con quel concetto" (*ibidem*). L'essenza logica come è concepita da Kant ha dunque molto in comune con la *compréhension* di un'idea come è definita da A. ARNAULD-P. NICOLE, *La Logique ou l'art de penser*, I ed. 1662, testo della ed. 1683 a cura di P. Clair e F. Girbal, Paris 1965, P. I, c. vii. p. 59, trad. it di A. Simone, in *Grammatica e Logica di Port-Royal*, Roma 1969, p. 124, cioè come l'insieme degli "attributi ch'essa [l'idea] racchiude in sé, e che non è possibile toglierle senza distruggerla". Cfr. *Logik Dohna-Wundlacken*, AA 24: 727: le note essenziali "non si possono togliere [...] senza togliere la cosa stessa".

[18] *Logik Dohna-Wundlacken*, AA 24: 783. Cfr. pure *Wiener Logik*, AA 24: 812: "in nessuna lingua si danno due parole che siano realmente *synonyma*". Si comprende allora perché Kant, *KrV*, A 313/B 369, contesti l'abitudine di adoperare parole in qualità di sinonimi "per semplice amore di varietà", e in particolare perché egli contesti l'uso disinvolto della parola 'idea'.

[19] Volendo argomentare che non si possono dare definizioni reali dei concetti empirici, Kant, *KrV*, A 728/B 756, accenna di sfuggita alla *parola* che designa il concetto empirico, una parola "con le *poche* (corsivo mio) note che essa porta con sé". Su questo argomento cfr. M. CAPOZZI, "Kant on Logic, Language and Thought", in D. BUZZETTI-M. FERRIANI (a cura di), *Speculative Grammar,*

Di qui discende che, mentre non è possibile dare la definizione dell'essenza reale di alcun concetto (che non sia stato costruito *a priori*), è invece possibile dare una definizione nominale di tutti i concetti poiché le definizioni nominali contengono: "il significato che si è voluto dare abitrariamente a un certo nome, e che perciò designano solo l'essenza logica del suo oggetto" (*Logik Jäsche*, AA 9: 142, § 106).

Quanto all'*estensione o sfera* di un concetto, essa è costituita dalle cose che sono contenute sotto quel concetto, cose che il concetto contribuisce a pensare e a conoscere, essendo fondamento della loro conoscenza, ovvero essendo nota di tali cose[20]. Così che "la sfera di un concetto è tanto maggiore quante più cose stanno sotto di esso e possono essere pensate grazie ad esso" (*Logik Jäsche*, AA 9: 96, § 8). Per converso, quante più cose il concetto ci fa conoscere tanto più il concetto è universale. Tuttavia l'estensione di un concetto non è rappresentata solo dall'*estensione-classe* delle *cose* delle quali esso è fondamento conoscitivo. L'estensione di un concetto è anche – per usare l'espressione del § 14 della *Logik Jäsche*[21] – la sua *estensione logica*, consistente nell'insieme dei *concetti* che sono sotto di esso e *nella cui intensione* il concetto è contenuto[22].

Universal Grammar, and Philosophical Analysis of Language, Amsterdam-Philadelphia 1987, pp. 107 ss.

[20] Cfr. *Wiener Logik*, AA 24: 911: la sfera di un concetto si riferisce all'"insieme delle cose che sono contenute sotto di esso". Cfr. pure *Logik Blomberg*, AA 24: 239.

[21] Pertanto l'affermazione di T.M. SEEBOHM, "Das Widerspruchsprinzip in der Kantischen Logik und der Hegelschen Dialektik", in *Akten des 4. Internationalen Kant-Kongresses*, (Mainz 1974), Teil II.2, a cura di G. Funke, Berlin-New York 1974, p. 864, secondo cui per Kant l'estensione di un concetto contiene unicamente *concetti* inferiori, può essere condivisa solo se riferita all'ambito della *Begriffslehre*.

[22] Per la duplice presentazione dell'estensione cfr. la *Vorlesung* di Kant sulla *Philosophische Enzyklopädie*, AA 29: 17: il concetto è comune perché "contiene una nota che è propria di molte cose [*Dinge*]"; al tempo stesso la "*sphaera conceptus*" è "il cerchio che contiene le rappresentazioni [*Vorstellungen*] di cui il *Conceptus* è la nota comune". R. STUHLMANN-LAEISZ, *Kants Logik. Eine Interpretation auf der Grundlage von Vorlesungen, veröffentlichen Werken und*

Dei due significati di estensione quello che Kant adopera *nell'ambito della teoria logica dei concetti* è prevalentemente il

Nachlass, Berlin-New York 1976, p. 88, ha visto in questa duplice concezione dell'estensione un ampliamento kantiano della dottrina tradizionale. Ciò è vero però solo se si identifica la logica tradizionale con il manuale adottato da Kant per le lezioni logiche, cioè G.F. MEIER, *Auszug aus der Vernunftlehre*, Halle 1752 (ristampato in nota a AA 16) dove, nel § 262, AA 16: 560, l'estensione è definita come "l'insieme di tutti i concetti che sono contenuti sotto un concetto astratto". Ma basta consultare la assai più ampia opera logica del medesiomo autore, pubblicata contemporaneamente all'*Auszug*, cioè G F. MEIER, *Vernunftlehre*, Halle 1752, per leggervi, § 95, che l'estensione di un concetto astratto è costituita tanto dai concetti quanto dalle cose che esso contiene sotto di sé: "ogni concetto astratto può essere considerato come un concetto superiore, che contiene sotto di sé un certo numero di concetti inferiori; cioè appartengono qui tutti quei concetti la cui concordanza e somiglianza esso rappresenta, perciò essi tutti insieme sono contenuti sotto di esso, e tutti questi concetti e cose [*alle diese Begriffe und Dinge*] presi assieme li chiameremo *l'estensione di un concetto superiore o astratto*". Del resto, *entrambi* i significati di 'estensione' per qualsivoglia idea generale sono stati riscontrati da W. KNEALE-M. KNEALE, *The Development of Logic*, Oxford 1962, pp. 318-319, nella *Logique* di Port-Royal: "secondo Arnauld e Nicole, l'estensione di un termine generale è l'insieme dei suoi inferiori, ma non è chiaro se si suppone che gli inferiori di cui parlano siano specie o individui. Nell'elaborare il loro esempio essi dicono che l'idea di un triangolo in generale si estende (*s'étend*) a tutte le varie specie di triangoli, ma nel paragrafo successivo essi puntualizzano che l'estensione di un termine, a differenza della sua comprensione, potrebbe essere diminuita senza la distruzione dell'idea [...] e ciò non è vero dell'insieme delle specie che cadono sotto un genere". S. AUROUX, *La logique des idées*, Montréal-Paris, 1993, p. 65, ritiene invece che per gli autori della *Logique* valga solo la nozione che Kant chiama 'estensione logica'. Come che sia, entrambi i significati di 'estensione' sono presenti in una delle fonti logiche accreditate di Kant, cioè J.P. REUSCH, *Systema logicum antiquiorum atque recentiorum item propria praecepta exhibens*, Jenae 1734, II ed. Jenae 1741, Tractatio Propaedeumatica § 21: "gli *oggetti* [corsivo mio] in cui è contenuta un'idea astratta, o *nel cui concetto* [corsivo mio] è compresa e rientra l'idea astratta, sono detti *essere contenuti* o *essere involuti sotto l'idea*, parimenti sono detti *estendersi a quell'idea*".

secondo, cioè quello che la *Logik Jäsche* chiama "estensione *logica*". Ma privilegiare l'estensione *logica* comporta presentare la dottrina dei concetti in una veste fondamentalmente intensionale, giacché in questa veste l'estensione logica di un concetto è una nozione introdotta attraverso la nozione di intensione, appunto come l'insieme dei concetti *nella cui intensione* quel concetto è contenuto. Ciò non desta grande meraviglia: nel contesto della dottrina dei concetti Kant considera i concetti solo in qualità di *concetti parziali* di altri concetti. Inoltre si deve considerare che una prospettiva intensionale è particolarmente adeguata alla *Begriffslehre*[23]. Infatti in tale ambito vengono studiate astrattamente le relazioni logiche fra concetti considerati nella loro integrità intensionale, piuttosto che le relazioni fra le loro estensioni-classe poiché, secondo Kant, questo secondo genere di studio necessita di una considerazione quantitativa dei concetti che, come vedremo, spetta alla dottrina dei giudizi.

Le relazioni logiche fra concetti sono stabilite da Kant in base al *rapporto inverso che sussiste fra l'intensione e l'estensione*: quanto maggiore è l'estensione di un concetto, tanto minore è la sua intensione, e viceversa[24]. Nella R. 2893 Kant si riferisce a tale rapporto in un latino pittoresco: "*Quantum cognitio ab una parte lucri facit, tantum ab altera mulctatur*"[25]. Tanto basta a stabilire che, dati due concetti non opposti, essi possono essere fra loro o *subordinati* o *reciproci*. Due concetti sono fra loro *subordinati* se – da un punto di vista intensionale – "*conceptus superior continetur in inferiori et hic*

---

[23] Cfr. M. MUGNAI, *Astrazione e realtà. Saggio su Leibniz*, Milano 1976, p. 88, che, riferendosi ai luoghi in cui Leibniz adotta il criterio dell'intensione, sottolinea che tale criterio: "affrancando la logica dal riferimento alla estensione dei concetti considerati (e cioè dal riferimentio agli individui), consente una trattazione puramente astratto-combinatoria della logica stessa)".

[24] *Logik Jäsche*, AA 9: 95, § 7. Poiché c'è un rapporto inverso tra intensione e estensione, l'intensione di un concetto non può essere limitata alle sue note essenziali primitive, ma deve comprendere le componenti intensionali delle note primitive ricavabili analiticamente.

[25] AA 16: 564, di datazione incerta tra il 1764 e la fine del 1769.

sub superiori"[26]. Due regole governano i rapporti di subordinazione dei concetti: 1) "ciò che conviene a, o contraddice, i concetti superiori conviene a, o contraddice, anche tutti i concetti inferiori che sono contenuti sotto quei concetti superiori"; e 2) "ciò che conviene a, o contraddice, t u t t i i concetti inferiori, conviene a, o contraddice, anche il loro concetto superiore"[27]. Due concetti sono fra loro *reciproci* se non sono l'uno più ampio dell'altro, ma hanno la "medesima sfera" (AA 9: 98, §12)[28].

---

[26] R. 2894, AA 16: 565, di datazione incerta fra 1769 e 1771 oppure fra 1764 e 1768. Al tempo stesso, dati due concetti, il primo concetto è *più ampio* del secondo e il secondo concetto è *più stretto* del primo (*Logik Jäsche*, AA 9: 98, § 12), se il più ampio ha una maggiore sfera logica e contiene il più stretto sotto di sé. Questo rapporto è chiaramente considerato da un punto di vista intensionale: "un concetto non è p i ù a m p i o dell'altro in quanto contiene d i p i ù sotto di sé - questo infatti non lo si può sapere - ma in quanto contiene sotto di sé l ' a l t r o c o n c e t t o, e d a l t r o a n c o r a o l t r e a d e s s o " (*Logik Jäsche*, AA 9: 98, § 13). Cfr. R. 2886, AA 16: 561, risalente forse al 1778 o agli anni 1790-1800.

[27] *Logik Jäsche*, AA 9: 98, § 14. L'*Osservazione* aggiunta al § 14 specifica che nella seconda regola la condizione "tutti i concetti inferiori" è necessaria. Solo così si è certi di poter instaurare con un concetto superiore una relazione di convenienza o di contraddizione. Infatti "non si può inferire: ciò che conviene a, o contraddice, u n concetto inferiore, conviene a, o contraddice, anche a l t r i concetti inferiori che assieme ad esso appartengono a un medesimo concetto superiore".

[28] Cfr. *Logik Dohna-Wundlacken*, AA 24: 755: "Alcuni concetti hanno una stessa *sphaera*, come il concetto del necessario e dell'immutabile. Tali concetti sono detti *conceptus reciproci*, concetti convertibili". Questa definizione della reciprocità pone anche a Kant il problema di tutte le logiche intensionali, cioè quello di chiarire che cosa significhi che due concetti hanno intensionalmente la medesima sfera, qualora non si voglia risolvere il problema ricorrendo alla sinonimia. Ma ho sottolineato che Kant esclude una simile soluzione in virtù dalla tesi che in nessuna lingua si danno due parole realmente *synonyma*. Ora, l'impossibilità di una perfetta sinonimia non fa che inasprire la difficoltà di una spiegazione intensionale della reciprocità dei concetti, una difficoltà puntualmente sottolineata da J. VENN, *Symbolic Logic*, 2.ed. London 1894, repr. New York 1971, pp. 456-457 e 488. Kant deve essersi accorto

Questa classificazione delle relazioni dei concetti non è esaustiva. In altri contesti Kant considera anche la relazione di *diversità o coordinazione*, secondo cui il concetto *A* è coordinato al (è diverso dal) concetto *B* se *A* e *B* non sono concetti opposti e se *A non contiene* in sé *B*, e viceversa[29]. Tuttavia in sede di dottrina dei concetti Kant, oltre a dare per scontato che ci si debba occupare solo di concetti non opposti fra loro, considera i concetti solo nella loro qualità di concetti parziali di altri concetti e, in più, considera le relazioni che essi possono intrattenere fra loro soltanto in termini di contenimento (completo). La qual cosa esclude evidentemente che egli si occupi di una relazione basata sul *non-contenimento* di concetti quale è quella della coordinazione o diversità[30].

La nozione di contenimento si attaglia invece perfettamente alla relazione di subordinazione: se il concetto *A* contiene in sé il concetto *B*, allora *A* è inferiore a *B*, mentre *B*, essendo contenuto da *A*, è superiore a *A*[31]. Inoltre la nozione di contenimento e la relazione di

del problema, poiché mi sembra che egli abbia voluto aggirarlo riducendo l'uguaglianza della sfera dei concetti reciproci a una differenza infinitesimale. Infatti, almeno stando al resoconto della *Logik Busolt*, AA 24: 655, due concetti sono *conceptus reciproci* "[...] se la sfera dei *conceptus* è uguale, cioè la differenza dei *conceptus* è infinitamente piccola".

[29] Cfr. *Logik Jäsche*, AA 9: 59, dove si spiega che le note coordinate di un concetto sono note immediate della cosa e sono reciprocamente indipendenti.

[30] La relazione di coordinazione o diversità era stata studiata da diversi logici certamente noti a Kant. In particolare se ne era occupato Reusch, indubbiamente sulla scorta dell'esempio di Rüdiger. Per REUSCH, *op. cit.*, §§ 44, 46, 48, due concetti come 'pio' e 'erudito' sono fra loro coordinati perché non sempre sono compatibili e, nel caso che lo fossero, lo sono solo *in concreto*, cioè in uno stesso soggetto, ma non *in abstracto*. Infatti i loro corrispettivi astratti - 'pietà ' e 'erudizione' - non sono reciprocamente predicabili e sono da considerare opposti, nonostante che non siano contraddittori, cioè tali che l'uno contenga in sé il concetto contraddittorio dell'altro. Cfr. A. RÜDIGER, *De sensu veri et falsi libri IV*, II ediz. Halae 1722, I, c. XI, § 48.

[31] La nozione di contenimento è sufficiente anche a definire la seconda delle due relazioni esaminate nella dottrina kantiana dei concetti: la relazione di reciprocità.

subordinazione vengono 'naturalmente' privilegiate dalla descrizione kantiana di come l'intelletto produce la forma dei concetti. 'Albero' è un concetto formato a partire da 'abete', 'salice', 'tiglio' ecc., i quali concetti, dunque, contengono in sé 'albero' e sono subordinati ad esso.

Il privilegio assegnato alla subordinazione all'interno della dottrina dei concetti trova un'ulteriore giustificazione nella capacità della relazione di subordinazione di introdurre e governare l'*ordinamento gerarchico* dei concetti secondo *generi* e *specie* (*Logik Jäsche*, AA 9: 96-97, §10). Infatti la produzione formale dei concetti e la loro disposizione secondo una gerarchia di generi e specie sono per loro natura attività subordinanti. Un passo della *Logik Pölitz* sostiene: "noi facciamo *genera*" quando conosciamo "le note certe dell'identità delle cose". Invece "noi facciamo *species*, ovvero troviamo una *differentia specifica*", quando conosciamo "le note della diversità delle cose" (AA 24: 533).

In una gerarchia siffatta è possibile muoversi verso l'alto e verso il basso grazie alle due operazioni dell'*astrazione* e della *determinazione* (AA 9: 99).

L'*astrazione* per Meier, l'autore del manuale di logica adottato da Kant per le sue lezioni, "è, di fatto, una sottrazione" e, se si inizia "dal basso", è possibile rappresentarcela "come un calcolo [*als eine Rechnung*]"[32], cioè come un metodo meccanico per ottenere concetti superiori. In una delle prime *Reflexionen* di commento al manuale di Meier Kant concorda pienamente con il suo Autore: "Astrazione è sottrazione" (R. 2885, AA 16: 559). Applicata alla gerarchia dei generi e delle specie l'astrazione conduce a un concetto dal quale "nient''altro può essere astratto senza che l'intero concetto scompaia" (*Logik Jäsche*, AA 9: 97, § 11.Oss). Tale concetto è quello del genere sommo, che è il concetto di 'qualcosa' [*Etwas*], di 'ente' o di 'cosa'

Quest'ultima, infatti, può essere definita come una relazione di contenimento reciproco.

[32] Cfr. MEIER, *Vernunftlehre*, cit., pp. 429-430.

[*Ding*]³³. L'astrazione, pertanto, è un processo in via di principio finito.

La *determinazione* di un concetto può essere vista invece come l'addizione³⁴ a quel concetto di un altro concetto, addizione da cui risulta un concetto più determinato e più ricco³⁵. Perciò determinare 'uomo' con 'nero' significa produrre un concetto inferiore sia a 'uomo' sia a 'nero', cioè il concetto di 'uomo nero'³⁶. A tale proposito

³³ Per il primo significato del genere sommo, cfr. *Logik Jäsche*, AA 9: 95, Oss. 2 e *Logik Pölitz*, AA 24: 570; per gli altri due significati, cfr. *Logik Dohna-Wundlacken*, AA 24: 754. La *Logik Pölitz*, AA 24: 570, qualifica il genere sommo come il concetto che "si riferisce a tutto, ma non ha intensione", e la *Logik Blomberg*, AA 24: 239, sostiene che il genere sommo è il concetto che "non contiene nulla in sé". Queste affermazioni sono probabilmente dovute allo stile colloquiale delle lezioni kantiane, dal momento che, invece, la *Logik Jäsche*, AA 9: 95, § 7, sostiene che *tutti* i concetti hanno un'intensione. Pertanto il genere sommo è un concetto che ha se stesso nella propria intensione, e proprio per questo non contiene nulla (di diverso da sé), così che l'operazione di astrazione compiuta su di esso comporterebbe la sua definitiva distruzione.

³⁴ MEIER, *Vernunftlehre*, cit., p. 431.

³⁵ *KrV*, A 598/B 625: "la d e t e r m i n a z i o n e è un predicato che va ad aggiungersi al concetto del soggetto, accrescendolo". Cfr. *Logik Pölitz*: "determinare vuol dire aggiungere più note".

³⁶ La determinazione di cui qui si parla non va confusa con la determinazione che caratterizza un giudizio. Nella lettera a J.S. Beck del 3 luglio 1792, AA 11: 346, trad. it. (modificata) in I. KANT, *Epistolario filosofico 1761-1800*, a cura di O. Meo, Genova 1990, p. 295, Kant illustra la differenza fra il collegamento delle rappresentazioni in un concetto e il collegamento delle rappresentazioni in un giudizio esaminando un esempio di entrambi i tipi di collegamento, rispettivamente: 'l'uomo nero' e 'l'uomo è nero'. La differenza "sta in ciò, che nel primo caso un concetto è pensato come *determinato*, mentre nel secondo è pensata l'azione della mia *determinazione* di questo concetto", così che "nel concetto *composto* l'unità della coscienza è data come *soggettiva*, mentre nella *composizione* dei concetti l'unità della coscienza si fa *oggettiva*". Da un punto di vista conoscitivo ciò significa che nel concetto composto 'uomo nero' "l'uomo è semplicemente pensato

Kant enuncia il *principio di determinabilità* che garantisce la possibilità di compiere sempre l'operazione di determinazione[37]:

> *Rispetto a ciò che non fa parte del suo contenuto* [corsivo mio], ogni concetto è indeterminato ed è sottoposto al principio della determinabilità, in base al quale ogni due predicati in opposizione contraddittoria tra loro, uno solo può appartenergli. Questo principio ha il suo fondamento nel principio di contraddizione ed è dunque un principio meramente logico, che prescinde da ogni contenuto della conoscenza, tenendo conto semplicemente della forma logica di questa[38].

(rappresentato problematicamente) come nero", invece nella composizione dei concetti nel giudizio 'l'uomo è nero' l'uomo deve essere "conosciuto" come nero.

[37] La determinazione deve sottostare a una condizione: un concetto non può essere determinato aggiungendogli una determinazione "contenuta in esso" (*KrV*, A 598/B 625). Pertanto non si determina 'uomo' aggiungendogli un concetto che già si trovi nella sua intensione, ad esempio 'razionale'. Se lo si facesse, si otterrebbe ancora il concetto di 'uomo' e in realtà non si sarebbe compiuta un'operazione di determinazione, bensì l'operazione che i portorealisti chiamano "esplicazione", cfr. ARNAULD-NICOLE, *op. cit.*, P. I, c. viii, p. 65, trad. cit., p. 130. Esplicare un concetto secondo Arnauld e Nicole è come aggiungere il concetto a se stesso. Ma aggiungere un concetto a se stesso, per quante volte si iteri l'operazione, dà come risultato il concetto medesimo. Una proprietà dell'esplicazione quest'ultima ben nota nella storia della logica e, come si vede, ben nota a Kant. Il quale si riferisce all'esplicazione come a un'operazione che nulla sottrae né aggiunge a un dato concetto, ma serve solo a renderlo distinto per analisi. Se esplicando un concetto gli si aggiungesse qualcosa, allora la distinzione analitica di un concetto consisterebbe in una determinazione, cosa che Kant nega recisamente.

[38] *KrV*, A 571/B 599. C'è da domandarsi in quale relazione debba stare un concetto dato rispetto ad un altro concetto che lo determina. Sappiamo che il concetto da determinare non deve contenere, né essere contenuto dal, concetto che lo determina, e che tra concetto da determinare e concetto che lo determina non ci deve essere opposizione. Pertanto fra tali concetti non può esserci che una relazione di coordinazione o di diversità. Ma, come ho sottolineato, Kant non parla di tale relazione quando presenta il quadro delle relazioni fra concetti. Questo silenzio, che

Questo principio, applicato alla gerarchia dei generi e delle specie, si traduce nella *legge di specificazione*:

> prendendo le mosse dalla sfera del concetto che designa un genere, non è possibile rendersi conto fino a che punto la divisione del genere possa essere spinta [...] Pertanto, ogni g e n e r e esige s p e c i e diverse, le quali, a loro volta, esigono diverse s o t t o s p e c i e; e poiché nessuna di queste ultime è priva a sua volta di una sfera (estensione, in quanto *conceptus communis*), la ragione, nel suo completo sviluppo, esclude che una qualsiasi specie sia considerata in se stessa l'infima; perché essendo ogni specie un concetto che racchiude in sé ciò che è comune a più cose, esso non può essere completamente determinato, quindi non può essere nemmeno riferito direttamente [*zunächst*] a un individuo (A 655/B 683-684, trad. cit. parzialmente emendata).

La legge di specificazione stabilisce così che il processo di determinazione è in via di principio infinito. Ciò concorda con la teoria di Kant di come i concetti vengono formati. La forma dei concetti è fatta dall'intelletto a partire da più rappresentazioni date. Perciò *qualsiasi concetto deve essere contenuto in uno o più concetti subordinati* o, come Kant dichiara nel luogo appena citato, ogni concetto "deve contenere sotto di sé [*unter sich*] altri concetti, cioè sottospecie". Infatti, egli spiega, "[...] è certamente necessario pensare ogni concetto come una rappresentazione a sua volta contenuta in un numero infinito di differenti rappresentazioni possibili (come loro carattere comune), quindi tale da comprenderle s o t t o d i s é" (*KrV*, A 25/B 39-40). Dunque la *logische sphaera* "cresce sempre,

---

appariva giustificabile quando l'obiettivo era quello di dar conto delle relazioni fra concetti basate sulla nozione di contenimento (completo), risulta invece sconcertante nel contesto relativo all'operazione logica di determinazione. Posso solo accennare al fatto che tale silenzio viene rotto, sebbene senza dar luogo a un chiarimento esauriente, solo quando Kant traccia (in sede di logica rascendentale e non di logica generale o formale) la distinzione fra giudizi analitici e giudizi sintetici.

così come un foglio d'oro si estende, quando perde in spessore"[39]. E ancora, in un appunto risalente agli anni 1776-78 o gli anni Ottanta, Kant scrive: "Ogni rappresentazione è o *superior* o *inferior*. *Conceptus* è sempre *repraesentatio superior*. Ma i *conceptus* si chiamano *superiores* solo in quanto hanno sotto di sé altri *conceptus*". Infine egli racchiude l'intera questione in una breve espressione latina: "*conceptus communis (tautologia)*"[40].

Naturalmente Kant ammette che si possano introdurre specie infime convenzionali. La *Logik Pölitz*, nel medesimo contesto in cui nega la possibilità di determinare un concetto infimo, concede che "nell'uso si danno *conceptus infimi* che sono diventati per così dire infimi convenzionalmente quando si è convenuto di non procedere più in profondità"[41]. Ma tale convenzionalità rafforza la tesi che non si danno specie infime *autentiche*. Se ve ne fossero, i concetti non solo sarebbero *determinabili* all'infinito, ma potrebbero essere anche del tutto *determinati*. E un concetto completamente determinato sarebbe il concetto completo di un individuo giacché, con le parole di Leibniz,

---

[39] *Wiener Logik*, AA 24: 912. Questa concezione kantiana della specificazione è assimilata alla tradizione che adotta i principi di pienezza e di continuità nel classico A.O. LOVEJOY, *La grande catena dell'essere*, trad. it. di L. Formigari 1966, Milano, pp. 260-261. Cfr., ad esempio, la R. 2893, AA 16: 564: "*species quae non est genus, est infima. Non datur species infima propter legem continui, nec datur species proxima sive immediate subordinata*". Per quel che concerne il paragone con la divisibilità dello spazio, cfr. *KrV*, A 524/B 552: "ogni spazio, intuito nei suoi limiti, è un tutto di tal genere che le sue parti, ad onta di ogni scomposizione, sono pur sempre spazi, e esso risulta pertanto divisibile all'infinito".

[40] R. 2866, AA 16: 552. Questo è il motivo per cui Kant considera i concetti come predicati in giudizi virtuali. Ogni concetto deve poter assumere la posizione del predicato in un giudizio perché ogni concetto è generale, è una rappresentazione comune.

[41] AA 24: 569. Così pure la *Wiener Logik*, AA 24: 91, in un contesto analogo, ammette: "*species infima* è infima solo comparativamente ed è l'ultima nell'uso. Ma deve essere sempre possibile trovare un'altra *species* grazie alla quale questa tornerebbe ad essere *genus*. Ma applicata immediatamente agli *individua* una *species* può essere detta *species infima*". Cfr. *Logik Jäsche*, AA 9: 97, § 11.Oss.

"*si qua notio sit completa* [...] *erit notio Substantiae individualis*"[42]. Per chiarire il suo pensiero Kant suggerisce di immaginare il concetto come "il punto di vista di un osservatore" che ha un proprio orizzonte. All'interno di questo orizzonte, egli prosegue, "deve poter essere dato all'infinito un insieme di punti, ciascuno dei quali, a sua volta, ha un cerchio visivo più limitato. In altri termini, ogni specie contiene sottospecie, secondo il principio della specificazione, e l'orizzonte logico consiste solo di orizzonti più piccoli (sottospecie), ma non di punti privi di qualsiasi estensione (individui)" (*KrV*, A 658/B 686, trad. cit. modificata).

L'obiezione di Kant alla determinazione completa è perfettamente coerente con la sua teoria della formazione dei concetti. Nel formare i concetti, l'intelletto deve 'fare astrazione da qualcosa', cioè da qualche dettaglio delle rappresentazioni-base, sicché il concetto ottenuto non catturerà quei dettagli e *dovrà* essere sempre incompleto rispetto alle rappresentazioni-base. Pertanto nessun concetto può essere il portatore delle infinite qualità di una qualsiasi cosa. Proprio su questo punto verte la contrapposizione con Leibniz: se non c'è concetto completo di alcuna cosa, allora non ha senso dire che due cose aventi il *medesimo* concetto sono in realtà una cosa sola. Chiarissimo in proposito è il passo seguente: "Il principio degli indiscernibili riposava propriamente sul presupposto per il quale, se nel concetto di una cosa in generale non si riscontra una certa differenza, non sarà possibile riscontrare tale differenza neppure nelle cose stesse, e quindi tutte le cose che non differiscano tra di loro già nel concetto (secondo la qualità o la quantità) saranno assolutamente una (*numero eadem*)" (*KrV*, A 281/B 337)[43]. Al principio degli

---

[42] *Opuscules et fragments inédits de Leibniz.* Extraits des manuscrits de la Bibliothèque royale de Hanovre par Louis Couturat, Paris 1903, rist. Hildesheim 1966, p. 403.

[43] Certo, anche Leibniz sostiene che non si danno specie infime logiche, ma egli sembra far dipendere ciò dalla nostra incapacità di determinare meglio le specie. Cfr. C. TROISFONTAINES, "L'approche logique de la substance et le principe des indiscernables", in *Leibniz: questions de logique*, Studia Leibnitiana, Sonderheft 15, a cura di A. Heinekamp, Stuttgart 1988, p. 98, il quale spiega con chiarezza che per

indiscernibili Kant oppone lo sbarramento logico della legge di specificazione con la quale prescrive "una distinzione delle sottospecie, prima che uno si volga agli individui con il suo concetto universale" (*KrV*, A 660/B 688). Se si dispone di un concetto universale si può, naturalmente, 'volgersi agli individui', ma si tratterà dell'applicazione del concetto universale agli individui, la quale richiederà un uso del concetto che, a sua volta, richiederà un atto di giudizio, ben diverso dall'operazione logica della specificazione per aggiunta di determinazioni[44].

Leibniz l'individuo, almeno di diritto, dovrebbe essere pienamente intelligibile, e dunque due individui differenti dovrebbero essere due diverse specie infime. Per questo motivo Leibniz elogiava S. Tommaso che faceva degli angeli delle specie uniche, cfr. *Discours de Métaphysique*, § 9, *Die philosophischen Schriften*, a cura di C.I. Gerhardt, Berlin 1875-90, repr. Hildesheim 1965, vol. IV, pp. 427-463. Cfr. pure R. McRAE, *Leibniz: Perception, Apperception, and Thought*, Toronto 1976, p. 79, il quale sottolinea che per Leibniz "non è vero che due sostanze debbano somigliarsi interamente fra loro e differire *solo numero*", ed è per questo che Leibniz sostiene che "l'individuo cui il concetto si applica è una *infima species* poiché, è ovviamente una verità logica che non ci sono due specie distinguibili *solo numero*". Devo quest'ultimo riferimento a A. SHAMOON, *Kant's Logic*, Ph. D. Dissertation,Columbia University 1979, Ann Arbor 1981, pp. 101-102.

[44] Stabilito che i concetti non possono essere completamente determinati, si può attribuire la capacità di essere completamente determinate alle intuizioni? Secondo la *Logik Jäsche*, "poiché sono del tutto determinate solo cose singolari o individui, si possono dare conoscenze del tutto determinate solo come i n t u i z i o n i ma non come c o n c e t t i" (AA 9: 99, § 15.Oss.). Questo passo necessita di qualche chiarimento. Secondo Kant: 1) ciò che esiste è completamente determinato (Cfr. *Vorlesungen über Metaphysik*, AA 27: 554: "solo nell'esistenza la cosa viene posta, e anche completamente determinata, con tutti i suoi predicati". Cfr. anche il precritico *Der einzig mögliche Beweisgrund zu einer Demostration des Daseins Gottes*, 1763, AA 2: 85, trad. it., *L'unico argomento possibile per una dimostrazione dell'esistenza di Dio*, in I. KANT, *Scritti precritici*, a cura di P. Carabellese, nuova ediz. a cura di R. Assunto e R. Hohenemser, ampliata da A. Pupi, Roma-Bari, 1982, p. 127); 2) noi possiamo stabilire che qualcosa è esistente. Ma evidentemente la nostra capacità di conoscere l'esistenza non può dipendere

Ho detto che con la legge di specificazione Kant abbandona un'onorata tradizione. In particolare egli rompe con Meier, sebbene ne avesse all'inizio adottato le dottrine[45]. Ma proprio qui s'inserisce la

dalla nostra conoscenza di tutte le determinazioni concettuali delle cose conosciute come esistenti. La ben nota spiegazione di Kant di tale complessa situazione gnoseologica - una spiegazione che si connette alla sua tesi fondamentale che l'esistenza non è un predicato - è che "l'esistenza non è il concetto della determinazione completa; infatti io non posso conoscere tale concetto e a ciò occorre l'onniscienza. L'esistenza non deve perciò dipendere dal concetto della determinazione completa, ma viceversa" (*Vorlesungen über Metaphysik*, AA 27: 554). Dunque se noi conosciamo l'esistenza è perché disponiamo di una fonte extra-logica di conoscenza, che è l'intuizione. Ma, poiché tutto ciò che esiste è completamente determinato, allora noi possiamo dire che quel che conosciamo come esistente, grazie all'intuizione, deve essere completamente determinato. Pertanto è corretta l'affermazione della *Logik Jäsche* secondo cui "si possono dare conoscenze del tutto determinate solo come i n t u i z i o n i", in quanto le intuizioni sono *esse stesse* delle *Erkenntnisse* determinate in tutte le loro parti e sono sufficienti, quali fonti extra-logiche di conoscenza dell'esistenza, a garantire che quel che conosciamo come esistente è totalmente determinato. Sia chiaro, però, che la completa determinazione dell'intuizione non solo non ha per noi un corrispettivo al livello concettuale, ma non è detto che sia perfettamente afferrabile al livello intuitivo. Kant spiega nell'*Anthropologie in pragmatischer Hinsicht*, 1798, testo della II ed. 1800, § 5, AA 7: 135, trad. it., *Antropologia pragmatica*, a cura di G. Vidari, riveduta da A. Guerra, Roma-Bari 1985, p. 18, che è possibile avere un'intuizione sensibile di una cosa che si riconosce (concettualmente) essere un uomo, pur senza averne un'intuizione distinta, cioè senza avere coscienza delle sue parti intuitive. Ciò nonostante, egli aggiunge, si deve *ammettere* che quelle parti dell'intuizione ci sono tutte perché il tutto della rappresentazione intuitiva "è costituito di tali rappresentazioni parziali". Ma, appunto, l'ammettere che le parti di qualsiasi intuizione ci sono tutte non le rende affatto di per sé conoscibili *per noi*, nemmeno intuitivamente.

[45] La legge di specificazione modifica sostanzialmente la base logica iniziale di Kant. Nella precritica R. 2894, AA 16: 565 (datata da Adickes fra il 1769 e il 1771 oppure, come mi sembra più probabile, fra il 1764 e il 1768) egli scriveva infatti: "*Conceptus summus paucissima in se continet, infimus plurima, nempe omnimodam*

146

questione che ci interessa. Nel sostenere che si danno concetti singolari Meier ne fornisce due esempi: "diese Welt", un concetto comune preceduto da un aggettivo dimostrativo, e "Leibniz", un nome proprio[46]. La questione che si pone è che cosa avvenga di espressioni siffatte nella logica kantiana in cui tutti i concetti sono comuni. A seconda della risposta che troveremo potremo riprendere l'argomento di Thompson sui termini singolari.

Aggettivi dimostrativi

In lezioni raccolte da uditori di Kant negli anni Ottanta leggiamo:

> Posso servirmi di un concetto nella misura in cui esso viene applicato a molti oggetti, allora il concetto è usato come *repraesentatio communis*, cioè è usato *in abstracto*, ad esempio casa. Se ora di tutte le case dico che devono avere un tetto, questo è

---

determinationem. Quo superior conceptus: ab eo pluribus abstraxi; quo inferior: eo magis determinavi. Igitur summus est maxime abstractus, infimus sive singularis maxime concretus". Particolarmente rilevante è anche una parte della R. 3095, AA 16: 657, che Adickes attribuisce in maniera incerta al 1769 oppure meno probabilmente (anche a mio avviso) agli anni 1773-1775, in cui Kant si pone ancora la domanda se la determinazione delle specie possa essere proseguita all'infinito: "se noi consideriamo un concetto generale come un piano, in cui i *conceptus communes* contenuti sono a loro volta piani, i *singulares* punti: si apre la questione se i piani consistano di piani o di punti, cioè se sotto una *notio communis* sia contenuta all'infinito una serie della possibile *subordinatio notionum communium* oppure no; nel primo caso vale la *lex continui* delle forme cioè delle *species sub aliquo genere contentae*". L'interrogativo posto in questa *Reflexion* verrà sciolto nel senso che sotto i concetti-piani vi sono sempre altri concetti-piani, secondo la legge di specificazione.

[46] Cfr. MEIER, *Auszug*, cit., § 260, AA 16: 551, dove l'unico esempio è "Leibniz". Ma se si estende la lettura a MEIER, *Vernunftlehre*, cit., § 293, p. 428, si legge: "Dio, questo mondo, Leibniz, e simili sono cose singolari; e i concetti, che noi ne abbiamo, sono concetti singolari". Dunque fra gli esempi di concetti singolari compare anche un concetto preceduto da un aggettivo dimostrativo.

usus universalis. Però è sempre lo stesso concetto e qui viene usato del tutto universalmente. Infatti avere un tetto vale per tutte le case. Dunque l'uso del concetto riguarda universalmente tutte. Ma un uso particolare riguarda solo molte. Ad esempio, alcune case devono avere un portone. Oppure io uso il concetto solo per una cosa singolare. Ad esempio, questa casa è intonacata in questa o quella maniera.

[*Ich kann mich eines Begriffes bedienen, in so fern er auf viele Gegenstände angewendet wird, denn wird der Begriff als repraesentatio communis gebraucht, d. i. in abstracto gebraucht, z. B. Haus. Wenn ich nun von allen Häusern sage, sie müssen ein Dach haben: so ist es usus universalis. Es ist aber immer derselbe Begriff, und wird hier ganz allgemein gebraucht. Dann ein Dach zu haben gilt für alle Häuser. Der Gebrauch des Begriffes geht also allgemein auf alle. Aber ein besondere Gebrauch geht nur auf viele. Z. B. einige Häuser müßsen ein Thor haben. Oder ich gebrauche den Begriff nur für ein einzelnes Ding. Z. B. dieses Haus ist so oder so abgeputz*][47].

Dunque fra le espressioni 'tutte le case', 'alcune case', 'questa casa', non v'è differenza rispetto al concetto comune 'casa', che rimane "sempre lo stesso concetto". La quantificazione di un concetto *in toto*, *in parte* o *in individuo* non concerne quel che il concetto è, cioè la sua *essenza logica*, ma solo il suo *uso*. Infatti la *Logik Jäsche* dichiara che "è una mera tautologia parlare di concetti universali o comuni – uno sbaglio che si fonda su una scorretta divisione dei concetti in u n i v e r s a l i, p a r t i c o l a r i e s i n g o l a r i. Non i concetti stessi, ma solo il l o r o   u s o può essere diviso in questo modo"[48].

---

[47] *Wiener Logik*, AA 24: 908-909. Cfr. anche R. 2873, AA 16: 554 (1777-1778): "*Usus conceptuum est vel in abstracto vel concreto, et hic vel in pluribus communi vel singulari*". È dunque fuori luogo l'affermazione di THOMPSON, *op. cit.*, in POSY, *op. cit.*, p.83, secondo cui "sfortunatamente Kant non chiarisce mai esattamente che cosa intende per dare un uso singolare ad un concetto".

[48] AA 9: 91, § 1.Oss.2. Cfr. pure la già citata R. 2873, AA 16: 554.

Ora, Kant sostiene nell'opera maggiore che dei concetti "l'intelletto non può fare un uso diverso da quello consistente nel giudicare per mezzo di essi" (*KrV*, A 68/B 93). Perciò è scontato che la *Wiener Logik* osservi "noi non dividiamo i *conceptus* in *universales*, *particulares* e *singulares*, ma i giudizi"[49]. In particolare, premettere 'questo' a un concetto ci consente un uso singolare di tale concetto in un giudizio, e non comporta un'eccezione alla legge di specificazione[50]. Il termine singolare 'questo *x*', dove '*x*' è un concetto, in realtà non è che un modo per usare un concetto comune. Come volevasi dimostrare.

Considerazioni analoghe valgono per i pronomi dimostrativi. Sebbene il *corpus* logico kantiano non dia indicazioni dirette in proposito, ritengo che i pronomi dimostrativi abbiano per Kant la medesima funzione degli aggettivi dimostrativi. Infatti si può considerare il pronome 'questo' come l'equivalente di 'questa cosa', cioè come un equivalente dell'aggettivo dimostrativo preposto al concetto del genere sommo ('cosa'). Ma allora il pronome dimostrativo equivale banalmente all'uso singolare di un concetto, cioè all'uso singolare del concetto più universale nella gerarchia dei

---

[49] AA 24: 908-909. La *Logik Pölitz*, AA 24: 569, ritorna su questo argomento: "È un errore della logica che si assumano concetti universali, particolari e singolari, giacché non ve ne sono, ma il loro uso può essere così suddiviso. Perciò non divideremo in questo modo i *conceptus*, ma i *judicia*, poiché essi sono le relazioni dei concetti. Infatti io posso comparare un concetto con un altro interamente, oppure solo alcune parti, oppure solo una singola parte". Tuttavia la *Logik Pölitz*, AA 24: 567, osserva anche che l'abitudine a considerare concetti universali, particolari e singolari è un errore: "così diffuso, che non lo si può evitare". Nella *KrV*, A 281/B 338, Kant adopera l'espressione "concetti particolari", ma intendendoli come concetti maggiormente determinati rispetto ai concetti più universali, essi infatti "sono concetti particolari [*besondere Begriffe*] proprio perché contengono più di quanto è pensato nel [concetto] universale" (trad. cit. modificata).

[50] Di nuovo secondo la *Wiener Logik*, AA 24: 908: "l'uso di un *conceptus* può essere *singularis*. Infatti ciò che vale di molte cose, può anche essere applicato a un caso singolo. Io penso un uomo *in individuo*, cioè io uso il concetto dell'uomo per avere un *ens singulare*".

concetti. A favore di questa interpretazione posso citare il precedente della *Logique* di Port-Royal, i cui autori sostengono che "[...] invece del nome proprio ci si serve del neutro *hoc*, ciò, in quanto è chiaro che ciò significa questa cosa, e *hoc* significa *haec res*, *hoc negotium*. Ora, la parola *cosa*, *res*, indica un attributo molto generale e confuso di ogni oggetto, in quanto solo al nulla è impossibile applicare la parola *cosa*"[51].

Nomi propri

Più complesso il caso dei nomi propri. Nella *Logik Dohna-Wundlacken* degli anni Novanta leggiamo che *"Repraesentatio singularis* – ha un *intuitus*, lo indica immediatamente, ma fondamentalmente non è un *conceptus*. Ad esempio, Socrate non è un *conceptus* [*Repraesentatio singularis* – *hat einem intuitum, zeigt ihn unmittelbar an, ist aber im Grunde kein conceptus. Z. B. Sokrates ist kein conceptus*]" (AA 24: 754).

Se le cose stanno così, dovremo concludere che per Kant il nome proprio 'Socrate' non designa un concetto, bensì un'intuizione? Kiesewetter, un kantiano della prima ora, si poneva già questa domanda e rispondeva affermativamente. A suo avviso: "i nomi propri (*nomina propria*) non dimostrano nulla contro questa tesi [che i concetti non possono essere singolari], poiché essi non sono concetti, ma solo designazioni di intuizioni"[52].

L'interpretazione di Kiesewetter sembrerebbe ineccepibile. Se la *rappresentazione* singolare 'Socrate' non è un concetto ma è

---

[51] Cfr. ARNAULD-NICOLE, *op. cit.*, P. I, c. xv, p. 100, trad. cit., p. 162.

[52] J.G K.C. KIESEWETTER, *Grundriß einer allgemeinen Logik nach Kantischen Grundsätzen. Zum Gebrauch für Vorlesungen. Begleitet mit einer weitern Auseinandersetzung für diejenigen die keine Vorlesungen darüber hören können*, I Theil (*reine allgemeine Logik*), (Berlin 1791), 4. ed., Leipzig 1824, ripr. Bruxelles1973, p. 90.

Di simile parere J.C. HOFFBAUER, *Analytik der Urtheile und Schlüsse. Mit Anmerkungen meistens erläuternden Inhalts*, Halle 1792, ripr. Bruxelles 1969, p. 14.

un'intuizione, il nome proprio 'Socrate' designa un'intuizione e non un concetto. Ma l'evidenza dei testi kantiani non conforta questa interpretazione. In diversi luoghi delle *Vorlesungen* e delle *Reflexionen* logiche i nomi propri non sono associati né a intuizioni, né a concetti (comuni), ma esplicitamente a *concetti singolari*, per quanto strana o imbarazzante possa sembrare un'espressione siffatta nel lessico logico di Kant[53].

Il più importante dei testi cui mi riferisco è la *Reflexion* 2392:

> Il soggetto è distinto dal concetto mediante il quale è pensato. Il secondo [*sc.* il concetto] contiene note di esso [*sc.* il soggetto]; perciò il concetto che in un caso serve a designare il soggetto (logico), in un altro caso viene usato al posto del predicato. Ad esempio, un corpo. Sebbene però ciò non abbia luogo con il *conceptus singularis*, ad esempio, la Terra, Giulio Cesare, *etc.*: tuttavia così mediante questo concetto noi ci rappresentiamo anche molte note, per mezzo delle quali pensiamo un soggetto singolare [*Das subject ist von dem Begriffe, wodurch es gedacht wird, unterschieden. Dieser enthält merkmale desselben; daher der Begriff, der in einem Falle das (logische) subject zu bezeichnen dient, im andern falle statt des praedicats gebraucht wird. z. E. Ein Korper. Obgleich diese aber beym conceptu singulari nicht angeht, z. E. die Erde, Julius Caesar etc.: so stellen wir uns doch auch durch diesen Begriff viele merkmale vor, wodurch wir uns ein einzeln subject denken*][54].

La prima parte della *Reflexion* è banale perché ripete che i concetti *tout court*, cioè i concetti comuni, possono occupare in un giudizio tanto il posto del predicato quanto il posto del soggetto. Se un concetto come 'corpo' deve indicare un soggetto logico singolare, semplicemente lo si determina o con un dimostrativo ('questo corpo')

---

[53] Lo sconcerto per il persistere dell'espressione 'concetto singolare' nella logica kantiana è forte in G. WOHLFART, "Ist der Raum eine Idee? Bemerkungen zur transzendentalen Aesthetik Kants", *Kant-Studien*, LXXI, 1980, pp. 140-141.

[54] AA 16: 342, di datazione assai incerta (metà anni Sessanta-metà anni Ottanta).

oppure, stando all'esempio fornito dalla *Reflexion*, usandolo in un'espressione del tipo di 'un corpo'. La parte notevole della *Reflexion* è ovviamente quella in cui Kant menziona il *conceptus singularis* e dà per scontato che sia designato da un nome proprio. Un *conceptus singularis*, dice Kant, può occupare il posto del soggetto in un giudizio, rendendo quel giudizio singolare[55], ma, egli aggiunge, esso può occupare *solo* la posizione del soggetto. In altri termini 'Giulio Cesare' non è predicabile, diversamente dai concetti *tout court* che, essendo comuni, lo sono sempre. Che 'Giulio Cesare' non sia predicabile dipende dal fatto che esso non possiede un'*estensione o sfera logica*: poiché non fa parte dell'intensione di altri concetti subordinati, 'Giulio Cesare' non soddisfa la condizione d'essere almeno predicabile dei concetti che nei quali è contenuto[56]. Kant non nega che, o meglio in questo contesto non gli interessa se, 'Giulio Cesare' abbia o meno un'estensione-classe in cui c'è un individuo, ma nega che esso abbia una sfera o estensione logica, cioè che abbia concetti subordinati nelle cui intensioni sia contenuto.

Perché, allora, chiamarlo concetto? La risposta di questa *Reflexion* è che 'Giulio Cesare' può fungere come tramite per pensare "molte note" da associare a un soggetto singolare. Ora il pensare – questo è il punto – richiede rappresentazioni concettuali: "pensare è *repraesentare per conceptus: cognitio discursiva*"[57]. Ecco allora che 'Giulio Cesare' è un concetto perché serve da punto di aggregazione per pensare una *collezione di concetti*.

Si dovrà concludere che 'Giulio Cesare', in quanto concetto e in quanto singolare, è un'istanza di specie infima? Credo di no. Infatti, la specie infima che Kant dichiara impossibile è il concetto completo di un individuo. Ma nella R. 2392 Kant non dice che le "molte note" che il concetto singolare denominato 'Giulio Cesare' ci consente di pensare di un soggetto logico sono tutte le sue note. Egli non dice

---

[55] Cfr. KIESEWETTER, *op. cit.*, p. 163: la quantità dei giudizi singolari è affidata ai "*nomina propria*, o ai *pronomina demonstrativa*, questo, quello ecc.", ad esempio, "Caio è dotto", "quest'uomo è mio amico".

[56] Cfr. pure *Logik Busolt*, AA 24: 655: "*conceptus singularis* non ha affatto sfera".

[57] Cfr. R. 2841, AA 16: 541 (risalente agli anni Ottanta o al biennio 1776-78).

neppure che le note con cui pensiamo 'Giulio Cesare' siano univocamente determinabili alla maniera delle note essenziali dei concetti comuni, né che tali note siano facilmente richiamate dalla parola (in questo caso il nome proprio) associata al concetto. Il concetto di 'corpo', anche quando venga singolarizzato con un dimostrativo, non viene modificato nella sua essenza logica (il suo contenuto concettuale), e il termine 'corpo' continua a richiamarne le poche note necessarie, costitutive, immutabili, cioè 'estensione', 'figura', ecc. che il nome 'corpo' richiama a chiunque lo adoperi. Invece, per quante note concettuali possiamo aggregare intorno al concetto singolare 'Giulio Cesare', *di per sé* nessuna di esse è vincolante, né è necessariamente richiamata dal nome proprio 'Giulio Cesare', *eccetto* la nota di essere una cosa singolare[58]. Dice la *Wiener Logik*: "il concetto Cesare è un concetto singolare, che non comprende sotto di sé una molteplicità, ma è solo una cosa singolare" (AA 24: 931).

Se si hanno presenti queste considerazioni si può rispondere a una domanda che Frege pone a Kant. Nel criticare Kant per aver sottovalutato i giudizi analitici, Frege ammette che in un giudizio affermativo universale "si può anche parlare di un concetto del soggetto" e "risulterà [...] possibile domandarsi se il concetto del predicato sia o no, per la sua stessa definizione, contenuto entro il concetto del soggetto". Ma, Frege obietta, "come si potrà ripetere questa domanda quando il soggetto è un oggetto singolo?"[59]. In base ai testi esaminati, Kant risponderebbe che quando il concetto del soggetto è singolare ed è designato da un nome proprio, non ci poniamo la domanda se il predicato sia contenuto nel concetto del soggetto, perché di quel genere di concetti non sono possibili giudizi

---

[58] Cfr. SHAMOON, *op. cit.*, p. 111: "[...] i concetti di individui (ad esempio 'Caesar') che adoperiamo rappresentano descrizioni di lunghezza finita [...] un nome come 'Caesar' differisce da un predicato come 'mortale' solo nella misura in cui il suo contenuto è flessibile".

[59] FREGE, *Grundlagen*, § 88, p. 100, trad. cit., p. 328.

analitici, se non quelli che predicano del soggetto che è 'cosa', 'qualcosa', 'ente', e che è 'uno'[60].

Non essendo specie infime[61], due concetti singolari designati con nomi propri in definitiva non differiscono per il loro contenuto concettuale, ma solo *per numero*. La *Logik Dohna-Wundlacken* spiega che la differenza numerica è: "la differenza dei *conceptus singulares*, in quanto non sono comuni a più. Negli uomini li indichiamo mediante *nomina propria*"[62]. Ovviamente, l'aspetto rilevante di questa concezione è che per Kant, contro la tradizione[63], la differenza numerica non è una differenza concettuale, cioè un'ulteriore determinazione che, aggiunta a una specie infima,

---

[60] Ciò non toglierebbe le differenze di fondo fra i due perché per Kant il giudizio analitico concerne solo l'essenza logica del concetto-soggetto analizzato e non la sua definizione, a meno che non ci si riferisca alla mera definizione nominale (cosa questa che Frege non ammette, perché altrimenti non avrebbe fatto quel tipo di critica).

[61] Cfr. ancora una volta, per contrasto, G.W. LEIBNIZ, *Vorausedition zur Reihe VI in der Ausgabe der Akademie der Wissenschaften der DDR*, Münster 1981-, p. 149: i concetti individuali possono essere detti specie infime "[...] cuius nomem ad pauciora restringi non potest [...] Species absoluta infima est individuum".

[62] AA 24: 755. Nella R. 2901, AA 16: 566 (databile fra 1771 e anni Ottanta), Kant scrive: "*differentia numerica* (*Caius, Titius*)".

[63] Cfr. REUSCH, *op. cit.*, II, § 82, per il quale: "determinatio simplex, quae speciei infimae addita producit ideam individui, vocatur *differentia numerica*". Ad esempio, prosegue il testo: "assumo speciem infimam, scilicet Rex Macedoniae, eique adiungam determinationem simplicem, nempe qui vicit Darium Codomannum: per illa exurgit idea Alexandri Magni, qui est individuum. Unde determinatio illa, scilicet qui vicit Darium Codomannum, sub hac specie infima, nempe Rex Macedoniae, est differentia numerica". Secondo Kant non si produce un concetto di individuo aggiungendo una determinazione semplice a una specie infima perchè: 1) non si danno specie infime, 2) aggiungere una determinazione a un concetto produce solo un concetto più determinato e non il concetto di un individuo, 3) distinguere per numero due concetti singolari vuol dire rinunciare a esplicitare o a cercare la nota *concettuale* che li differenzia.

154

produce l'idea dell'individuo[64]. Il concetto singolare è dunque un concetto anomalo: il suo contenuto concettuale non assomiglia all'essenza logica dei concetti comuni. Di un qualunque concetto singolare *possiamo* pensare, a seconda dei casi, vari aggregati di più note concettuali, e tuttavia quel che qualunque concetto singolare ci vincola a pensare è solo che ciò di cui parliamo è uno (*una cosa*). Ma il concetto singolare è anomalo anche perché non ha una sfera logica. La *Logik Dohna-Wundlacken* dichiara: "un concetto, che non ha sfera, ad esempio quello dell'individuo *Giulio Cesare* è = un punto" (AA 24: 755).

Proprio per questo 'Giulio Cesare', così come porta necessariamente con sé solo la nota concettuale di essere 'una cosa' o 'un qualcosa', è un punto che sta nell'estensione logica del genere sommo, ma che può stare nell'estensione di un *qualsiasi* concetto comune inserito nella serie infinita delle specie[65]. Nulla vieta di usare 'Giulio Cesare' per indicare un punto nell'estensione di 'tavolo'[66].

[64] La *Logik Dohna-Wundlacken*, AA 24: 764, esemplifica la differenza numerica con la differenza (non riconducibile a una qualche proprietà concettuale) intercorrente fra due soggetti singolari designati da *mere iniziali di nomi propri*: "I dotti sono specificamente la stessa cosa [*einerlei*] e anche genericamente, e tuttavia sono diversi numericamente come C. e J.".

[65] Invece, quando diciamo 'questo corpo' il concetto comune di 'corpo' non solo conserva integralmente la sua essenza logica, ma il soggetto logico singolare designato sta *esattamente* nella sua estensione-classe.

[66] Il fatto che negli esempi considerati finora abbiamo visto Kant riservare i nomi propri ai punti contenuti nell'estensione-classe di alcuni concetti speciali non deve ingannare. È vero che Kant – come di consueto – privilegia con l'attribuzione di nomi propri i punti nell'estensione-classe di concetti come quello di 'uomo'. Ma (al di là del problema dell'esistenza di omonimi umani) egli sa benissimo che tali concetti sono speciali solo perché tali li ha resi il nostro uso linguistico. Nel *corpus* logico kantiano troviamo esempi di nomi propri di località geografiche e di animali. Nella precritica *Logik Blomberg*, AA 24: 257, dove è ancora ripresa senza discussione la distinzione concetti singolari/concetti comuni, si legge: "così ad esempio Roma, Bucefalo ecc. Questo è un *conceptus singularis*". Invece i concetti comuni "riguardano un *complexus* di molte cose individuali, così ad esempio una

Del resto, se non si danno specie infime, e se qualunque concetto può essere una specie infima convenzionale, allora anche il genere sommo può essere considerato convenzionalmente una specie infima quando lo si applichi direttamente in un giudizio agli individui sia dicendo 'questa cosa', 'questo qualcosa', sia differenziando tali individui unicamente per numero grazie a nomi propri.

Qui possiamo trarre una prima conclusione. Ha ragione Thompson quando dice che la logica di Kant non contiene termini singolari, e ha ragione perché i testi kantiani sono là a dimostrarlo. La logica di Kant tratta quelli che si è soliti chiamare termini singolari designandoli con dimostrativi e nomi propri, cercando di considerarli il più possibile come concetti comuni: 'questa casa' è un concetto comune usato singolarmente; 'Giulio Cesare' è uno strano concetto che indica 'un qualcosa' a cui allegare note concettuali comuni.

Intuizioni e incomunicabilità

Quel che è certo è che né i concetti singolari né i concetti comuni accompagnati da un dimostrativo hanno di per sé alcun rapporto privilegiato con l'intuizione. Quanto ai primi, già nel *Beweisgrund* del 1763 Kant aveva sostenuto che 'Ahasverus' (l'ebreo errante) possiede tutte le prerogative logiche e grammaticali di un nome proprio, in particolare quella di indicare un soggetto logico singolare. Non per questo c'è un'intuizione che gli corrisponda[67]. E sappiamo che il Kant critico ammette che si possa pensare una cosa "con qualsiasi numero e sorta di predicati (e addirittura nella sua determinazione completa)" (*KrV*, A 600/B 628), ma che ciò non ci esime dall'"uscir fuori dal

---

città in generale, un animale a quattro zampe, un uomo, questo è un *conceptus communis*". Questi esempi paiono ricalcati su quelli della *Logique* di Port-Royal, dove 'Roma' e 'Bucefalo', assieme a 'Socrate' (che pure è un esempio standard ripetutamente utilizzato nei corsi logici kantiani), sono gli esempi delle idee singolari o individuali, e sono contrapposti a 'città,' 'cavallo' e 'uomo' in quanto esempi di idee universali, comuni o generali, cfr. ARNAULD-NICOLE, *op. cit.*, P. I, c. vi, p. 58, trad. cit., p. 123.

[67] Cfr. *Beweisgrund*, AA 2: 76, trad. cit., p. 118.

concetto se vogliamo conferire l'esistenza all'oggetto" (*KrV*, A 601/B 628). Quanto ai concetti accompagnati da un dimostrativo, valga quel che Kant diceva già nei *Träume*. Criticando i "sognatori della sensazione", che vedono immagini "inventate di sana pianta", ma che "ingannano i sensi presentandosi come veri oggetti", Kant chiariva che quelle immagini non sono "veri oggetti", per quanto i sognatori della sensazione possano riferisi ad esse dicendo 'questo *x*', dove '*x*' sta per 'spirito', 'fantasma' o anche 'cosa', ecc.[68].

L'esclusione dell'intuizione dalla dimensione della logica ha conseguenze notevoli. Una molto importante è che le intuizioni – se devono distinguersi per forma dai concetti – non possono avere una forma fatta e non possono dipendere dall'attività del nostro intelletto che fa tale forma. Dunque la forma di tutte le nostre intuizioni, non essendo fatta, *deve essere data* e deve *precedere* ogni materiale intuitivo. Ma se la forma delle intuizioni è "data per sé sola", allora non può che essere legata alla facoltà recettiva per eccellenza, che è la sensibilità[69]. Una seconda conseguenza è che l'intuizione ha un carattere di immediatezza. Le intuizioni si riferiscono

---

[68] *Träume eines Geistersehers, erläutert durch Träume der Metaphysik*, 1766, AA 2: 342-343, trad. it, *Sogni di un visionario chiariti con sogni della metafisica*, in KANT, *Scritti precritici*, cit., p. 374.

[69] Cfr. *KrV*, A 267-268/B 323-324: "la forma dell'intuizione (quale costituzione soggettiva della sensibilità) *precede* [corsivo mio] ogni materia (le sensazioni) e [...], di conseguenza, spazio e tempo precedono qualsiasi fenomeno o dato dell'esperienza, rendendo prima di tutto possibile l'esperienza stessa. Il filosofo intellettualista non poteva assumere che la forma dovesse precedere le cose stesse e dovesse determinarne la possibilità: censura senz'altro giusta, quando si parta dall'assunto che la nostra intuizione coglie le cose come sono in se stesse (benché con rappresentazione confusa). Ma poiché l'intuizione sensibile costituisce una condizione soggettiva del tutto particolare, giacente *a priori* alla base di ogni percezione, e la cui forma è originaria, *la forma risulta data per sé sola* [corsivo mio]; la materia (o le cose stesse che si manifestano fenomenicamente), ben lungi dal fungere da fondamento (come si dovrebbe richiedere, in base a semplici concetti), è tale che la sua stessa possibilità presuppone un'intuizione formale come data (spazio e tempo)". Cfr. pure *KrV*, A 494/B 522.

immediatamente all'oggetto (*KrV*, A 320/B 376-7) perché la loro forma è data al pari della materia e non richiede una nostra mediazione ottenuta attraverso *atti* dell'intelletto. Per converso, il concetto è una rappresentazione parziale e mediata perché la sua forma nasce solo grazie a un'attività dell'intelletto. Persino la differenza fra la rappresentazione singolare intuitiva di Socrate e il concetto singolare denominato 'Socrate' sta nel fatto che il concetto singolare richiede l'intervento – la mediazione – del fondamentale atto logico della riflessione. Una terza conseguenza mi sembra la più importante di tutte: l'intuizione non ha corrispettivo nel linguaggio. Kant fa talora l'esempio di un selvaggio che ha l'intuizione di una casa, senza però averne il concetto[70]. Non potrebbe il selvaggio battezzare con il nome proprio '*X*' direttamente la sua rappresentazione intuitiva? Kiesewetter pensa di sì e glielo si può concedere, purché sia chiaro che il selvaggio può farlo solo perché egli quanto meno riconosce che quella cosa concettualmente sconosciuta è *una cosa*, diversa almeno *per numero* dalle altre cose che egli conosce. Del resto, proprio su questo punto Kiesewetter era stato criticato dal suo contemporaneo Flatt. Questi infatti domandava polemicamente: come si fa a designare con nomi propri le intuizioni se il loro molteplice non è raccolto in un'unità mediante l'intelletto? Designare un molteplice con il *nomen proprium* Caio "presuppone che questo molteplice sia raccolto in una determinata unità e perciò

---

[70] Cfr. *Logik Jäsche*, AA 9: 33. In ogni conoscenza si possono distinguere materia e forma. Ciò comporta che si possono avere conoscenze che, pur riguardando la medesima materia, hanno forma diversa. A tale diversità di forma è riconducibile la differenza fra il possedere il concetto di qualcosa oppure l'averne un'intuizione. Ad esempio, un 'selvaggio' possiede certamente l'intuizione di una casa se ne vede una per la prima volta, pur non avendone il concetto. Invece un uomo 'civilizzato', vedendo una casa, non solo ne ha l'intuizione, ma è anche in grado di applicarle il concetto di casa. Cfr. R. 2282, AA 16: 289 (anni Ottanta o 1776-78): "[...] la mano è una nota dell'uomo; ma solo avere mani è questa nota come concetto dell'uomo".

sia rappresentato anche come Un determinato oggetto singolare"[71]. Così il selvaggio che vede per la prima volta una casa può sì assegnarle un nome proprio, ma ciò significa che egli almeno riconosce *concettualmente* la cosa denominata come 'un qualcosa', 'un ente', 'una cosa'. Il vantaggio di usare un nome proprio anziché dire 'questa cosa' è che il nome proprio consente al selvaggio di avere un concetto singolare piuttosto che un concetto comune (addirittura il genere sommo) usato singolarmente, e intorno al nome proprio il selvaggio può poi raccogliere molte altre note con le quali pensare – cioè appunto *repraesentare per conceptus*[72] – quella cosa sconosciuta in vista di conoscere eventualmente *che cosa* essa sia. Ciò sarà possibile solo se e qualora il selvaggio avrà avuto l'opportunità di formarsi, attraverso tutti e tre gli atti logici, il concetto comune di 'casa', che egli sarà in grado di applicare alla rappresentazione singolare in giudizi in cui 'casa' possa occupare sia, con un'opportuna quantificazione ('questa casa'), il posto del soggetto, sia il posto del predicato. Il selvaggio potrebbe anche non giungere mai a formarsi il concetto di 'casa'. Ma, nella misura in cui riflette[73] sul materiale percettivo e lo raccoglie sottoponendolo a una regola concettuale ancorché indeterminata – anzi, la più indeterminata che ci sia: il concetto genere sommo 'cosa', 'qualcosa', 'ente – egli ha già superato il livello della rappresentazione puramente intuitiva[74], tanto che può adoperare un nome proprio.

---

[71] C.C. FLATT, *Fragmentarische Bemerkungen gegen den Kantischen und Kiesewetterischen Grundriß der reinen allgemeinen Logik. Ein Beitrag zur Vervollkommung dieser Wissenschaft*, Tübingen 1802, ripr. Bruxelles 1968, p. 35.

[72] Cfr. R. 2841, AA 16: 541.

[73] La riflessione è l'atto logico che consiste nella comparazione delle rappresentazioni con la coscienza, ed è associata da Kant al procedimento che "contiene già l'esibizione [*Darstellung*] di un concetto *ancora indeterminato* [corsivo mio]" (R. 2883, AA 16: 558).

[74] Tutto ciò si ricollega al ruolo che Kant assegna alla riflessione nel produrre la forma dei concetti. Infatti, già nella R. 2878, AA 16: 556 (databile 1776-1789), egli poneva a se stesso la seguente questione: "se noi a partire da un'unica intuizione senza comparazione possiamo astrarre qualcosa, onde subordinare sotto di essa più

Che l'avere superato il livello della rappresentazione puramente intuitiva sia per il selvaggio *la condizione* per esercitare, se lo vuole, la sua capacità di denominare con un nome proprio la rappresentazione, lo conferma la *Logik Dohna-Wundlacken*, la quale inizia la lezione che segue immediatamente quella che termina con l'affermazione "Socrate non è un *conceptus*", dichiarando: "Non appena faccio uso delle parole, la rappresentazione è un concetto singolare [*Sobald ich mich schon der Worte bediene, ist die Vorstellung ein einzelner Begriff]*" (AA 24: 754).

Si potrebbe dire, elaborando una nota immagine kantiana, che l'intuizione, oltre che cieca[75], è muta.

Credo che questo aspetto della filosofia di Kant sia connesso con l'idea che il linguaggio, non può prescindere dalla concettualizzazione (e viceversa). La qual cosa ci conferisce una grande libertà. La logica e il linguaggio devono consentirci di *pensare* e *parlare* senza costrizioni. Altrimenti come narrare la leggenda dell'ebreo errante?

---

cose quando dovessero trovarsene". In un'aggiunta a tale *Reflexion* Kant adombrava una risposta: "noi possiamo essere coscienti solamente dell'operazione dell'immaginazione, cioè del collegamento o delle rappresentazioni fra loro o con il nostro senso, senza badare a ciò che è collegato e alla sua proprietà. Ad esempio: casa. Ma il concetto diventa chiaro solo mediante l'applicazione della comparazione". Benché qui Kant fosse interessato soprattutto al ruolo da attribuire alla comparazione nel processo di concettualizzazione, possiamo però capire che se il selvaggio vede una casa non solo per la prima, ma anche per l'unica volta, senza possibilità di compararla con altri oggetti similari, o di ampliare la sua esperienza con altri dati, costui non potrà avere un concetto chiaro della casa, cioè un concetto che gli consenta di cogliere in che cosa differisca quel concetto dagli altri. Può però il selvaggio averne un 'concetto' oscuro? Se ci si attiene al testo della R. 2878 sembrerebbe di sì, e quale concetto è più oscuro di quello di cui sappiamo solo che è 'un qualcosa'?

[75] In questa misura ha ragione THOMPSON, *op. cit.*, in POSY, *op. cit.*, p. 95, quando sostiene che: "se domandiamo che cosa costituisce una rappresentazione linguistica di un'intuizione [nella *logica* kantiana] la risposta [...] è semplicemente che per Kant una rappresentazione intuitiva, non ha posto nel linguaggio, dove ogni rappresentazione è discorsiva".

160

Come discutere delle prove dell'esistenza di Dio[76], sia pure per stabilire che esse non sono convincenti? Altra cosa è conoscere: qualunque affermazione, per essere conosciuta, deve rientrare nell'ambito dell'esperienza possibile e allora si dovrà controllare se le parole-concetti (si tratti di concetti comuni o singolari), rientrano nell'isola della verità, l'isola i cui contorni vengono tracciati da Kant grazie all'argomentazione dello schematismo trascendentale che indica come sia possibile congiungere *a priori* le categorie e la forma del senso interno, cioè la pura intuizione del tempo. Dunque solo parte del pensabile è conoscibile, e in quanto tale oggettivo, ma non c'è pensabile né conoscibile che sia inesprimibile.

Torniamo a Frege. È lui che ha posto in luce la possibilità di una tensione fra l'interpretazione dell'intuizione come rappresentazione solo singolare e l'interpretazione che la connette necessariamente con la sensibilità. Ma, ora che abbiamo visto come questa tensione, dando luogo a un dibattito su uno dei capisaldi della filosofia kantiana, abbia prodotto nuove ricerche su un autore di cui si pensa sempre che ormai si sa tutto, non possiamo non riconoscere nei risultati di tali ricerche strane consonanze con Frege stesso. La più notevole mi sembra quella fra la concezione kantiana che l'intuizione non è linguisticamente esprimibile e dunque non è comunicabile, e il § 26 delle *Grundlagen* dove Frege scrive: "Ciò che è puramente intuitivo non può venir comunicato"[77].

Questa consonanza di vedute dovrebbe portare anche i più restii a riflettere sul fatto che Kant, quando si occupa della matematica non dice affatto che essa è semplicemente un discorso intorno alle nostre intuizioni, sia pure *a priori*. È assolutamente ingiustificato pensare che per Kant la matematica non fosse un'impresa concettuale e non avesse un'indispensabile dimensione linguistica. Pertanto è vero che, sempre nel § 26 delle *Grundlagen*, Frege contrappone a ciò che è intuitivo e non comunicabile ciò che è oggettivo nello spazio e che rientra nella geometria come scienza, vale a dire ciò che "è soggetto a

---

[76] Come sopra ricordato, MEIER, *Vernunftlehre*, cit., § 293, p. 428, elenca "Dio", assieme a "questo mondo" e "Leibniz" tra gli esempi di concetti singolari.

[77] FREGE, *Grundlagen*, p. 35, trad. cit., pp. 256-7.

leggi, ciò che può essere concepito, ciò che può essere giudicato, *ciò che può venir espresso mediante parole* (corsivo mio)"[78]. Ma è vero altresì che anche Kant dice chiaramente, e non in un appunto di studenti ma nell'opera maggiore, che il matematico quando si occupa di "problemi matematici" si occupa:

> delle proprietà degli oggetti in se stessi, nei limiti in cui risultano congiunte al concetto di essi [*in den mathematischen Aufgaben ist* [...] *die Frage* [...] *von den Eigenschaften der Gegenstände an sich selbst, lediglich so fern diese mit dem Begriffe derselben verbunden sind*] (*KrV*, A 719/B 747).

Ciò avviene a un livello pubblico e con uno strumento linguistico che richiede sì la garanzia della costruzione, cioè dell'esibizione *a priori* nell'ineffabile intuizione, ma appunto richiede la costruzione di *concetti* matematici.

Leggere Kant con occhi fregeani può aiutare a chiarire aspetti altrimenti oscuri della filosofia kantiana. Che quest'opera di chiarificazione possa poi giovare agli studi su Frege è un'altra questione.

---

[78] *Ibidem*. Su questa affermazione di Frege insiste M. DUMMETT, "Frege and Kant on Geometry", *Inquiry*, XXV, 1982, p. 250.

7
Criteri formali di verità e certezza nel Kant logico

Ricordo in premessa che Kant[1] tenne corsi di logica per quaranta anni sulla guida dell'*Auszug aus der Vernunftlehre* di Georg Frierdrich Meier, pubblicato a Halle nel 1752. I testi, più o meno corretti e affidabili, di alcuni di questi corsi sono pubblicati, come naturalmente lo è la cosiddetta *Logik Jäsche*, il manuale che Gottlob Benjamin Jäsche compilò in base a appunti sparsi che Kant gli aveva appositamente affidato[2]. È a tutto questo materiale derivante dall'attività di docente di logica, integrato con quei medesimi appunti che Kant aveva affidato a Jäsche, cioè le *Reflexionen* logiche, che mi riferirò per affrontare la questione del titolo.

Ciò premesso, parlerò della dottrina kantiana della certezza così come ho cercato di ricostruirla dalle lezioni di logica di Kant. Faccio questa precisazione non solo per richiamare i testi kantiani che ho studiato, ma soprattutto per chiarire dall'inizio che questa è la dottrina del Kant logico e epistemologo e non del Kant filosofo trascendentale. In sede dell'insegnamento di logica Kant non intende spiegare quali sono gli strumenti cognitivi per ottenere la certezza. Egli vuole chiarire solo quali sono i modi della certezza, quale rapporto c'è fra loro, come non confonderli e come non confondersi, per evitare errori

---

[1] Gli scritti di Kant (opere, *Reflexionen*, corrispondenza e trascrizioni tratte dalle sue lezioni) sono citati con la sigla AA seguita dal numero del volume e della pagina di *Kant's gesammelte Schriften*, a cura della Königlich Preussische Akademie der Wissenschaften (und Nachfolgern), Berlin (Berlin e Leipzig) 1900 -, eccetto la *Kritik der reinen Vernunft*, che è citata con la sigla *KrV*, seguita dal numero di pagina della I (A, 1781) e della II (B, 1787) edizione, numero che reca al margine anche la trad. it., *Critica della ragione pura*, a cura di P. Chiodi, Torino 1967.

[2] Per *Logik Jäsche* si intende I. Kant, *Logik. Ein Handbuch zu Vorlesungen*, hrsg. v. G. B. Jäsche (1800), trad. it. (*Logica. Un manuale per lezioni*) di M. Capozzi, Napoli 1990, citata con il solo riferimento al volume e alla pagina dell'edizione accademica, che la traduzione utilizzata reca al margine.

che vanno al di là di quelli che concernono il contenuto delle nostre conoscenze.

Lo stesso discorso vale per la verità. Nell'ambito delle lezioni di logica Kant non intende offrire una teoria di come sia possibile raggiungere, di fatto, la verità, né di come sia possibile dare una fondazione della verità. Egli vuole solo fornire il quadro dei criteri formali della verità. Non ho menzionato casualmente la questione dei criteri formali della verità perché da essa devo iniziare per poter parlare della certezza. Lo farò nel modo più breve possibile.

1. La logica, secondo Kant, non può indicare i criteri materiali della verità, ma può solo esplicitare i criteri formali, o meglio i prerequisiti formali di qualsiasi conoscenza vera. "Prima della questione se la conoscenza si accordi con l'oggetto" – sostiene la *Logik Jäsche* – "deve venire la questione se essa si accordi con se stessa (secondo la forma). E questo è affare della logica" (AA 9: 51).

Pertanto l'insegnamento di Kant è che quando siamo posti davanti a una conoscenza, che noi stessi possiamo aver elaborato o che qualcuno ci propone, noi la sottoponiamo preliminarmente al vaglio dei criteri formali di verità. Dove deve essere chiaro che per 'conoscenza' qui si deve intendere il *giudizio* con cui la conoscenza è espressa, dal momento che tanto la verità quanto l'errore sono solo nel giudizio (AA 9: 53).

L'elenco completo dei principi logici che Kant propone come criteri formali di verità è composto da:

1) il principio di contraddizione (e di identità)
2) il principio di ragion sufficiente
3) il principio del terzo escluso[3].

1) Il primo criterio di verità ci impone di sottoporre a un esame *interno* la conoscenza-giudizio alla cui verità formale siamo interessati. Se tale conoscenza rispetta il *principio di contraddizione* – se l'analisi dei termini del giudizio con cui è espressa (e questo punto

---

[3] *Logik Jäsche*, AA 9: 52-53.

fondamentale richiede che si accetti che ogni concetto-parola possieda un'essenza logica e che questa sia disponibile a chiunque) non rivela tra essi una contraddizione – allora si tratterà di una conoscenza che per lo meno è logicamente *possibile*, cioè possiede una verità logica *interna*.

2) Il secondo criterio si applica alla conoscenza-giudizio che sia stata sottoposta al primo criterio con esito favorevole, risultando non contraddittoria. Il secondo criterio impone che si dia la ragione, il *Grund*, sufficiente di quella conoscenza, uscendo (se necessario) dai termini della conoscenza stessa. In questo senso il secondo criterio è quello della verità logica *esterna*.

3) Il terzo criterio si applica quando si soddisfa il secondo criterio, cioè si ottiene la ragione sufficiente della verità di una conoscenza, e inoltre si dimostra la falsità del suo opposto. In questo caso occorre appellarsi al principio del terzo escluso.

I tre principi logici invocati come criteri *formali* della verità. Questo chiarimento è doveroso, dal momento che quando si riferisce ai criteri formali e Kant parla della verità logica di giudizi *qualsivoglia*, mentre nella *Critica*, e dovunque sia di fondamentale importanza la distinzione fra giudizi analitici e sintetici, egli sostiene che il principio di contraddizione è condizione di verità non solo negativa ma sufficiente nel caso dei giudizi *analitici*: "se il giudizio è analitico, affermativo o negativo, la sua verità deve in ogni caso poter essere sufficientemente conosciuta in virtù del principio di contraddizione"[4]. Donde l'impressione (errata) che la distinzione fra i giudizi analitici e i giudizi sintetici possa essere ricondotta al fatto che i giudizi sintetici devono soddisfare *anche* il principio di ragione inteso come il principio leibniziano delle verità di fatto[5].

---

[4] A 151/B 190.

[5] Leibniz nella *Monadologia* §§ 31-32, aveva sostenuto che il principio di ragion sufficiente è quello per cui "giudichiamo impossibile che alcun fatto sia vero od esista, e alcuna proposizione sia vera, se non v'è ragione sufficiente perché sia così e non altrimenti" (*Die philosophischen Schriften*, a cura di C.I. Gerhardt, 7 voll., Berlin 1875-90, riprod. Hildesheim 1960 e ss., vol. VI, p. 612, trad. it. di G. De Ruggiero, Bari 1968, p. 128.

Ma se tutti i principi logici "astraggono completamente da tutto ciò che concerne la possibilità dell'oggetto, occupandosi semplicemente delle condizioni formali del giudizio", allora essi devono valere per giudizi *qualsivoglia*, senza tener conto della distinzione fra giudizi analitici e sintetici[6]. A conferma di questa tesi Kant argomenta che anche il principio logico di ragione – e non solo il principio di contraddizione – è soddisfatto da quello che egli adopera come l'esempio standard di giudizio analitico: 'ogni corpo è divisibile'. Tale proposizione "ha senza dubbio un fondamento in se stessa, cioè essa può essere considerata come conseguenza del predicato a partire dal concetto del soggetto"[7].

Nella fattispecie il fondamento, la ragione, sufficiente della proposizione è data dall'essere il predicato 'divisibile' contenuto nel concetto del soggetto 'corpo'. Pertanto quel giudizio soddisfa i primi due criteri della verità. Certo, la *ratio*, il *Grund*, la ragione di tale giudizio non sta all'esterno (la sua non è davvero una verità logica *esterna*), essendo contenuta nel giudizio stesso. Tuttavia il giudizio possiede un *Grund* per essere asserito, e dunque soddisfa il principio di ragione. Ma proprio questo è il punto dell'argomento kantiano:

---

[6] *Über eine Entdeckung, nach der alle neue Kritik der reinen Vernunft durch eine älter entbehrlich gemacht werden soll*, 1790, AA 8: 193-194, trad. it. di G. De Flaviis, *Su una scoperta secondo la quale ogni nuova critica della ragion pura sarebbe resa superflua da una più antica*, in I. Kant, *Scritti sul criticismo*, Roma-Bari 1991, pp. 61-128.

[7] *Über die Fortschritte der Metaphysik*, AA 20: 277, trad. it. con Introduzione di P. Manganaro, *I progressi della metafisica*, Napoli 1977, pp. 85-86. Ben altro, rileva Kant nei *Prolegomena*, è il "principio trascendentale (materiale)" di ragion sufficiente, il quale stabilisce che "ogni cosa [corsivo nostro] deve avere il suo fondamento". Quest'ultimo principio "deve determinare qualcosa a priori rispetto all'oggetto e alla sua possibilità" e non riguarda solo le condizioni formali dei giudizi. Proprio per questo il principio (trascendentale) di ragione è sintetico, cfr. *Prolegomena zu einer jeden künftigen Metaphysik, die als Wissenschaft wird auftreten können*, 1783, § 3, AA 4: 270, § 4, AA 4: 271, trad. it., di P. Carabellese, riv. da R. Assunto, *Prolegomeni ad ogni futura metafisica che si presenterà come scienza*, Bari 1967, pp. 56, 58.

possedere un *Grund* di per sé non rende sintetico quel giudizio. Come accade per qualsivoglia giudizio, il rispetto del principio *logico* di ragione consente solo di esprimere 'ogni corpo è divisibile' nella forma di un'asserzione.

In realtà in 'ogni corpo è divisibile', come in qualsiasi giudizio analitico, "l'opposto verrà sempre giustamente negato, mentre il concetto [il predicato] stesso verrà *necessariamente* [corsivo mio] affermato [...] perché il suo opposto contraddirebbe l'oggetto [il soggetto]"[8]. La qual cosa significa che qualsiasi giudizio analitico soddisfa anche il principio *exclusi medii inter duo contradictoria*.

Per converso, il soddisfacimento del principio del terzo escluso non comporta di per sé che un giudizio sia analitico, dal momento che la filosofia kantiana contempla giudizi che soddisfano quel principio, ma che sono sintetici *a priori*.

Ecco perché i principi logici riguardano i criteri formali di verità e ecco anche perché in logica non solo non è rilevante la distinzione fra giudizi analitici e sintetici ma addirittura – sostiene Kant nella *Critica* – "la logica neppure ha bisogno di conoscere il nome" dei giudizi sintetici[9].

2. Passiamo ora alla questione della certezza. Qui non si discute più e solo del fatto che ogni conoscenza vera deve essere non contraddittoria e deve avere una ragione di verità. Qui è in questione il fatto che chi conosce, sebbene sia sempre in grado di accertarsi della non contraddittorietà di una conoscenza, può non essere in grado di trovare una ragione sufficiente di una conoscenza, dove l'accento va sull'aggettivo *sufficiente*, nel senso che chi conosce può indicare una ragione, ma non una ragione che sia sufficiente a decidere la verità o falsità della conoscenza in questione, sì da potersene dire certo. A questo proposito Kant adotta un modo di dire che gli consente di spiegare meglio quel che intende. Egli dice cioè, usando il plurale, che le *ragioni* che sostengono quella conoscenza sono insufficienti perché si possa dirsi certi della sua verità.

[8] A 151/B 190-191.
[9] A 154/B 193.

La certezza è una nozione complessa. Infatti ci sono casi in cui la certezza sembra essere indipendente dall'avere sufficienti ragioni per decidere una qualche conoscenza. Pertanto il Kant logico-epistemologo indaga non solo il quadro generale dei criteri formali della verità, ma anche il quadro generale del *tener per vero*, in cui si collocano diversi tipi di certezza ed anche la consapevole incertezza. Secondo la *Logik Jäsche*, il *tener per vero* [*Fürwahrhalten* o *Vorwahrhalten* derivanti dal latino *pro verum habere*][10] è "il giudizio con cui qualcosa viene r a p p r e s e n t a t o come vero" da un soggetto conoscente (AA 9: 65). In altri termini, il tener per vero "è un accadimento del nostro intelletto, che può poggiare su fondamenti oggettivi, ma che esige anche cause [*Ursachen*] soggettive da parte di chi giudica" (*KrV*, A 820/B 848).

Kant approda all'individuazione di tre modi del tener per vero: *opinare, credere* e *sapere*.

2.1. L'*opinare* è caratterizzato dalla coscienza dell'insufficienza di ragioni oggettive della verità di una qualche conoscenza. Poiché si è coscienti di questa insufficienza oggettiva, quando si opina si sarà anche coscienti di non possedere sufficienti ragioni soggettive ad asserire la conoscenza opinata. Come spiega un corso di lezioni, l'opinare è un tener per vero "soggettivamente insufficiente poiché noi siamo coscienti che esso è oggettivamente insufficiente" (*Logik Pölitz*, AA 24: 541). Pertanto, se anche una data conoscenza fosse vera, se chi conosce non è in grado di trovare una ragione sufficiente della verità, ovvero non è in grado si accertarsene, "[la] conoscenza resta sì vera, ma non è certa" (*Logik Philippi*, AA 24: 420)[11].

Ovviamente l'opinare non è ammissibile in ciò che è conoscibile *a priori*. Tutte le conoscenze analitiche già sotto il profilo del rispetto dei criteri formali di verità sono accertabili come vere. Ma a Kant sta

[10] Cfr. ad esempio R. 2475, AA 16: 386, databile 1776-1778.

[11] In questo caso ci si dice incerti, cioè si tiene per vera la conoscenza in questione senza però essere liberi dalla *formido oppositi*, cfr. M. Knutzen, *Elementa philosophiae rationalis seu Logicae cum generalis tum specialioris mathematica methodo in usum auditorum suorum demonstrata*, Regiomonti-Lipsiae 1747, § 315.

a cuore ribadire che non si può opinare intorno a conoscenze metafisiche o matematiche, perché "è assurdo o p i n a r e *a priori*" (AA 9: 67). Per quel che concerne la matematica, non è lecito opinare poiché, pur essendo sintetici, i giudizi matematici sono *a priori* in quanto basati sulla costruzione dei concetti matematici nelle forme pure dell'intuizione. Per quel che concerne la metafisica, non è lecito opinare perché, come spiegano i *Prolegomena*, tanto i giudizi "appartenenti alla metafisica", quanto i giudizi "propriamente metafisici" sono *a priori*[12]. I giudizi appartenenti alla metafisica sono *a priori* perché sono analitici. Diverso è il caso dei giudizi propriamente metafisici, in particolare quelli esposti nell'Analitica dei principi della *KrV*. Tali giudizi sono sintetici perché connettono – legittimamente, grazie alla dottrina dello schematismo trascendentale – concetti categoriali e determinazioni dell'intuizione temporale; tuttavia essi sono *a priori* in quanto il tempo è sì intuizione ma, essendo *forma* del senso interno, è altrettanto *a priori* delle categorie. Trattandosi di conoscenze *a priori*, per tutti questi giudizi non c'è via di mezzo fra sapere e non sapere, giacché o si possiedono completamente i *Gründe* di una conoscenza razionale, oppure non se ne possiede alcuno. In questo secondo caso semplicemente non si sa e non si può dire che si opina soltanto.

Così stando le cose, è chiaro che l'opinare può riguardare solo questioni empiriche. Una trascrizione di lezioni logiche kantiane tenute intorno al 1780 fornisce un esempio: io tengo per vero che si possa attraversare un tratto ghiacciato del fiume, ma sono cosciente che la mia conoscenza della cosa è ancora scarsa e insufficiente per quanto riguarda l'oggetto. In questo caso io mi limito ad esprimere un'opinione sulla solidità del ghiaccio (*Wiener Logik*, AA 24: 850).

La connessione dell'opinare con l'esperienza ha lo scopo precipuo di *restringere* il campo dell'opinione. È vero che le conoscenze opinate non sono decise, ma non è detto che tutto ciò che non è deciso sia un possibile oggetto d'opinione. Si consideri la

---

[12] Cfr. *Prolegomena*, AA 4: 273-274, trad. cit., pp. 55-56, § 2.3. Cfr. pure *KrV*, A 822/B 850: "nei giudizi fondati sulla ragion pura non è assolutamente permesso opinare".

seguente affermazione: "le cose d'opinione sono sempre oggetti di una conoscenza d'esperienza almeno in se stessa possibile (oggetti del mondo sensibile), ma impossibile per noi solo relativamente al grado in cui possediamo questa facoltà" [13]

Il nesso dell'opinione con l'esperienza possibile è abbastanza liberale: l'opinabilità non spetta solo a conoscenze come quella relativa alla solidità del ghiaccio di un fiume, una conoscenza che potrebbe essere decisa grazie a una semplice prova sperimentale. È considerata correttamente un'opinione anche quella riguardante l'esistenza dell'etere (*Logik Jäsche*, AA 9: 67). Infatti, per Kant l'etere è cosa d'opinione che potrebbe divenire l'oggetto di un sapere se solo lo potessimo percepire, la qual cosa però richiederebbe che "i sensi esterni fossero resi acuti in grado supremo"[14]. Ciò nonostante l'etere non è un figmento dell'immaginazione, una "finzione arbitraria" (*KrV*, A 822/B 850), di modo che l'opinione ad esso relativa possiede, al pari di ogni opinione, una connessione sia pure incompleta con la verità. In altri termini, esistono ragioni oggettive a favore dell'opinione, per quanto insufficienti esse siano, e questa loro insufficienza dipende da una questione di fatto (per quanto difficile da superare), ma non di principio[15]. Non più di questo si può concedere: per quanto abbastanza liberale, il nesso con l'esperienza possibile deve essere rispettato affinché il tener per vero sia qualificabile come opinione.

---

[13] *Kritik der Urtheilskraft,* AA 5: 467, trad. it. di A. Gargiulo, riv. V. Verra, *Critica del Giudizio*, Bari 1972, p. 350.

[14] *Kritik der Urtheilskraft,* § 90, AA 5: 466, trad. cit., p. 349.

[15] Jäsche presenta l'etere come cosa d'opinione in base agli appunti manoscritti affidatigli da Kant e in base alle teorizzazioni di quest'ultimo tanto nei *Metaphysische Anfangsgründe* del 1786 quanto nella *Kritik der Urtheilskraft.* Tuttavia, forse proprio nello stesso periodo in cui Jäsche elaborava la *Logica*, Kant lavorava silenziosamente ad una rivoluzione nella concezione dell'etere. L'*Opus postumum* mostra come Kant cercasse a più riprese di togliere all'etere proprio quello che sembrava un inevitabile *status* opinativo; cfr. V. Mathieu, *L'Opus Postumum di Kant*, Napoli 1991, pp. 117 ss.; M. Friedman, *Kant and the Exact Sciences*, Cambridge Mass. 1992, pp. 290-341.

Pertanto *non si può opinare* che "vi siano nell'universo materiale spiriti pensanti puri, senza corpo (se cioè, come è giusto, si rifiutano certe loro pretese apparizioni), questo si chiamerebbe fantasticare, e non sarebbe cosa d'opinione"[16]. L'opinione è sì un tener per vero problematico, ma non è arbitrario, non potendo fondarsi su ragioni assurde o su nessuna ragione oggettiva. Conseguentemente Kant esclude che si possa opinare sulle idee di ragione, sebbene queste ultime possano essere oggetto di giudizi problematici davanti al pensiero in generale. Infatti, mentre un giudizio problematico deve soddisfare il requisito minimo della non-contraddittorietà, al tener per vero problematico la non-contraddittorietà non basta: il principio di contraddizione può provare "solo la possibilità del pensiero, ma non quella dell'oggetto pensato stesso"[17]. Per opinare occorre che una conoscenza non solo sia non contraddittoria, ma anche che soddisfi il principio logico di ragione, sia pure in parte, una sia pur minima ragione oggettiva. Pertanto proprio l'esempio-tipo di giudizio problematico kantiano, "l'anima dell'uomo può essere immortale" (*Logik Jäsche*AA 9: 109, § 30, Oss1), non è un possibile oggetto di opinione dal momento che la non contraddittorietà dei concetti 'anima' e 'immortale' non è accompagnata da una sia pur minima ragione oggettiva a favore della (o contro la) verità di tale giudizio. Vedremo nel seguito qual è la modalità del nostro tener per vero che l'anima è immortale, ma deve essere chiaro che non sono ammesse opinioni in proposito.

Del resto, non a caso Kant dice che l'opinione, persino quando non fosse decidibile sperimentalmente, è un tener per vero che richiede "la coscienza della mutabilità [*Veränderlichkeit*]"[18], e dunque la coscienza di potere, in via di principio, divenire un sapere. In *Was heißt: Sich im Denken orientiren?* Kant spiega che "se qualcosa viene

---

[16] *Kritik der Urtheilskraft*, § 91, AA 5: 467-468, trad. cit., p. 351. Su quest'ultimo esempio ritorna con accenti simili la *Wiener Logik* negando recisamente che l'esistenza di puri spiriti possa essere considerata questione d'opinione poiché, se lo fosse, "non vi sarebbe limite all'opinione" (AA 24: 850).

[17] *Kritik der Urtheilskraft*, § 90, AA 5: 466, trad. cit., p. 349.

[18] Aggiunta di Kant alla sua R. 2474, AA 16: 385.

ritenuto vero per ragioni oggettive, seppur coscientemente insufficienti, viene di conseguenza puramente o p i n a t o; tuttavia tale o p i n a r e alla fine può divenire un s a p e r e grazie ad una progressiva aggiunta di ragioni [*Gründe*] della stessa specie"[19]

2.2.1. Anche il *credere*, nel suo senso più ampio, per Kant è un tener per vero in cui si è coscienti di non avere sufficienti ragioni oggettive della verità di una conoscenza, e tuttavia si è coscienti di avere ragioni soggetive sufficienti a farcela asserire. Pertanto la *Logik Jäsche* sostiene che "ciò che credo lo considero a s s e r t o r i o" (AA 9: 66).

La mancanza di sufficienti ragioni oggettive tipica del credere fa sì che gli oggetti della conoscenza razionale, così come non sono 'cose d'opinione', non sono neanche 'cose del credere': riguardo a conoscenze razionali o si sa o non si sa. Kant osserva nella *Critica* che "sarebbe ridicolo che uno dicesse: credo che un triangolo sia una figura che consta di 3 lati e di tre angoli inclusi" (A 823/B 851).

Si può invece credere a cose che sono oggetto di conoscenza empirica, come si comprende paragonando il credere con l'opinare. Ho già detto che il credere ha in comune con l'opinare la consapevolezza dell'insufficienza delle ragioni oggettive per asserire la conoscenza opinata o creduta. Fra credere e opinare esistono però le seguenti differenze.

La prima differenza sta nella sufficienza di ragioni soggettive che caratterizza il credere. Commenta uno dei primi logici di tendenza kantiana, Kiesewetter: "uno può dire: 'Io opino che mio padre mi abbia detto la verità ' oppure 'Io credo che mio padre mi abbia detto la verità': nel primo caso costui anche riguardo a se stesso non può giudicare altrimenti che: 'Mio padre può aver detto la verità'; nel secondo caso egli può dire riguardo alla sua convinzione: 'Mio padre ha detto la verità"[20]. Ovviamente le ragioni soggettive del credere a

---

[19] *Was heißt: Sich im Denken orientiren*, AA 8: 141, trad. it., *Che cosa significa:orientarsi nel pensare?*, in I. KANT, *Questioni di confine*, a cura di F. Desideri, Genova 1990, p. 11.

[20] J.G.K.C. Kiesewetter, *Grundriß einer allgemeinen Logik nach Kantischen Grundsätzen. Zum Gebrauch für Vorlesungen. Begleitet mit einer weitern*

cose d'esperienza, per quanto forti, non costringono gli altri a credere. Né si può nemmeno costringere se stessi a credere facendo uno sforzo di volontà: "la volontà non ha un'influenza immediata sul tener per vero; ciò sarebbe veramente assurdo" (*Logik Jäsche*, AA 9: 74-75).

La seconda differenza fra opinare e credere sta nel fatto che il credere spinge all'azione "il credere – sostiene la *Logik Jäsche*– si distingue dall'opinare, non per il grado ma per il rapporto che, in quanto conoscenza, ha con l'agire" (AA 9: 67 nota). Infatti, il credere presenta un risvolto pratico in cui entra in gioco sia l'azione diretta a un fine, sia la volontà di conseguirlo, giacché la volontà "spinge o frena" l'intelletto nella ricerca di ragioni di verità. Solo in questo senso è lecito affermare che la volontà influisce "sull'*usodell'intelletto*, e quindi, mediatamente, anche sulla stessa convinzione" (*Logik Jäsche*, AA 9: 74-75).

La terza differenza fra opinare e credere consiste nel fatto che condizione dell'agire, e dunque del credere, è che chi crede sia *interessato* alla cosa creduta. Cito un esempio della *Critica* (A 824/B 852): un medico non sa (non ha sufficienti ragioni oggettive e soggettive per stabilire) di quale malattia soffra un suo paziente, tuttavia non si limita a un tener per vero problematico (un'opinione), perché è interessato alla guarigione del malato. Perciò, basandosi sulle ragioni oggettive insufficienti di verità di cui dispone, spinto sufficientemente dal suo interesse, crede a una diagnosi e agisce di conseguenza ordinando certi medicamenti, a rischio di sbagliare.

Ci sono casi in cui la differenza fra credere e opinare è segnata solo dall'interesse: chi non ha interesse in una conoscenza per la quale mancano sufficienti ragioni oggettive può semplicemente sospendere il giudizio o intrattenere una mera opinione. Per contro, chi crede – chiarisce la *Critica della ragione pura* – crederà "in proporzione agli interessi che [...] entrano in giuoco" (825/B 853). Nei *Fortschritte* Kant utilizza l'esempio seguente:

Auseinandersetzung für diejenigen die keine Vorlesungen darüber hören können, I parte (*reine allgemeine Logik*), Berlin 1791, II parte (*angewandte Logik*) Berlin 1796, riprod. dell'ediz. Leipzig [4]1824 (I parte), [3]1825 (II parte), Bruxelles 1973, Parte II, *Weitere Auseinandersetzung* al § 160, pp. 357-358.

per la parte del pubblico che non ha niente a che vedere con il commercio dei cereali, prevedere un cattivo raccolto è un semplice opinare; mentre dopo che la siccità si è mantenuta costante per tutta la primavera, per essa è *un sapere*; per il commerciante, invece, il cui fine e intento è quello di guadagnare con questo commercio, si tratta di un *credere* che esso riuscirà male, per cui dunque dovrà risparmiare le proprie provviste, perché deve decidere il da farsi, interferendo ciò nel suo negozio e nei suoi affari[21].

2.2.2. Il credere di cui ho parlato fin qui è quello che nella *Critica* Kant chiama *fede pragmatica* [*pragmatische Glaube*], la quale concerne cose d'esperienza e può essere sottoposta alla prova della prassi. La *fede pragmatica* spingendo ad agire tende a procurare *Gründe* oggettivi ulteriori che consentano di decidere la conoscenza creduta, sì da ottenere un sapere. È per questo motivo che mi sembra degna di nota la scelta del Kant critico di esporre i modi del tener per vero nell'ordine: opinare, credere, sapere. Quest'ordine disegna il 'processo naturale' con cui si *acquisisce* il sapere intorno a cose d'esperienza, un processo al quale il credere pragmatico non è affatto estraneo, giacché l'azione che esso comporta è tesa ad allontanare la *formido oppositi* tipica dell'opinare.

Ma, oltre alla fede pragmatica, c'è anche una *fede dottrinale* [*doctrinale Glaube*] che concerne conoscenze teoriche sia di fatto che di diritto. Tale fede *non* può essere messa alla prova da un agire che la possa mutare in sapere. Tuttavia le si può riconoscere un legame con l'azione perché noi escogitiamo "nel pensiero" un'impresa immaginaria con la quale riteniamo che potremmo accertare la cosa, se solo ci fosse possibile effettuare la prova[22]. Per quanto immaginaria e impraticabile, l'escogitazione di questa impresa conferisce al tener per vera la cosa che l'impresa dovrebbe accertare un *analogon* del pratico. Così Kant manifesta con entusiasmo una fede dottrinale nell'esistenza di esseri extra-terrestri, una fede che – egli si rammarica

---

[21] *Über die Fortschritte*, AA 20: 298, trad. cit., p. 109.

[22] Cfr. *KrV,* A 825/B 853.

– per lui non potrà tramutarsi in un sapere poiché non scorge la possibilità (sebbene sia in grado di immaginarla) dell'azione necessaria a ciò, ovvero l'impresa di viaggi interplanetari[23].

2.2.3. Da quanto ho detto finora risulta che chi crede si dichiara certo, consapevole che la sua è una certezza soggettiva che per un altro può essere un'opinione. Ma allora è chiaro che il credere di cui ho parlato finora non ha le caratteristiche di quella che dovrebbe essere la fede in Dio e in una vita futura, quella fede, cioè, che è l'unica degna di "chiamarsi fede nel senso più proprio"[24]. *Questa* fede è la *fede razionale morale* la quale, a differenza della fede pragmatica, non ammette, neanche in via di principio, che la cosa creduta possa divenire un oggetto del sapere (*Logik Jäsche*, AA 9: 73 nota). Essa differisce però anche dalla fede dottrinale: è vero che la fede in Dio e in una vita futura ha in comune con la fede dottrinale l'incapacità di dare accesso al sapere ma, a differenza della fede dottrinale, essa non presenta "qualcosa di vacillante", giacché è "fede necessaria" (*KrV*, A 824/B 852).

Perché questa fede è morale e razionale?

È morale a causa della nota tesi kantiana dell'esistenza di principi morali. Nella *Critica della ragione pura* Kant sostiene: "Io assumo che ci siano realmente leggi morali [...] Mi è possibile presupporre con diritto questa proposizione, in quanto faccio appello, non solo alle

---

[23] Cfr. *KrV*, A 825/B 853. La fede dottrinale o teorica di Kant nell'esistenza di extra-terrestri viene ribadita, riferendosi agli abitanti della Luna, nel passo della *KrV*, A 492-493/B 521, in cui egli sostiene: "È certamente ammissibile che nella luna possano esserci abitanti, anche se nessun uomo li ha ancora percepiti, ma tutto ciò non sta a significare altro se non che, col progredire della nostra esperienza, potremmo un giorno trovarceli innanzi". Ovviamente Kant non dice che gli abitanti della Luna dovrebbero essere simili a noi esseri umani. La *Logik Blomberg*, AA 24: 289, afferma infatti che è certo che la Luna non ha atmosfera e non consente la vita quale noi la conosciamo.

[24] AA 9: 73 nota. Cfr. *Kritik der Urtheilskraft*. § 91, AA 5: 469, trad. cit., p. 352: "l'esistenza di Dio e l'immortalità dell'anima, sono *cose di fede* (*res fidei*), e, tra tutti gli oggetti, gli unici che si possono chiamar in tal modo".

prove in merito fornite dai più illuminati moralisti, ma anche al giudizio morale di qualsiasi uomo, che si proponga di pensare con chiarezza una legge del genere" (A 807/B 835).

Data questa assunzione Kant sviluppa in vari luoghi il suo argomento. Nella versione datane in una nota della *Religion* tale argomento si articola come segue:

– le leggi morali "ordinano in modo assoluto, qualunque possa esserne la conseguenza"[25];

– ciò "potrebbe bastare a tutti gli uomini, se (come dovrebbero) si attenessero semplicemente alla prescrizione che la pura ragione dà loro nella legge"[26]. In altri termini sarebbe teoricamente possibile agire secondo i dettami della legge morale senza essere credenti"se noi badiamo solo alle azioni non abbiamo bisogno di questa fede" (*Logik Jäsche*, AA 9: 69 nota);

– tuttavia c'è un'*inevitabile limitazione* dell'uomo e del suo potere di ragione pratica. L'uomo, infatti, "si preoccupa per ogni azione, del risultato che essa avrà, per trovare in questo risultato qualcosa che possa servigli da fine"[27]. L'inevitabilità di questa preoccupazione è legata all'*interesse* di cui l'uomo necessita per intraprendere qualsiasi azione, azione morale inclusa. Il fine individuato per l'agire morale è il sommo bene. Il sommo bene è "lo scopo finale di ogni essere ragionevole" e consiste nella "felicità in quanto è possibile d'accordo col dovere"[28], cioè consiste nell'accordo fra il tendere all'"appagamento di tutte le nostre inclinazioni" (la felicità)[29] e il dovere imposto dalle leggi morali;

---

[25] *Die Religion innerhalb der Grenzen der bloßen Vernunft*, AA 6: 7-8 nota, trad. it. di A. Poggi, riv. da M.M. Olivetti, *La religione nei limiti della semplice ragione*, Roma-Bari: Laterza, 1980, pp. 7-8. Nella *Kritik der Urtheilskraft.* § 91 nota, AA 5: 471, trad. cit., p. 354, Kant spiega che la legge morale, "in quanto principio pratico formale, ci dirige categoricamente, indipendentemente dagli oggetti della facoltà di desiderare (dalla materia della volontà), e quindi indipendentemente da ogni scopo".

[26] *Religion*, AA 6: 7-8 nota, trad. cit., pp. 7-8.

[27] *Religion*, AA 6: 7-8 nota, trad. cit., pp.7-8.

[28] *Kritik der Urtheilskraft*, § 91, AA 5: 471, nota, trad. cit., p. 354.

[29] *KrV,* A 806/B 834.

– ma, "per quanto possiamo giudicare razionalmente", in questo mondo la realizzazione dello scopo finale è "un'attesa infondata e vana", nonostante l'osservanza della legge morale[30]"se la più rigorosa osservanza delle leggi morali deve essere concepita come causa dell'attuazione del supremo bene (fine ultimo), bisogna – perché il potere dell'uomo non basta a far sì che la felicità si accordi, nel mondo, col merito di essere felici – ammettere un Essere morale onnipotente come Signore del mondo, sotto la cui provvidenza avviene questo accordo, cioè bisogna ammettere che la morale conduca necessariamente alla religione"[31].

In definitiva solo la fede nell'esistenza di Dio e di una vita futura può *promettere* che il fine del sommo bene si attuerà: solo una tale fede è "promettente un effetto all'intenzione finale della fede"[32]. Grazie a questa fede, scrive Kant in una *Reflexion* risalente agli anni Ottanta o al biennio 1776-78, "so che colui che si comporta bene, è degno della felicità, e credo che egli ne diverrà partecipe. Fede razionale. Dio e l'altro mondo"[33].

Fondata, come è, sulla morale, questa fede è però anche razionale. Spiega il summenzionato Kiesewetter: "Ogni fede riposa su un interesse, se questo interesse è necessario e universalmente valido, allora esso è fondato nella ragione stessa, e pertanto la fede è detta una fede razionale [...] Ogni altra fede che non poggia su un interesse morale non è una fede razionale, non è assolutamente necessaria, ma è solo relativamente necessaria e persino del tutto contingente"[34].

---

[30] *Kritik der Urtheilskraft,* § 91, AA 5: 471 nota, trad. cit., p. 354.

[31] *Religion*, AA 4: 7-8, nota, trad. cit., pp. 7-8.

[32] *Ib.* Il linguaggio giuridico relativo alla promessa è usato esplicitamente nell'appendice alla nota sul credere della *Logik Jäsche*: "la ragione pratica è, per così dire, il *promettente*, l'uomo è il *promissarius*, il ben atteso dall'azione il *promissum*" (AA 9: 69). Qui Jäsche trascrive la R. 2792, AA 16: 513 (anni Novanta).

[33] R. 2491, AA 16: 392.

[34] Cfr. Kiesewetter, *Grundriß*, cit., Parte II, *Weitere Auseinandersetzung* al § 170, p. 365.

L'interesse a credere in Dio non è l'interesse del commerciante in un suo affare. Essendo commisurato al fine (il sommo bene) e alla necessità della legge morale, tale interesse è addirittura: *"un bisogno in senso assolutamente necessario* [...] l'uomo onesto [*der Rechtshaffene*] può ben dire: *io voglio* che vi sia un Dio [...] e non mi lascio togliere questa fede; essendo questo l'unico caso in cui il mio interesse, che io non posso trascurare in niente, determina inevitabilmente il mio giudizio"[35].

In questo senso la necessità non costringe, ma agevola la fede morale razionale. Sia chiaro che la necessità della fede razionale morale non elimina il suo carattere di fede (*KrV,* B 850). Sebbene la fede razionale morale sia caratterizzata dalla certezza, non di certezza "logica" si tratta (perché in tal caso sarebbe un sapere), bensì di certezza "morale" (A 828/B 857). Nel campo del credere, ivi inclusa la fede razionale morale, non si può dire 'è certo', ma 'io sono certo' (*Logik Jäsche,* AA 9: 72). Questo è il senso ultimo dell'affermazione di Kant nella seconda edizione della *Critica:* "Ho dunque dovuto togliere il s a p e r e per far posto alla f e d e [*Ich mußte also das Wissen aufheben, um zum Glauben Platz zu bekommen*]" (B xxx).

Ma il punto dell'argomento kantano non è di fondare il sapere che c'è un Dio, ma la necessità del credere in Dio. Infatti le ragioni soggettive sufficienti della fede razionale morale coincidono con un interesse necessario della ragione. Inoltre la fede in Dio gode anche di un peculiare sostegno relativo alle ragioni oggettive. Innanzitutto nella fede razionale morale non si hanno ragioni oggettive, nemmeno in misura insufficiente: come si ricorderà, l'immortalità dell'anima non è nemmeno oggetto d'opinione, né, ovviamente, di sapere. Tuttavia (a differenza di qualsiasi altro credere, pragmatico o dottrinale), la fede razionale morale gode della certezza che "non si possa mai dimostrare il c o n t r a r i o" (*Logik Jäsche,* AA 9: 68). Non ci sono, anzi non sono possibili, *Gründe* oggettivi per ciò che è oggetto della fede razionale morale, ma non sono possibili nemmeno *Gegengründe* oggettivi. Donde la fondamentale distinzione della

---

[35] *Kritik der praktischen Vernunft (KpV),* AA 5: 14, trad. it., *Critica della ragion pratica,* a cura di V. Mathieu, Milano 1993, pp. 176.

Critica fra giustificazione *kat'alétheian*, che per gli oggetti della fede razionale morale non raggiunge la sufficienza, e la giustificazione *kat'ànthropon*, che per gli oggetti della fede razionale morale può stabilire che "nessuno può sostenere il contrario con certezza apodittica (e neppure con una maggiore apparenza di vero)"[36].

In tutto ciò Kant non vede un limite, ma un pregio della sua analisi epistemologica della fede razionale morale. La cesura fra fede razionale morale e sapere rende la fede razionale morale oggetto di una libera accettazione e le conferisce un valore morale: "se noi tutti sapessimo che c'è un'altra vita dopo questa" – argomenta la *Logik Jäsche* (AA 9: 66) – non avremmo né scelta, né merito, nell'affermare che esistono Dio e una vita futura[37]. Addirittura Kant sostiene che il sapere, qualora fosse possibile, sarebbe dannoso alla fede: "È bene che noi non sappiamo, ma piuttosto crediamo, che ci sia un Dio [*Es ist gut, daß wir nicht wissen, sondern Glauben, daß ein Gott sey*]"[38]. Se sapessimo che Dio esiste, la ragione teoretica finirebbe con il sopraffare la ragione pratica: la condotta morale sarebbe per noi solo una logica e *prudente* conseguenza di quel sapere. Per la R. 5495: "La libera fede in Dio è un merito, la certezza apodittica e la fede costrittiva nata dalla paura non lo è affatto [*Der freye Glaube an Gott ist ein Verdienst, die apodictische Gewiß heit und Zwangsglaube aus Furcht keines*]"[39].

È per questo che nella R. 6244 Kant scrive: "il *Maximum* della conoscenza, cioè il sapere" non è conforme al fine[40]. Al contrario, il *minimum* della conoscenza, cioè la mera possibilità (la non-contraddittorietà)[41], richiede un necessario complemento da parte

---

[36] *KrV*, A 739-740/B 767-768. Cfr. R. 3464, AA 16: 850, dove Kant commenta brevemente i paragrafi di Meier sulle controversie.

[37] Cfr. *Kritik der Urtheilskraft*, § 91, AA 5: 472, trad. cit., p. 353, dove il credere è detto un tener per vero libero perché fondato su ragioni morali.

[38] R. 4996, AA 18: 55 (circa 1776). Su questi argomenti cfr. G. Schneeberger, *Kants Konzeption der Modalbegriffe*, Basel, 1952, pp. 59- 60.

[39] AA 18: 199 (circa 1776).

[40] Cfr. AA 18: 523 (1785-1788).

[41] Cfr. anche *Religion*, AA 6: 153-154 nota, trad. cit., p. 168 nota.

delle fonti pratiche per ottenere un tener per vero assertorio come è il credere, e ciò rende libera la ragion pratica[42].

Osservo, infine, che l'indispensabilità dell'interesse soggettivo a favore della fede razionale morale comporta che non si possa costringere a credere in Dio e nella vita futura una mente praticamente indifferente, cioè assolutamente indifferente alle leggi morali. Ma Kant si riserva un'ultima via argomentativa contro l'incredulo obiettandogli che: 1) chi non crede in Dio, perché rinuncia consapevolmente alle leggi morali, deve apparire "spregevole" ai suoi stessi occhi (KrV, A 828/B 856); 2) dal momento che è impossibile dimostrare non solo l'esistenza, ma anche la non esistenza di Dio e di una vita futura, l'incredulo dovrebbe almeno "t e m e r e un'esistenza divina e una vita futura", e dovrebbe abbracciare una "fe d e n e g a t i v a, certamente incapace di produrre moralità e buone intenzioni, ma suscitatrice di qualcosa di analogo, cioè di un'energica remora alla diffusione delle intenzioni cattive"[43]. In fondo, sembra dire Kant, si può insistere su un residuo, anche se non del tutto nobile, interesse dell'incredulo, giacché "nessun uomo, in questioni del genere, può essere considerato libero da ogni interesse" (KrV, A 830/B 858). Come egli scrive incisivamente negli anni 1783-1784, solo i diavoli vogliono davvero che non ci sia un Dio: "anche i diavoli credono? Essi temono che ce ne sia uno; essi non ne hanno bisogno, essi non vogliono che ce ne sia uno"[44].

---

[42] Cfr. Religion, AA 6: 154 nota, trad. cit., p. 168 nota: "per tutto quanto può essere posto ad ogni uomo come un dovere, bisogna che, dal punto di vista soggettivo, sia già sufficiente il minimum della conoscenza (è possibile che ci sia un Dio)". Cfr. KpV, AA 5: 146-148, trad. cit., pp. 179-181.

[43] KrV, A 830/B 858. Cfr. Kritik der Urtheilskraft, § 91, AA 5: 472, trad. cit., p. 356, dove però Kant parla, anziché di fede negativa, di "fede dubbia [Zweifelglaube]".

[44] R. 6111, AA 18: 459. La fondazione della fede razionale morale, così accuratamente congruente con il quadro generale dell'epistemologia kantiana, fu precocemente apprezzata da uno dei primi autori di logiche kantiane, il benedettino Maternus Reuß. A questo autore si deve un appassionato invito a insegnare Kant nelle università cattoliche, cfr. Soll man auf katholischen Universitäten Kants

Avendo così distinto i diversi tipi di fede (pragmatica, dottrinale e razionale morale) vorrei aggiungere una considerazione finale: chi crede è pronto a mettere alla prova il suo credere con una *scommessa*. Va però sottolineato che per Kant la *scommessa* mette alla prova la solidità della fede *pragmatica*, quale è quella del commerciante che investe (scommette) denaro in un affare. Nella *Critica* Kant ironizza su chi è disposto a scommettere un ducato, ma non dieci ducati, su un qualche oggetto della sua fede pragmatica, concludendo che "la fede pragmatica ha sempre un certo grado, che si accresce o diminuisce in proporzione agli interessi che vi entrano in giuoco" (A 824/B 852)[45].

Non è possibile, invece, scommettere sugli oggetti della fede *dottrinale* perché non ci sono i mezzi per verificare se la scommessa è vinta o persa, giacché la fede dottrinale non può tramutarsi in sapere. Kant sembra rammaricarsene per quel che riguarda la questione degli extra-terrestri e afferma nella *Critica della ragione pura*": se fosse possibile decidere la cosa mediante una qualsiasi esperienza, sarei disposto a scommettere ogni mio avere che in qualcuno dei pianeti che ci è dato di scorgere ci sono abitanti" (A 825/B 853).

Quanto alla fede *razionale morale*, la scommessa è esclusa assolutamente e non solo perché non è praticabile di fatto. Per un verso, le cose della fede razionale morale non sono sottoponibili a un calcolo delle probabilità fondato su un rapporto fra ragioni oggettive insufficienti e totalità delle ragioni sufficienti alla certezza. Per l'altro verso, la scommessa (pascaliana) sull'esistenza di Dio e della vita futura è anche moralmente disdicevole. Kant argomenta a tale proposito che attenersi alla "massima di sicurezza" nelle cose di fede (l'argomento *a tuto*), cioè fare dichiarazioni di fede onde ottenere

---

Philosophie erklären?, Würzburg 1789. Sulla disputa che, anche in seguito alla presa di posizione di Reuß, si aprì in campo cattolico circa la rispondenza della filosofia kantiana ai dettami della teologia cristiana, cfr. D. Antiseri, *Teoria della razionalità e ragioni della fede*, Torino 1995, pp. 145-183.

[45] Cfr. *Logik Dohna-Wundlacken*, AA 24: 736, che spiega che l'*argumentum ad crumenam* si chiama così perché "chi non ha una borsa piena non può prender parte in una scommessa. [Di colui che non vuol prender parte in una scommessa si assume che è incerto della sua cosa]".

181

possibili vantaggi nell'aldilà, qualora questo esistesse, senza rischio di perdere alcunché, è assumere come principio l'insincerità[46].

Perciò chi ha una fede razionale morale in Dio e in una vita futura non scommette, ma *giura*, esattamente come chi sa, cioè come chi ha "una sufficienza a s s o l u t a di ragioni oggettive" (*Logik Jäsche*, AA 9: 73). Il valore del giuramento consiste infatti nel suo essere un'azione libera, testimonianza nel caso della fede razionale morale del possesso di sole ragioni soggettive sufficienti che però sono anche soggettivamente necessarie. Ma proprio perché il giuramento è un'azione libera (e non subordinata a un interesse), Kant è contrario all'obbligo di giurare quando si depone in un tribunale: è vero che il tribunale talvolta non ha altri mezzi per riuscire a scoprire la verità, ma la richiesta di giuramento, in ultima analisi, è ingiusta[47].

2.3. Il *sapere* corrisponde alla *certezza logica* (*Logik Jäsche*, AA 9: 70). Quest'ultima è un tener per vero fondato su una ragione conoscitiva sufficiente oggettivamente. La certezza logica, a differenza della certezza morale della fede razionale morale, obbliga all'assenso: se si hanno ragioni oggettive sufficienti della verità di una conoscenza, si devono avere anche ragioni soggettive sufficienti a asserirla. Infatti, là dove si hanno sufficienti ragioni oggettive di

---

[46] Cfr. *Religion*, AA 6: 188, trad. cit., p. 210. Kant si pronuncia contro la scommessa su cose di pertinenza della fede razionale morale nella R. 2454: "l'*argumentum a tuto* non è coscienzioso" (AA 16: 376 (fra il 1769 e il 1775). Infatti, l'argomento che consiste nell'accettare "quel che è più certo" è sì astuto, "ma non sempre conduce al vero" (*Logik Dohna-Wundlacken*, AA 24: 736). Sul "tuziorismo" e sui successivi passaggi al probabiliorismo ed al probabilismo cfr. F. Ruffini, "La morale dei giansenisti", in *Studi sul giansenismo*, Firenze 1943, pp. 153 ss.

[47] Cfr. *Die Metaphysik der Sitten*, AA 6: 304, trad. it. e note di G. Vidari, revisione e note aggiunte di N. Merker, *La metafisica dei costumi*, Roma-Bari 1983, pp.130-131. Cfr. pure *Über das Mißlingen aller philosophischen Versuche in der Theodicee,* AA 8: 268-269 nota, trad. it., di F. Desideri, *Sull'insuccesso di ogni tentativo filosofico in teodicea*, in I. Kant, *Questioni di confine*, Genova 1990, p. 36 nota, dove il giuramento usato come mezzo coercitivo è vista come una specie di *tortura spiritualis*. Sul giuramento cfr. R. 2493, AA 16: 393.

verità la volontà non può nulla (*Logik Jäsche*, AA 9: 74-75). Ecco perché di una conoscenza di cui si possiede certezza logica – una conoscenza che si ritiene di sapere – si può dire non solo: 'io sono certo', ma: 'è certa'.

La certezza logica può essere empirica o razionale (*Logik Jäsche*, AA 9: 70). La *certezza empirica* compete alle conoscenze ottenute *ex datis*, siano questi dati ricavati dall'esperienza diretta del soggetto conoscente, oppure da esperienze indirette. Con ciò Kant liquida il problema della cosiddetta 'fede storica', la fede basata su testimonianze, che egli rifiuta di chiamare fede in senso proprio. È dunque possibile asserire sulla sola base di testimonianze, 'io so che Madrid è la capitale della Spagna', anche se non l'ho mai visitata. Commenta una raccolta di lezioni databile intorno all'80"se qualcuno volesse dire che non lo si può sapere a meno che non sia stato lì lui stesso, gli posso rispondere che se io stesso sono colà non posso apprenderlo se non da ciò che mi dicono coloro che là risiedono, e dunque io lo accetto in base alla testimonianza altrui. Il fatto che sia testimonianza non ostacola l'esserci certezza in proposito" (*Wiener Logik*, AA 24: 896). Naturalmente, quella basata su testimonianze può essere una certezza ingannevole, ma non più di quanto può esserlo una qualsiasi certezza empirica derivata dalla sensibilità.

Per far comprendere ai suoi studenti la differenza fra certezza empirica e l'altro tipo di certezza, quella *razionale*, Kant accennava alla differenza che sussiste fra la certezza empirica della proposizione 'la somma degli angoli di un triangolo è 180 gradi' ottenuta misurando l'ampiezza degli angoli con uno strumento, e la certezza razionale della medesima proposizione ottenuta mediante una dimostrazione matematica (*Logik Busolt*, AA 24: 639). Non è dunque l'oggetto della certezza che fa la differenza fra i due tipi di certezza, ma l'origine empirica o razionale delle ragioni della certezza. Ciò è tanto vero che, come sostiene la *Logik Jäsche*, "le nostre conoscenze possono riguardare oggetti d'esperienza, e tuttavia la certezza che ne risulta può essere empirica e razionale nello stesso tempo, cioè qualora conosciamo una proposizione empiricamente certa a partire da principi *a priori*" (AA 9: 71).

La distinzione fra certezza empirica e certezza razionale è importantissima. Da essa consegue che le conoscenze razionali si configurano come il sapere *par excellence*, un sapere che nulla ha a che vedere con le modalità gnoseologiche dell'opinare e del credere, né è soggetto a variazioni[48].

Invece la certezza empirica può ben essere il risultato di un'evoluzione del tener per vero, che può essersi trasformato da opinione in sapere. Il caso, sopra richiamato, del medico che, pur in mancanza di sufficienti ragioni oggettive, non si limita a opinare ma propone una diagnosi e prescrive medicamenti, è emblematico. Infatti, la fede pragmatica del medico, qualora i medicamenti somministrati abbiano avuto un effetto benefico, rende sufficienti le ragioni oggettive a favore della diagnosi proposta. Ma proprio ciò consente di dire che il tener per vero del medico *era* un'opinione e – grazie alla sua fede pragmatica che lo ha condotto a sottoporre la sua opinione alla *prova* dell'esperienza – è *diventato* un sapere (ha acquisito una certezza empirica), ovvero si è modificato.

La possibilità di cambiamento concerne le stesse conoscenze empiricamente certe le quali, anche per questo rispetto, si differenziano dalle certezze razionali, che invece sono stabilite una volta per sempre. Non è per nulla sicuro che la certezza empirica di una qualche conoscenza permanga tale "in ogni tempo", esattamente perché "è una vera contraddizione voler ricavare la necessità da una proposizione empirica (*ex pumice aquam*)"[49].

Al di là delle differenze fra certezza empirica e certezza razionale resta il fatto che le ragioni soggettive del sapere sono sufficienti *purché* le ragioni oggettive siano sufficienti *quale che sia* la loro origine conoscitiva. Kant sostiene in un'annotazione scritta fra la fine degli anni Settanta e la fine degli anni Ottanta: "quand'anche la verità fosse meramente empirica, tuttavia il tener per vero (relazione al fondamento conoscitivo) è apodittico, cioè universalmente necessario

---

[48] Anche la certezza morale o pratica della fede razionale morale non ammette variazioni, dal momento che, pur mancando di ragioni oggettive sufficienti, tuttavia si fonda sulla certezza dell'impossibilità di ragioni del contrario.

[49] *KpV*, AA 5: 12, trad. cit., p. 11.

(vale per tutti). Ancora: "nel mio giudizio d'esperienza [...] il tener per vero è apodittico, sebbene la proposizione sia oggettivamente contingente"[50]. Dunque la certezza logica *del soggetto conoscente* che sa qualcosa è *per lui e per tutti* necessaria, quale che sia l'origine, empirica o razionale, della conoscenza. Ciò trova conferma nella *Logik Dohna-Wundlacken*: "le proposizioni del tener per vero possono essere empiriche e il tener per vero può essere apodittico"[51].

Tuttavia l'origine della conoscenza non è ininfluente sulla modalità *della conoscenza* stessa. Pertanto – riprendendo un esempio già citato – altro è il caso di chi asserisce: 'io so, per avere effettuato empiricamente una misurazione, che la somma degli angoli di un triangolo è 180 gradi', e sfida chiunque a sostenere che non è così, a meno che non gli si dia una prova pubblicamente controllabile del suo errore. Altro è il caso di chi asserisce: 'io so, per averne dato la dimostrazione matematica, che la somma degli angoli di un triangolo è 180 gradi', ed esige l'assenso di chiunque poiché esclude qualsiasi prova del contrario[52]. Decisivo in proposito è il testo seguente: "il tener per vero può essere apodittico senza che la conoscenza sia oggettivamente apodittica. Quello [il tener per vero apodittico] è solo la coscienza che è impossibile che ci si possa essere sbagliati nell'applicazione di regole indubitabilmente certe, ad es. nell'esperienza. È certo che sia esperienza"[53].

Il fatto che la certezza possa essere d'origine tanto empirica quanto razionale, ma che comunque il sapere è un tener per vero apodittico, è decisivo in vista di una caratteristica fondamentale del sapere rispetto all'opinare e al credere: la sua intersoggettività. Nel sapere l'apoditticità del tener per vero è legata al fatto che le ragioni

---

[50] R. 2474, AA 16: 385-386.

[51] AA 24: 733.

[52] Del resto, questi erano i due casi di certezza già individuati da Knutzen, *Elementa*, cit., § 316: "la nostra conoscenza è detta certa se conosciamo qualcosa come vero in modo tale da essere assolutamente liberi dal timore dell'opposto [*a formidine oppositi*], oppure se conosciamo che l'opposto di ciò che teniamo per vero [*pro vero habemus*] è impossibile".

[53] R. 2479, AA 16: 388 (anni 80 o 1776-1778).

soggettive che – in presenza di sufficienti ragioni oggettive – chi conosce ritiene sostengano una determinata conoscenza, sono non solo le *sue* ragioni, ma sono anche le ragioni valide *per tutti*. Dunque il sapere è legato al consenso universale: *"gilt für alle"*[54]. Ma, affinché sia valido per tutti, il sapere deve essere *comunicabile*: "ll sapere si deve lasciar comunicare e impone consenso. Postula"[55].

Viceversa, la necessità che quel che è valido davanti alla mia ragione debba valere universalmente è il fondamento della "tendenza a comunicare la propria conoscenza ad altri, a mo' di esperimento logico", dalla qual cosa discende "l'iniquità del divieto di scrivere quel che si pensa su cose di religione"[56]. Di modo che – ironizza la *Wiener Logik* – "la libertà di pensare in silenzio la danno coloro che così tiranneggiano dispoticamente", e il peggio è che costoro la concedono solo perché non potrebbero comunque impedire di pensare quel che si vuole[57].

Un'ultima osservazione concernente il sapere. Abbiamo visto che, nel caso del sapere, se si hanno ragioni oggettive sufficienti della verità di una conoscenza, si *devono* avere anche ragioni soggettive sufficienti. In questo senso la validità universale del sapere deriva dalla verità della conoscenza saputa: con l'espressione latina adoperata dalla *Critica*, *"consentientia uni tertio consentiunt inter se"* (A 820/B 849).

[54] R. 2474, AA 16: 385 (anni 80 o 1776-1778).

[55] R. 2489, AA 16: 391 (anni 80 o 1776-1778). Cfr. pure R. 2449, AA 16: 373 (metà anni 60-prima metà anni 70): "il tener per vero è oggettivo, ciò che senza differenza del soggetto è valido per chiunque". La fede razionale morale, invece, non è comunicabile. Essa però non manca di una dimensione pubblica, poiché la religione fondata sulla fede possiede "l'attitudine all'universalità", cioè l'attitudine "ad avere un consenso unanime" (*Religion*, AA 6: 157, trad. cit., p. 172).

[56] R. 2127, AA 16: 245.

[57] Cfr. AA 24: 874-875. Cfr. D. Losurdo, *Autocensura e compromesso nel pensiero politico di Kant*, Napoli 1983, specialmente p. 205 ss, che ricostruisce la posizione di Kant nell'ultimo decennio della sua vita davanti al problema della censura e dell'autocensura.

È ora il caso di chiarire che, non si può inferire dalla sola validità universale alla verità. Questa precisazione è necessaria in vista della differenza fra la sufficienza delle ragioni soggettive del credere e le sufficienti ragioni soggettive del sapere, nella fattispecie il sapere *empirico*. Nel primo caso, chi crede è consapevole che le ragioni soggettive sufficienti sono *le sue* ragioni, nel secondo caso, chi sa è consapevole che le ragioni soggettive sono le ragioni di tutti. Non si deve però commettere l'errore di pensare che la validità universale, *di per sé*, possa essere qualcosa di più di un indizio di verità, e possa generare qualcosa di più della *presunzione* che ci sia una concordanza con l'oggetto[58]. La convergenza del proprio giudizio con quello altrui, anche se si tratta del giudizio di tutti gli altri, può solo fungere da "*criterium* esterno"[59], o da pietra di paragone *esterna*, della verità.

Se il solo consenso non garantisce la verità, il dissenso può invece offrirle un contributo. Il confronto del nostro giudizio con quello discordante degli altri produce un salutare esame della nostra ragione. Con due vantaggi. Per un verso, il confronto può promuovere la ricerca di ragioni oggettive che superino il dissenso; per l'altro verso, il confronto può condurci – e questo è un punto notevole della tecnica, mutuata dalla migliore tradizione scettica e usata da Kant nella questione delle antinomie – a esibire "prove e controprove che dimostrano il contrario" di una proposizione, e che rivelano che "la divergenza non può trovarsi che nel soggetto"[380].

---

[58] *Ibidem*. Nella *Logik Philippi*, AA 24:388, invece, sono dati come equivalenti "*Consentientia uni tertio consentiunt inter se*" e "*Consentientia inter se consentiunt uni tertio*".

[59] *Wiener Logik*, AA 24: 873.

8
Certainty, probability and dialectic in Kant's logic

1. As it is universally known, in the *Kritik der reinen Vernunft* Kant maintains that logic is "the science of the rules of the understanding in general" (A52/B76)[1]. Being a science, logic is normative, and being a science of "the necessary rules of thought" (A52/B76), its norms cannot concern "the difference in the objects to which the understanding may be directed" (A52/B76). Logical norms consider "only the logical form" (A55/B79) and constitute only a formal canon of truth, a negative touchstone of truth. So logic can neither be an art of practical utility, nor an organon (an instrument) of truth. Briefly, the science of logic "resolves the whole formal procedure of the understanding and reason into its elements" (A60/B84), so as to exhibit such elements as formal principles. The fact that logic is engaged in such a 'resolution' explains why it is called 'analytic'.

Such being the nature of logic, there is no room left for a special logic, or for a special part of logic, called dialectic. In order to appreciate the sense and importance of Kant's exclusion of dialectic from logic we have to consider two aspects of dialectic: 1) dialectic as

---

[1] AA followed by the number of volume and page(s) stands for Kant 1900–. References to Kant 1781/1785 (here quoted as *KrV*) will be to the pagination of the first (A) and second (B) edition. When available, I use the English translations of *The Cambridge edition of the works of Immanuel Kant*, that indicate the pagination of the AA edition. In this talk I will consider documents variously connected with Kant's activity as a teacher of logic. Kant lectured on logic for forty years using Georg Friedrich Meier's *Auszug aus der Vernunftlehre*, published in Halle in 1752, as a textbook. The documents I will consider are Kant's own annotations on Meier's *Auszug* (the so-called *Reflexionen*), note-books of his lectures (*Vorlesungen über Logik*), and *Immanuel Kant's Logik. Ein Handbuch zu Vorlesungen* (here quoted as *Logik Jäsche*), a book written by Gottlob Benjamin Jäsche by collecting, with Kant's consent, a selection of the latter's annotations on the margin of Meier's *Auszug*. For further information about Kant's *Logikcorpus*, cf. Capozzi 1990.

the art of disputation; 2) dialectic as the part of logic dealing with probability.

The most evident and better known reason Kant gives for separating dialectic from logic is the connection between dialectic and the art of disputation. For Kant dialectic, though originally worthy of an honourable name, is a tool used by rhetors and lawyers for deceiving their adversaries and persuading juries by playing with words lacking objective reference and with equivocal terms. The *Logik Pölitz*, a *Vorlesung* dating about the year 1780, maintains that:

> just as there exists a rhetorical dialectic [...] for saying a quantity of words in the form of a discourse in which, however, there in no sense whatsoever; thus there exists a logical dialectic for managing the language of the understanding, even when it is empty of all content (AA 24: 507).

The problem with dialectic is that it gives the illusion that one can disregard the material conditions of truth by simply connecting words and propositions in some logical form according to the techniques of the art of disputation, whose primary aim is persuasion. So dialectic is put forward as a logic, or as a part of logic, having practical utility and an instrumental use, thus betraying the essential task of logic of merely setting a formal canon of truth. This presumed instrumental capacity of dialectic, as explained by the *Wiener Logik*, again dating about the year 1780, is based on the fact that:

> It is possible to speak in logical form of a thing of which we understand nothing, namely, by heaping inference upon inference, etc. – and the listener is thereby deceived. Thus logic is misused as an art, and it becomes an organon, but not of truth (AA 24: 793).

Kant's conclusion is that dialecticians misuse logic, so that their alleged art and organon of truth produces only the semblance [*Schein*] of truth. Whence the verdict of the *Logik Jäsche*: nothing can be less worthy of a philosopher than the cultivation of such an art (AA 9: 17)[2].

2. While Kant has never been enthusiastic about techniques of the *ars disputatoria*, he shows a different attitude towards the second aspect of dialectic I have mentioned, i.e. dialectic as a logic of probable cognition.

The association of dialectic with probability is a very old one. On the one hand, it was typical of the Aristotelian tradition[3], which had been flourishing in Königsberg before the establishment in Germany of the new and competing logical trends of the Thomasian and Wolffian schools. Moreover, the Aristotelian meaning of dialectic was widely spread thanks to handbooks of the history of philosophy, such as Brucker's *Historia critica philosophiae,* where Aristotle's logic is described as having two aims, namely:

> verisimile ac verum, sive veritas probabilis et certa. Ad illam tendit dialectica, quae probabilibus ratiocinibus de veritate disseri; ad hanc analytica, quae certis demostrationibus nititur (Brucker 1957, I, p. 805).

On the other hand, the logic of Humanism and Renaissance, which was meant as an *ars disserendi,* and indeed preferred the name

---

[2] Kant, however, distinguishes the art of disputation from the philosophically respectable use of the sceptical method. Therefore the "subtle dialectician" Zeno is absolved from the accusation of being a sophist, cf. *Logik Jäsche* (AA 9: 28), *KrV,* A 502/B 530. Tonelli 1967, p. 107, maintains that Kant drew his knowledge of Zeno from Bayle's *Dictionnaire* translated in German by Gottsched. For the Aristotelian concept of dialectic and its relation to opinion, cf. Prantl 1957, I, p. 99 f. For the connection between the term 'probable' and the Greek 'endoxos', in particular in Boethius, cf. Maierù 1972, pp. 397 ff.

[3] For the Aristotelian concept of dialectic and its relation to opinion, cf. Prantl 1957, I, p. 99 f. For the connection between the term 'probable' and the Greek 'endoxos', in particular in Boethius, cf. Maierù 1972, pp. 397 ff.

'dialectic' for the whole of the discipline, was interested in studying forms of argument capable of making probable each of the two sides of a undecidable question, or for holding one of them as more probable than the other[4]. Such forms of argument, rather than deductive inference, were studied by Humanist logicians in order to develop instruments for persuasion.

Given Kant's poor opinion of dialectic as an *ars disserendi*, it is not surprising that for him the study of probability in the Humanist's sense, or in the sense of the ancient dialecticians such as Cicero (which he knew better), is one of the reasons why he excluded dialectic from the domain of logic as a science. But what about the connection between dialectic and probability in the sense of the Aristotelian tradition? This connection had been newly established in Germany by many authors, even independently of their attachment to the Aristotelian tradition. I need only mention three texts that Kant knew well.

The first text is J.G. Darjes' *Introductio in artem inveniendi*, which defines analytic as "scientia de regulis inveniendi veritates cum certitudine", and dialectic as "scientia inveniendi veritates probabiliter" that is also called "logica probabilium" (Darjes 1742, § 1)[5].

The second text is A. G. Baumgarten's *Acroasis logica* (1761), where the term *dialectica*, on the one hand, is considered as one of the possible names of logic (on a par with *ars rationis, analytica, sensus veri et falsi, scientia scientiarum, medicina mentis, organon, pharus intellectus, prolegomena logices* (§ 9)); on the other hand, denotes the part of logic which deals with *scientia, fides* and *opinio* (cf. the title of the 7th Chapter of the book). In that part of logic Baumgarten defines *scientia* as *cognitio philosophica certa* (§ 349), and *probabilia* as "ad quorum veritatem non quidem omnia, tamen plura requisita clare novimus, quam ad veritatem oppositi" (§ 350).

The third text is Meier's *Auszug aus der Vernunftlehre*, used by Kant for his lectures. Here logic is divided into *analytica*, defined as

---

[4] Cf. Ashworth 1985, p. xix.

[5] Cf. Tonelli 1975, p. 189.

"logic of completely certain erudite cognition", and *dialectica* or *logica probabilium*, defined as "logic of probable erudite cognition" (Meier 1752b, § 6, AA 16: 72).

Kant showed a different attitude towards the connection of dialectic with probability in different phases of his teaching of logic.

In a very early phase, testified by fragmentary notes taken by Herder when attending Kant's lectures on logic between 1762 and 1763, we still find a link between probability and dialectic:

> *Probability dialectica* is more difficult, because probability [*Wahrscheinlichkeit dialectica ist schwerer, weil Wahrscheinlichkeit*] (AA 24: 5).

In the *Logik Blomberg*, collecting lecture-notes datable in the late Sixties or early Seventies, we find a division of logic into logic of certain knowledge and logic of probable knowledge: "Logic deals with the rules either of certain, or of probable, learned cognition [;] the latter is called *L o g i c a p r o b a b i l i u m* " (AA 24: 38). The *Logik Blomberg* does not explicitly connect 'dialectic' and 'probability', nonetheless it draws a distinction between a dogmatic and a dialectical mode of cognition and, what is more, qualifies the latter as the mode of cognition of everything that is not apodeictically certain (AA 24: 206-07).

Despite this symptom of a weakening of the link between the term 'dialectic' and probability, it seems clear that at that time Kant allowed for a part of logic concerned with probable cognition, called *logica probabilium*[6].

As a matter of fact he claimed that a *logica probabilium* (no matter if to be called dialectic or not) was still a desirable but very difficult project, for:

> Just as it is easier to make a circle than an ellipse, and easier to give the rules for virtue than those for inconstancy, so can one more

---

[6] In *Reflexion* 1673, AA 16: 74, datable 1760-1764, Kant writes that "logic is about a science that can be either certain or probable".

easily find the rules for certain cognition than those of probable cognition (*Logik Blomberg*, AA 24: 38).

Such a view was not an isolated one. For example, in his *Vernunftlehre*, a much larger, though contemporary, version of the *Auszug*, Meier wrote that a logic of probable cognition:

> is still to be discovered and one would willingly know the rules for finding reasons for and against a truth and for weighing one with the other, in order to know rationally in which side the stronger reasons are met. Such a logic, from a certain viewpoint is even more necessarily useful for us men than the first [namely the logic of totally certain cognition]. For, if we take the whole human cognition, only the minimal part of it is wholly certain. Not only all historical sciences and the interpretation of all writings, but also the application of all practical rules, the exercise of morals, and all human wisdom in common life: to all this, I say, only probability can be useful (Meier 1752a, § 12).

We can find similar statements in many authors, in particular in Wolff. But this wish for a logic of probable cognition is an expression of uneasiness towards the status of probability studies. In his *Théodicée* Leibniz had already stated that even the best philosophers of his time, notably the authors of the *Logique* of Port-Royal, Malebranche and Locke, had no idea of a logic capable of "régler le poids des vraisemblances" and "peser les apparences du vrai et du faux"[7].

One might wonder why this should be the case, given that in the last part of the Seventeenth century and at the beginning and in the course of the Eighteenth Century probability was "emerging" as a problem[8], and scholars were getting mathematical results on it. However, these very results, while making Aristotelian and Humanist

---

[7] Leibniz 1710, *Discours de la conformité de la foi avec la raison*, § 31. Cf. also, § 28.

[8] Cf. Hacking, 1975. But cf. also Garber-Zabell 1979; Daston 1988.

doctrines of probability look superseded, did not fulfil the expectation of a logic of probability capable of dealing with all kinds of uncertainty. Once again Leibniz expressed in advance what was going to be a common viewpoint among later German logicians. In his posthumous *Nouveaux Essais*, Leibniz, on the one hand, criticised Aristotle's treatment of probability: it is much better – he claims – to study games of chance (Leibniz 1765, IV, xvi, § 5), than grounding probability on *éndoxa*, that is on what is approved by all or most people or by the best authority. On the other hand, he expressed his hope for a theory of probability much more comprehensive than that based on games of chance, a theory that he wished to be grounded on the "nature of things" (Leibniz 1765, IV, ii, § 14).

At the time of the *Logik Blomberg* Kant was part of this theoretical framework. He was acquainted with Bernoulli's studies on probability: he owned a copy of the *Ars conjectandi* (Bernoulli 1713)[9], and, according to the *Logik Blomberg*, referred to Bernoulli's work in his lectures. Nonetheless, as we have already seen, he shared Meier's, Wolff's and Leibniz' conviction that a real *logica probabilium* was still a *desideratum*:

> Bernoulli wrote one [i.e. a *logica probabilium*], to be sure, but that is nothing but a mathematics that is applied to cases of chance. He shows, e. g., how to throw 8 times according to the rules of probability (AA 24: 38).

It must be clear that at this time Kant considered too limited not only Bernoulli's mathematical calculus applied to *chances*, but also the so-called *logica probabilium* that "has merely examples and has its use in burial funds"[10]. Such remark was clearly referred to the application of a mathematical probability calculus to empirical things [*empirische Sachen*]:

[9] Cf. Warda 1922, p. 38, N. 1.

[10] *Logik Blomberg*, AA 24: 38.

One can actually calculate mathematically the degree of probability or the degree of improbability of one or another empirical thing. Thus, e. g., in all games, lotteries, in the death of human beings according to their years, and many other augmentative phenomena, as changes in the world (*Logik Blomberg*, AA 24: 196).

According to Kant, this mathematical calculus applied to empirical things was not a genuine *logica probabilium*: "the one we are talking about here [...] ought to extend to the experience of all men, and such a one is not available" (*Logik Blomberg*, AA 24: 38).

Summing up. Till the late Sixties and the early Seventies Kant, on the one hand, did not deny a connection between dialectic and probability, and, on the other hand, shared the common ideal of a general logic of the uncertain, that should take into account the mathematical results obtained in the field, but should exceed the limited scope of Bernoulli's calculus.

Later on Kant completely changed his views on the matter. This change of opinion can be fully appreciated by reading the first page of the transcendental Dialectic of the *Kritik der reinen Vernunft*:

We have already entitled dialectic in general a *logic of semblance*. This does not mean that it is a doctrine of *probability*; for probability is truth, known however by means of insufficient reasons, the knowledge of which is therefore indeed defective, but not on that account deceptive and, accordingly, is not to be separated from the analytic part of logic (A 293/B 349).

In this passage Kant attributes probability to the analytic part of logic. In this way he abandons all hope for a logic of probability and maintains that, as the *Logik Jäsche* puts it, although "there has been much talk of a logic of probability (*logica probabilium*)", such a logic "is not possible" (AA 9: 82).

Something must have changed in Kant's concept of probability. The question is what had changed.

3. In his logic lectures datable from around 1780 onwards, Kant treats probability, within a more general framework of epistemic modalities, in connection with the notion of certainty. Thus, in order to analyse Kant's concept of probability, I have to refer to his study of epistemic modalities. But, before doing so, I will briefly touch on Kant's treatment of the formal criteria of truth.

In the *Logik Jäsche* (AA 9: 52-53) three formal criteria of truth are mentioned which apply to any judgement.

1) The first criterion asks us to examine any given judgement internally. If our analysis of the terms of a given judgment (for Kant every concept-word has a logical essence that everyone can analyse) excludes a contradiction, thus satisfying the *principle of contradiction*, then that judgement is logically possible.

2) The second criterion applies to any judgement which already satisfies the principle of contradiction. According to the second criterion if there is a *sufficient reason [Grund]* for maintaining such a judgement, then that judgement is assertable.

3) The third criterion applies when one finds the sufficient reason for the truth of a given judgement not directly but only indirectly by showing the falsity of its opposite. In this case one can assert a judgement only by appealing to the *principle of the excluded middle*.

There exists a close connection between these formal criteria of truth and the modality of judgements.

1) If a judgement only satisfies the principle of contradiction, then it can be expressed as a problematic judgement, in as much as problematic judgements do not intend to *determine* a truth-value[11].

2) If a judgement also satisfies the principle of sufficient reason, then it can be expressed as an *assertoric* judgement – as a *Satz* or *proposition*[12] – which is intended to determine a truth-value.

3) If a judgement satisfies the principle of sufficient reason only by showing the falsity of the opposite, hence by means of an appeal to

---

[11] Cf. *KrV*, A 77/B 101.

[12] Cf. Kant 1790, AA 8: 194: "each proposition [*Satz*] must be *grounded* (not be a merely possible judgment)". For the difference between 'judgment' and 'proposition' [*Satz*], cf. also *Logik Jäsche*, AA 9: 109, § 30.Note 3.

the principle of the excluded middle, then not only such a judgement can be asserted as a *Satz*, but such a *Satz* will be an *apodeictic* judgement.

Kant sums all this up in a *Reflexion*: "*principium contradictionis*: possibility of judgements; *rationis*: truth; assertorically; *disjunctionis*: necessity; apodeictically, because the opposite is impossible"[13].

Thanks to these formal criteria and to their connection with modality, two important consequences can be drawn:

1) we can avoid the error of judging assertorically or apodeictically what should be judged only problematically[14];

2) no *Satz*, no assertoric judgement, as an intended bearer of truth, can dispense with the logical principle of reason.

4. The importance for a judgement to have a reason for being asserted as a proposition, is magnified when Kant turns to the question of certainty or, more precisely, to the question of how we hold a given cognition to be true. The *holding-to-be-true*, a term that literally translates the German "*Fürwahrhalten*" (sometimes written as "*Vorwahrhalten*")[15], which in turn translates the Latin *pro verum habere,* is used to designate "the judgement through which something

---

[13] *Reflexion* 2167, AA 16: 257 (1778-1780). Cf. also *Reflexion* 2185, AA 16: 261, (1790? 1778?). Of course, if one does not want to consider modality explicitly and does not want to enter into the question whether the sufficient reason of a judgement is found directly or indirectly, one can neglect the principle of the excluded middle: a cognition can be logically true provided that is not contradictory and has a sufficient reason to be asserted. This explains why the *Logik Pölitz* can claim the criteria of truth are two and "in logic we have no more than two" (AA 24: 528). This probably also explains why Kant's logic lectures, which usually just mention modality within the context of the discussion about logical criteria of truth, do not mention the principle of excluded middle explicitly. But if modality is considered, then the principle of the excluded middle must be taken into account.

[14] Cf. Tonelli 1966, p. 154, who stresses that the term 'assertoric' belongs to the tradition of juridical studies and refers to questions which are no longer undecided.

[15] Cf. for instance *Reflexion* 2475, AA 16: 386 (1776-1778.

is *represented* as true" by a particular subject (*Logik Jäsche*, AA 9: 65).

Attention must be paid to the fact that, in discussing the question of the possible ways or modalities in which we can hold a cognition to be true, Kant presupposes that such a cognition is non-contradictory. The whole of his attention is centred on whether we have a reason for holding it to be true. In this respect the context of *Fürwahrhalten* is more complex than the context of the formal criteria of truth because here Kant considers not only whether we have a *sufficient* reason for holding something to be true, but also whether we have an *insufficient* one. Moreover, he does not simply consider whether we have an *objective* reason for holding something to be true, but also whether we have a *subjective* one. For, as he says in the *Kritik der reinen Vernunft*, the holding-to-be-true "is an occurrence in our understanding which, though it may rest on objective reasons, also requires subjective causes in the mind of the individual who makes the judgement" (A 820/B 848).

Kant's analysis of *Fürwahrhalten* singles out three modalities of holding-to-be-true: 1) *opining*, 2) *believing*, 3) *knowing* [*wissen*]. Opining is a problematic holding-to-be-true, believing is an assertoric holding-to-be-true, and knowing is an apodeictic holding-to-be-true.

i) We *opine* when we are conscious of having an insufficient objective reason of the truth of a given cognition and are also conscious of not to having a sufficient subjective reason for asserting it. According to the *Logik Pölitz*, opining is a holding-to-be-true "subjectively insufficient, because we are conscious that it is objectively insufficient" (AA 24: 541). When we opine we are conscious of being uncertain.

ii) We *believe* when we are conscious of lacking a sufficient objective reason for the truth of a cognition, but are also conscious of having a subjective reason which is sufficient for asserting that cognition. The *Logik Jäsche* states: "What I believe I hold to be *assertoric*" (AA 9: 66).

iii) We *know* when we have a sufficient objective reason for the truth of a cognition, and because of this also have a sufficient subjective reason for holding it to be true (*Logik Jäsche*, AA 9: 74-

75). When we know we possess a logical certainty, and when one has a logical certainty one can not only say: 'I am certain', but: 'it is certain (for anyone)'.

5. After considering the three *modi* of the holding-to-be-true, let us now suppose that we have an insufficient objective reason for the truth of something. According to the general theory of the holding-to-be true the epistemic modality of our cognition can be either opinion or belief. Can't we achieve something more than a subjective certainty? Kant's answer is: Yes. The *Logik Jäsche* maintains that "to the doctrine concerning the certainty of our cognition pertains also the doctrine of the cognition of the probable" (AA 9: 81).

The *Logik Jäsche* defines probability, designated by Kant with the German term *Wahrscheinlichkeit* (and infrequently *Probabilität*) or by the Latin term *probabilitas*[16,] as "a holding-to-be-true based on insufficient reasons which have, however, a greater relation to the sufficient reasons than to the reasons of the opposite" (AA 9: 81). This definition requires some comments.

First, the relation between insufficient and sufficient reasons mentioned in it obviously concerns *objective* reasons: we are within the doctrine of certainty.

Secondly, it must be stressed that Kant speaks of *reasons* in the plural. We will presently see that this is a very important move in Kant's treatment of probability. However, it is not due to Kant himself but to Wolff.

Wolff too maintained that to know that something is true requires that we have a sufficient reason. However in his *Latin Logic* he makes a shift to the plural: to know that something is true requires that we have all the *reasons* why a proposition is true: "*singula requisita ad veritatem sunt rationes partiales, cur praedicatum subjecto conveniat, et omnia simul sumpta constituunt rationem sufficientem*" (Wolff 1740, § 575).

Arno Seifert observes that in this way Wolff divides, so to speak, the *ratio sufficiens* into singular *requisita ad veritatem*, thus making it

---

[16] Cf. *Logik Dohna-Wundlacken*, AA 24: 742, *Wiener Logik*, AA 24: 883.

possible to speak of degrees in determining the truth of a proposition (Seifert 1976, p. 170). Indeed, the reference to *rationes partiales* makes it possible for Wolff to include probability within the general framework of his theory of truth. For, if to know that a proposition is true requires that we have a sufficient reason, or – and here comes the shift to the plural – that we have all the reasons why it is true, then in case we have only some of such reasons, we can say that the proposition is probable: "Patet adeo, in probabili propositione praedicatum subjecto tribui ob quaedam requisita ad veritatem" (Wolff 1740, § 578). This approach to probability was to have a great impact on German logical literature, including Kant. We find it, for instance, in Reusch's widely read *Systema logicum* and in Moses Mendelssohn's famous essay on probability[17]

All this is very well, especially as it reconciles Wolff's rationalism with new results in the field of mathematical probability. For Wolff mentions: Pascal, Fermat, Huygens, Remond de Montmort, De Moivre, De Witt, Hudde, Petty, Halley, Craig and Jakob, Nikolaus and Johann Bernoulli[18] But, as I pointed out before, Wolff agreed with Leibniz that the work of the cited authors was still incomplete and hoped for a more comprehensive study of probability.

As to Kant, the shift to the plural of the 'reasons' of probability, plus the implied clause that, though insufficient, they must be *objective*, helps him to determine the conditions for connecting probability with certainty. Given that "all probability can be expressed as a fraction, the denominator is the number of all possible cases, the numerator is the number of effective cases" (*Logik Pölitz*, AA 24:

---

[17] Cf. Reusch 1741, § 653; Mendelssohn 1971, p. 151. Wolff's definition of probability is accepted by the 1775 edition of Walch's *Philosophisches Lexicon* edited by Hennings. For, whereas the original entry "Wahrscheinlichkeit" of 1726 (col. 1461-1480) gives a long exposition of the non-mathematical concept of probability put forward by Rüdiger 1722, the additions by Hennings, though never mentioning Wolff's name, show that the Wolffian presentation of probability is accepted and indeed taken for granted.

[18] Wolff might have taken these names from de Montmort 1713. Cf. Cataldi Madonna, 1988, p. 110.

554), it seems clear that the conditions that make such a fraction possible, and connect probability to certainty, are the following.

1) Both the numerator and the denominator of the fraction must stand for *homogeneous* reasons, otherwise we could not assess their number.

2) The denominator of the fraction must stand for *all* the reasons that would be sufficient for certainty. If (and only if) these conditions are satisfied, one can *calculate* the probability *mathematically* and, in agreement with the definition of the *Logik Jäsche*, determine to what extent the insufficient reasons are more numerous than the reasons for the contrary, thus establishing a definite degree of certainty.

This concept of probability is obviously applicable to games of chance. I quote from the *Wiener Logik*:

> All probability is a fraction, whose denominator is the number of all possible cases, and whose numerator contains the number of winning cases. E. g., if someone is to roll 8 with 2 dice, he has 6 winners and 36 possible cases. The fraction is 6/36, then, of which the opponent has 30 cases and he has 6[19].

Games of chance are perfect to exemplify Kant's concept of probability. In the previous example we have homogeneous data, for instance the number of the faces of the two dice, and also have the number of all possible cases or, in Kantian terms, the totality of reasons sufficient for certainty. Consequently we can measure the probability of the intended results. According to Kant we do more than that: not only we calculate the probability of given cases, but the cognition we have of their degree of probability is certain. Whence his statement in the *Prolegomena*:

> the *calculus probabilium* [...] does not contain probable judgements, but completely certain judgements about the degree of possibility of certain cases under given homogeneous conditions:

[19] AA 24: 880. The calculus given in this passage is wrong: there are 5 winning cases out of 36 possible ones.

cases which, in the sum total of all possible cases, must infallibly take place according to the rule, although this rule is not sufficiently determined concerning every single case (Kant 1783, AA 4: 369).

In this respect we do not opine nor believe that, in a single toss of a coin, the probability of the result 'heads' is 1/2: we know it. Naturally, as regards the object, the more the value of the fraction approximates 1, the more the probability approximates certainty: "The sufficient reason of holding to be true, unity, is that whereby a thing is posited" (*Logik Blomberg*, AA 24: 196).

Kant's insistence on the calculability of probability covers the case of a probability grounded on a statistical background, which as we have seen he already envisaged at the time of the *Logik Blomberg*. A probability of this kind has in common with the probability of games of chance the fact that the cases under consideration are homogeneous and are related to a given number of cases. I quote from the *Wiener Logik* :

> E. g., I calculate the elevation of a star 20 times. One time I get 10 degrees, 13 minutes, the other time I get 13 degrees, 11 minutes. I figure out all this total together and divide it by 20, and then I have the probable elevation (*Wiener Logik*, AA 24: 883).

However ample, this concept of probability is always connected with the possibility of a calculus. Consequently it leaves out a part of the region of uncertainty. Here Kant parts company with Leibniz, Wolff, Meier, etc., as well as with his own previous opinions, for he not only abandons hope for a quantitative-and-qualitative treatment of probability, but states that the latter is not possible. The novelty of Kant's mature view is that there cannot be a normative science, capable of setting scientific rules for the examination of witnesses or for judging the 'probability' of arguments for and against a case in a court of justice. Such questions do not fall within the province of probability because probability always requires and allows for a calculus, and if a calculus is not possible, then one should not use the term 'logic' (as a normative science) nor the term 'probability', because if a calculus is not possible, then there is no probability in the rigorous sense of the word.

6. For what does not fit into his notion of probability, Kant uses a different notion that he designates with a specific name. Just as he designates probability by *Wahrscheinlichkeit, Probabilität* and *probabilitas*, he designates this other notion by the German *Scheinbarkeit* and the Latin *verisimilitudo*. Some translators give the term *plausibility* as the English version of *Scheinbarkeit*. I prefer to use *verisimilitude* not only because of the Latin equivalent *verisimilitudo*, but also because among the meanings of *Scheinbarkeit* there is the possibility of creating illusion, which is exactly what Kant has in mind[20]. Kant himself sometimes stresses the deceiving effects of *verisimilitudo* by associating it no longer to the German *Scheinbarkeit*, but to *Wahrheitsschein*, a term which better conveys the connection between verisimilitude and *Schein* (Kant 1796, AA 8: 415).

Verisimilitudo is defined by the *Logik Jäsche* as "a holding-to-be-true based on insufficient reasons insofar as these are greater than the reasons of the opposite" (AA 9: 81). This means that, differently from what happens when we play with dice, 1) we simply have reasons in favour and against something, and 2) we do not have the standard of 'all possible cases'. This depends on the fact that the reasons of verisimilitude are heterogeneous and, as such, cannot be put in a series so as to be numbered. The reasons of verisimilitude can only be weighted by a judging subject thereby revealing to be purely subjective. The weight a reason has for a certain judging subject can be very different from the weight it has for another judging subject: "When the reasons of the holding-to-be-true are homogeneous, then the degree of the holding-to-be-true depends on their number, or they

---

[20] Cf. the entry *'Scheinbarkeit'* in Grimm 1984, vol. 27. See also the entry *'Scheinbar'* in Adelung 1798: "Den Schein von etwas habend, ohne es wirklich zu seyn, und in engere Bedeutung, den Schein der Wahrheit habend".

must be then be counted; if they are heterogeneous they must be weighted" (*Logik Pölitz*, AA 24: 555).

The *Wiener Logik* discusses the case of a judge who has to give a verdict on the base of contrasting testimonies. The judge can only weigh (cannot count) the heterogeneous reasons at his/her disposal, and has to decide without the support of a calculus, only relying on his/her consciousness (*das Gewissen*) (AA 24: 880). This means that, if we only have heterogeneous subjective reasons for something, even if we consider them weightier than the reasons for the opposite, we cannot claim that the thing in question is probable, because this would mean that it has (and we know that it has) an insufficient but measurable degree of certainty, which has to be accepted by all knowing subjects. At most. we could consider it as having a "subjective probability", but subjective probability is nothing but verisimilitude.

Notice that the terminological distinction between probability and verisimilitude is not new in the literature. For instance, as concerns the Latin terms, we find it in Crusius's logic where *"Verisimile"* is a mere conjecture (*Muthmassung*), something which is more easily possible than the contrary, whereas *"Probabile"* (*zuverlässig*, 'reliable', or also *glaubwürdig*, 'believable') is what deserves to be held as true to such a degree that it is possible to act accordingly without hesitation. (Crusius 1747, § 361). Nearer to Kant's use, but by no means identical to it, is Baumgarten's distinction between *probabilitas* and *verisimilitudo*[21.]

As to the terminological distinction between the German terms *Wahrscheinlichkeit* and *Scheinbarkeit*, we find it already in Kant's *Allgemeine Naturgeschichte und Theorie des Himmels* of 1755, where he opposes *Scheinbarkeit* to *Wahrscheinlichkeit* by maintaining that the reasons supporting the latter must be *objective* and independent from the evaluation of a single subject[22]. A similar distinction is to be found in the precritical *Blomberg Logik*: probability is characterised

---

[21] Cf. Baumgarten 1750-1758, § 485. For a detailed treatment of Baumgarten's and Kant's notions of probability and verisimilitude, cf. Capozzi to appear.

[22] Kant 1755, AA 1: 351, cf. Capozzi 1978, pp. 87-130.

by objective reasons, whereas verisimilitude has a subjective reason (AA 24: 145, 194). Moreover the *Logik Blomberg* already states that:

> all judgements of verisimilitude [*scheinbare Urtheile* [...]] alter daily, accordingly as one cognizes more or fewer reasons for or against the thing. What is probable [...] is probable, so to speak, for eternity. For the reasons of probability are still insufficient, of course, but nonetheless still grater than the *possible reasons* for the opposite (AA 24: 197).

What changes in Kant's mature view is that the distinction between verisimilitude and probability is no longer a distinction of degree, a distinction between a *geringste Grad* and a *größere Grad* of substantially the same notion (*Logik Blomberg*, AA 24: 196). Probability and verisimilitude become altogether different notions. The first is treated within the logical framework of certainty and truth, the second one cannot reach this standard.

7. We have finally reached the point where we can see why Kant, in the first page of the Transcendental Dialectic of the *Kritik der reinen Vernunft*, maintains that probability belongs to the analytic part of logic: "the probable belongs to truth just as the insufficient to the sufficient. For if one adds more reasons to probability it becomes true" (*Logik Pölitz*, AA 24: 507).

We have seen that Kant's battle against dialectic has two aspects, since two are the aspects of dialectic itself. However, Kant's battle has a single aim: the aim of defeating the idea that an instrumental logic is possible. He argues that a presumed instrumental logic produces the semblance of truth because a presumed instrumental logic – such as a dialectical art of persuasion or a dialectical art of teaching how to weigh heterogeneous reasons pro and contra a given question so as to choose the more 'probable' one – is invoked when empirical data are defective and/or experience itself is impossible.

Kant's solution is drastic: logic and dialectic must part and take separate ways. His only concession to dialectic is that it can be useful catharcticon against errors that the ill-meant dialectic can generate.

In order to reach such a solution Kant abandons his former hope that a logic of qualitative probability could be established. But he abandons such a hope because he has built a detailed theory of epistemic modalities and, within that theory, has given a place to a precise notion of probability no longer opposed, but contiguous, to the notion of certainty.

For historians of logic no part of the process by which Kant arrives at his solution lacks interest.

1) The severance of the link between logic and dialectic marks a mile-stone: after Kant dialectic began a new philosophical career, but disappeared from the field of logic.

2) Kant's inclusion of probability within analytic opens a new field of research on probability for historians of logic, as well as for historians of epistemology and epistemologists themselves. For students of probability have given little attention to what happened *to* logic after the so-called emergence of probability.

3) Kant's distinction between probability and verisimilitude shows that there is room, and indeed need, for research on verisimilitude. The 'similarity' to truth conveyed by the Latin term *verisimilitudo* makes the term itself ambiguous. For, on the one hand, it can mean that what is *verisimile* is similar (in content, rather than form) to truth but, since it is not truth, can be deceiving. On the other hand, it can mean that *verisimile* is similar to truth and, although it is not truth, is 'nearer' to truth than falsity[23]. Kant endorses the first meaning of verisimilitude, in as much as he consciously avoids the ambiguity involved in the Latin term *verisimilitudo* by associating it with the much less ambiguous German term *Scheinbarkeit*. However, Kant allows for a positive use of verisimilitude, provided that it is not confused with probability. It is this positive use that requires further research, both from the viewpoint of the historical background and

---

[23] For an introduction to the history of 'probability' and 'verisimilitude', cf. Niiniluoto 1987, pp. 156-164.

from the viewpoint of its epistemological, in particular heuristic, value[24].

4) Historians of logic will appreciate how the allegedly modest role played by modality in Kant's logical *Elementarlehre* is compensated by an increased interest in epistemic modalities in the more philosophical part of his logic. As Niiniluoto observed

---

[24] Kant does not characterise verisimilitude as pertinent only to things that lay outside the limited field of possible experience. All Kant asks is that, when we have only subjective and heterogeneous reasons concerning matters of experience, we must be conscious that it is illusory to establish degrees of probability, but must content ourselves with *provisional judgements*. For, as he writes in *Reflexion* 2595, "*verisimilitudo* gives the ground for a provisional judgement" (AA 16: 434). Now, in matters of experience, provisional judgements (*iudicia praevia*) play a very important role. According to Kant, we make *iudicia praevia* when we expect and hope that we will be able to make assertoric judgments eventually: "E. g., in searching for metal in mines I must already have a provisional ground for digging in this particular mine" (*Wiener Logik*, AA 24: 862). *After* digging I will know whether in that particular mine there is metal and I will be able make assertoric judgements concerning my knowledge of the matter. In as much as verisimilitude characterises *iudicia praevia*, and in as much *iudicia praevia* are a heuristic tool in our search for truth, verisimilitude cannot be dispensed with. All the same Kant warns against the risk of considering *iudicia praevia* as if they were assertoric judgments, for in that case provisional judgments simply become prejudices. This makes things difficult for judges when they lack evidence and have to weigh heterogeneous data. A court judge cannot condemn or acquit someone on the base of his/her opinion or belief, neither can he/she say that his/her sentence is a scientific hypothesis that eventually will be proved correct. As already pointed out, a judge can rely on his/her conscience, but simply cannot avoid the risk of objective error. Kant is so convinced that such a risk is unavoidable that he maintains that the head of state cannot play the judge, because this would mean that one could consider him/her as someone liable to be unjust [*Unrecht zu thun*], cf. Kant 1797, AA 6: 317-318. On the relation between *judicium praevium* (problematic) and assertoric judgement, and on the fact that the former is attributed by Kant to *Witz* and the latter to *Urtheilskraft* in his lectures on anthropology of the Seventies, cf. Brandt 1991, p. 104.

(Niiniluoto 1988), Kant's treatment of epistemic modalities, certainly thanks to the inclusion of the theme of probability, influenced virtually all subsequent German logic authors.

References

Adelung, J.C. 1798 *Grammatisch-Kritisches Wörterbuch der Hochdeutschen Mundart*, Leipzig, reprint Hildesheim-New York, 1970.

Ashworth, E.J. 1985 *Introduction* to R. Sanderson (1618) *Logicae Artis Compendium*, Bologna.

Baumgarten, A.G. 1750-1758 *Aesthetica*, Frankfurt a. d. Oder, reprint Hildesheim, 1986.

Baumgarten, A.G. 1761 *Acroasis Logica in Christianum L. B. de Wolff*, Halae Magdeburgicae, reprint in C. Wolff, *Gesammelte Werke*, Abt. III, Band 5, Hildesheim-New York:,1973.

Bernoulli, J. 1713 *Ars conjectandi*, Basileae.

Brandt, R. 1991 *Die Urteilstafel. Kritik der reinen Vernunft* A 67-76/B 92-101, Hamburg.

Brucker, J. J. 1957 *Historia critica philosophiae a mundi incunabulis ad nostram usque aetatem deducta*, 5 voll., Lipsiae 1742-44, Lipsiae ^{2}1766-67 (in 6 voll.), reprint *Historia philosophiae*, edited by R. H. Popkin and G. Tonelli, 5 vols, Hildesheim-New York.

Capozzi, M. 1978 "Matematica e metafisica nella *Naturgeschichte* di Kant", in *Studi filosofici*, Facoltà di Lettere and Filosofia dell'Università di Siena, Siena, pp. 87-130.

Capozzi, M. 1987, "Kant on Logic, Language and Thought", in D. Buzzetti-M. Ferriani (eds), *Speculative Grammar, Universal Grammar, and Philosophical Analysis of Language*, Amsterdam-Philadelphia.

Capozzi, M. 1990 *Introduzione* a I. Kant, *Logica. Un manuale per lezioni*, Napoli 1990.

Capozzi, M. to appear, *Kant e la logica*, Napoli.

Cataldi Madonna, L. 1988 *La filosofia della probabilità nel pensiero moderno. Dalla Logique di Port-Royal a Kant*, Roma.

Crusius, C.A. 1747 *Weg zur Gewißheit und Zuverlässigkeit der menschlichen Erkenntniß*, Leipzig, reprint in *Die philosophischen Hauptwerke*, vol. III, ed. by G. Tonelli, Hildesheim, 1964 – .

Daston, L. 1988 *Classical Probability in the Enlightenment*, Princeton.

Garber D.-Zabell, S. 1979, "On the Emergence of Probability", *Archiv for History of Exact Sciences*, XXI, pp. 33-53.

Grimm, J. and W. 1984, *Deutsches Wörterbuch*, (Leipzig 1922), Bd. 27, bearbeitet von K. von Baden und Mitwirkung H. Sickel, München.

Hacking, I. 1975 *The Emergence of Probability*, Cambridge.

Kant, I. 1755 *Allgemeine Naturgeschichte und Theorie des Himmels oder Versuch von der Verfassung und dem mechanischen Ursprunge des ganzen Welgebäudes*.

Kant, I. 1780/1787 *Kritik der reinen Vernunft*.

Kant, I. 1783 *Prolegomena zu einer jeden künftigen Metaphysik, die al Wissenschaft wird auftreten können*.

Kant, I. 1790 *Über eine Entdeckung, nach der alle neue Kritik der reinen Vernunft durch eine ältere entbehrlich gemacht werden soll*.

Kant, I. 1796 *Verkündigung des nahen Abschlusses eines Tractats zum ewigen Frieden in der Philosophie*.

Kant, I, 1797 *Die Metaphysik der Sitten*.

Kant, I. 1800 *Logik. Ein Handbuck zu Vorlesungen*.

Kant, I. 1900– *Kant's gesammelte Schriften*, hrsg. von der Königlich Preussischen Akademie der Wissenschaften (und Nachfolgern), Berlin (Berlin und Leipzig).

Leibniz, G.W. 1875-90 *Die philosophischen Schriften*, hrsg. von C. I. Gerhardt, 7 voll., Berlin, reprint Hildesheim 1960 – .

Leibniz, G.W. 1710 Essais de Théodicée sur la bonté de dieu, la liberté de l'homme et l'origine du mal, in ID., Die philosophischen Schriften, vol. VI.

Leibniz, G.W. 1765 *Nouveaux Essais sur l'entendement humain*, in Leibniz 1875-90, vol. V.

Meier, G.F. 1752a *Vernunftlehre*, Halle.

Meier, G.F. 1752b *Auszug aus der Vernunftlehre*, Halle (reprinted in AA 16).

Maierù, A. 1972 *Terminologia logica della tarda scolastica*, Roma.

Mendelssohn, M. 1971 *Gedanken von der Wahrscheinlichkeit* (1756 or 1757, newly published in *Philosophischen Schriften* 1761), in *Gesammelte Schriften. Jubiläumsausgabe*, vol. I: *Schriften zur Philosophie und Ästhetik*, reprint of the Berlin Edition 1929, Stuttgart-Bad Cannstatt.

Montmort, P.R. de 1713 *Essay d'analyse sur les jeux de hazard*, (1st ed. 1708), 2nd enlarged ed., Paris.

Niiniluoto, I. 1987 *Truthlikeness*, Dordrecht.

Niiniluoto, I. 1988 "From Possibility to Probability: British Discussions on Modality in the Nineteenth Century", in S. Knuttila *Modern Modalities. Studies of the History of Modal Theories from Medieval Nominalism to Logical Positivism*, Dordrecht/Boston/London, pp. 275-310.

Prantl, C. 1957 *Geschichte der Logik im Abendlande*, Darmstadt.

Reusch, J.P. 1741 *Systema logicum antiquiorum atque recentiorum item propria praecepta exhibens*, (1st ed. 1734), 2nd ed. Jenae.

Rüdiger, A. 1722 *De sensu veri et falsi libri IV, in quibus sapientia ratiocinativa a praejudicis Aristotelicis et Cartesianis purgatur, multisque novis et ad veram eruditionem necessariis meditationibus mactatur*, (1st ed. 1709), 2nd ed. Halae.

Seifert, A. 1976 *Cognitio historica. Die Geschichte als Namengeberin der frühneuzeitlichen Empirie*, Berlin.

Tonelli, G. 1966 "Die Voraussetzungen zur Kantischen Urteilstafel in der Logik des 18. Jahrhunderts", in *Kritik und Metaphysik. Studien Heinz Heimsoeth zum achtzigsten Geburtstag*, ed. by F. Kaulbach and J. Ritter, Berlin.

Tonelli, G. 1967 "Kant und die antiken Skeptiker", in H. Heimsoeth, D. Henrich, G. Tonelli (eds), *Studien und Materialien zur Geschichte der Philosophie*, vol. 6, Hildesheim, pp. 93-123.

Walch, J. G. 1775 *Philosophisches Lexicon*, ([1]1726), 4th posthumous ed. by J. C. Hennings, Leipzig, reprint Hildesheim 1968.

Warda, A. 1922 *Immanuel Kants Bücher*, Berlin.

Wolff, C. 1740 *Philosophia rationalis sive Logica methodo scientifica pertractata et ad usum scientiarum atque vitae aptata*, Francofurti-Lipsiae (1st ed. 1728), reprint in C. Wolff, *Gesammelte Werke*, Abt. II, Bd. 1. 1-3, hrsg. von J. École, Hildesheim 1983.

9
Kant's legacy for the philosophy of logic

1. Many working logicians are probably convinced that there is no Kant's legacy for the philosophy of logic. Standard accounts of the history of logic, such as those by Bocheński, the Kneales, Blanché[1], have contributed to this conviction by maintaining that modern logic flourished *despite* Kant and *against* his philosophy.

I believe that, in order to decide whether there is a Kantian legacy for the philosophy of logic, Kant's concept of logic should be carefully considered.

Studies in the history of logic have shown that, at Kant's time, the German logical scene was far from being uninteresting and dull[2]. Logicians discussed the nature of logic, the possibility to construct logical calculi, and the relation of logic to philosophy and mathematics.

Kant[3] was well acquainted with such matters. He had received a good logical education and knew the relevant logical literature[4].

---

[1] R. Blanché, *La logique et son histoire d'Aristote à Russell*, Paris 1970; J.M. Bocheński, *Formale Logik*, Freiburg-München 1956 ; W. Kneale-M. Kneale, *The Development of Logic*, Oxford 1962.

[2] Cf. W. Risse, *Die Logik der Neuzeit*, 2 voll., Stuttgart-Bad Cannstatt 1964-1970; G. Nuchelmans, *Judgment and Proposition. From Descartes to Kant*, Amsterdam-Oxford-New York 1983. Cf. also the publication of reprints of fundamental works related to the logic of the German Enlightenment.

[3] AA followed by the number of volume and page(s) stands for *Kant's gesammelte Schriften*, hrsg. von der Königlich Preussischen Akademie der Wissenschaften (und Nachfolgern), Berlin (Berlin und Leipzig), 1900–. References to Kant the *Critique of pure reasom* (*KrV*) will be to the pagination of the first (A) and second (B) edition.

[4] Kant knew the outlines of Leibniz's *ars characteristica combinatoria*, on whose utopian nature he commented in his *Nova dilucidatio* of 1755, AA 1: 390. Moreover, his logic-*corpus*, as well as his works and correspondence, provide

Moreover, logic was his profession: he gave logic courses for forty years, using a textbook written by Meier.

This is a fortunate circumstance. We have several texts related to this teaching. Particularly interesting are 1) Kant's notes on Meier's handbook (the so-called logical *Reflexionen*), 2) a number of lecture-notes taken by students, and 3) *Kant's Logik*, a book published in 1800 by one of his students (Jäsche) by collecting a selection of Kant's annotations on Meier with Kant's consent.[5]

All this material makes it possible to say that Kant's concept of logic is the result of a slow evolution

2. As far as the philosophy of logic is concerned, Kant began as an almost orthodox rationalist and maintained that logic has its foundations in ontology and empirical psychology.

In his mature conception Kant took the opposite view and denied that logic could have such foundations.

Kant argues that if logic were derived from empirical observations of the human logical behaviour, it could not prescribe laws to it. Logical rules – just as moral laws – do not mirror what we actually do when we think, but are the standard to which our thoughts must conform if they are to have a logical form: logic considers "not how we do think, but how we ought to think".[6]

As to the previously accepted foundation of logic on ontology, Kant simply suppresses it, to the dismay of many of his contemporaries, some of whom protested that this was a scandal.

---

evidence that: 1) he was well acquainted with the combinatorial calculus of syllogistic moods, 2) he used Euler's (whom he quotes) circular diagrams to designate concepts, judgments and syllogisms, 3) he knew the linear diagrams of Lambert, with whom he corresponded, 4) he probably had some knowledge of Segner's and Ploucquet's works, and 5) he actively promoted the diffusion of Lambert's posthumous works containing the latter's algebraic calculus. But all this did not shake his conviction that an algebraic symbolism of idea-relations and the use of letters instead of words are not by themselves a means for invention.

[5] *Immanuel Kant's Logik. Ein Handbuch zu Vorlesungen.*

[6] *Kant's Logik,* AA 9: 14.

214

Later on, against Kant, Hegel proposed logic identical to metaphysics because he considered thought and the true nature of things as one and the same (Barone 1964, 202). Thus, it is rather surprising that William and Martha Kneale blame Kant for having introduced in logic "the curious mixture of metaphysics and epistemology which was presented as logic by Hegel and other Idealists of the nineteenth century"[7].

3. Despite such misunderstandings, Kant's logic intends to be independent of ontology and empirical psychology. This, however, raises the problem of the origin and justification of logic. Kant gives an indirect answer to the problem of the origin of logic through a comparison of logic with grammar.

Logic and grammar – he maintains – are similar in as much as we learn to think and to speak without previous knowledge of grammatical and logical rules, and only at a later stage we become conscious of having implicitly used them. Nonetheless, logic and grammar differ because, as soon as we become aware of grammatical rules, we easily see that they are empirical, contingent and subject to variations. On the contrary, once we become aware of the logical structure of our thought, we cannot fail to appreciate that without that structure we could not have been thinking at all. Therefore, logic precedes and regulates any rational thinking and is necessary in the sense that we cannot consider it contingent and variable. In one of his *Reflexionen* Kant concludes that logic "is abstracted [*abstrahirt*] from empirical use, but is not derived [*derivirt*]" from it[8], so that, while grammar is only an empirical science, logic – to use an expression of used in the lecture-notes known as *Logik Busolt* – is a scientific science, a "*scientia scientifica*"[9]. This is important because the logic Kant is talking about is not a natural logic that could be investigated by psychology, but is what was known as 'artificial logic'.

---

[7] Kneale-Kneale, *op. cit.,* p. 355. On the contrary, H. Scholz, *Abriß der Geschichte der Logik*, Freiburg-München 1959, p. 55.

[8] *Reflexion* 1612, AA 16: 36.

[9] AA 24: 609.

All this means that logic not only is necessary, scientific and *a priori*, but also is also capable of justifying itself.

4. The great autonomy of logic ensures that it has the maximum spectrum of application. Logic is the supreme canon of truth with respect to any correct thinking.

Such prerogatives are counterbalanced by precise limitations: logic is indeed the supreme canon of truth, but is only a canon of truth with respect to formal correctness and must not interfere with the content of thought to which it must be indifferent. In this way Kant adds important features to his concept of logic: logic, having no specific subject-matter, is general, having nothing to do with human psychology, is pure and, since it concerns only the form of thought, is merely formal.

5. A first consequence of this conception is that logic has to be analytic, though not in the sense that it deals with analytic judgements only. General or formal logic does not even consider the analytic/synthetic distinction.

Logic is analytic in two senses.

The first one is clear. Kant explains that general logic analyzes what he calls "the entire formal business of the understanding and reason into its elements"[10].

The second sense of the analyticity of logic is perhaps less clear: logic is analytic in as much as it has nothing to do with dialectic.

The most evident reason for Kant's separation of logic from dialectic is the connection between dialectic and rhetoric. A rhetorical dialectic is an art for deceiving adversaries in a dispute and for gaining consent not only disregarding truth, but also purporting to produce the semblance [*Schein*] or illusion of truth. Kant condemns this kind of 'logic' as unworthy of a philosopher.[11]

However, according to the logical treatises in the Aristotelian tradition, dialectic differs from analytic in as much as analytic is the

---

[10] *KrV*, A 60/B 84.
[11] *Kant's Logik*, AA 9: 17.

part of logic dealing with truth and certainty, whereas dialectic is the part of logic dealing with what is probable (according to Boethius' translation of the Greek *éndoxos* with the Latin *probabile*). This distinction was still adopted by many eighteenth century logicians, notably by Meier.

There is evidence that till the early seventies Kant agreed with Meier. Later on he completely changed his mind. He now conceives of probability as a measurable degree of certainty which "can be expressed like a fraction, where the denominator is the number of all possible cases, the numerator is the number of actual cases" (*Logik Pölitz*, 16: 507). This view restricts probability to matters that can be subjected to a numerical calculus (like games of chance), and excludes the possibility of an instrumental art for assigning an alleged probability to questions that are beyond possible experience, for instance to arguments in favour or against the existence of the soul. If this art – under the name of dialectic – belonged to logic, logic would no longer be a canon of truth, but would try to produce an illusion by saying that, although a certain question is not knowable, it can nonetheless be 'probable'. Hence Kant's claim that only calculable probability is worthy of this name and, since it is contiguous to truth and certainty, belongs to the analytic part of logic and need not be dealt with in a special part of logic called dialectic. Kant's decision is drastic: logic and dialectic must part and go separate ways. This decision is a milestone in the history of logic: after Kant, dialectic began a new philosophical career, but independent of formal logic.

6. The second consequence of Kant's view that logic is a mere formal canon of truth is that logic as a science must be limited to the doctrine of elements – concepts, judgements and inferences. Therefore, logic must not trespass into the domains of anthropology and psychology, nor give advice for the use of logic in the fields of the natural sciences or of practical life. This means that Kant breaks away from one of the major trends of European logic, which had tried to give new life to the discipline by stressing its usefulness either as a guide for judging, or as a kind of methodology for empirical research, or as a medicine against errors, or as an epistemological exercise.

This does not mean, however, that the Kantian logical texts do not contain epistemological parts. On the contrary, such texts exist and make very interesting reading. A large part of Kant courses are devoted to the question of the holding to be true, touching on matters such as opinion, belief, knowledge, hypotheses, probability, verisimilitude etc.[12]

But these matters are no longer intended by Kant as belonging to *pure* general logic because, in order to deal with them, one must take into account the content of knowledge and the human cognitive constitution, including sensibility, as well as practical aspects of human action, such as the interest we have for accepting something as true. If Kant had written a logic handbook himself he would have probably treated at length such matters, as well as other interesting questions, such as the doctrine of logical essence, in an imposing doctrine of method.

7. The third consequence of Kant's view that logic is general, pure and formal is that it is only a canon for checking the correctness of our thoughts but is incapable of invention. Kant's sharp distinction between logic and mathematics contributes to this view. Kant admits of a single logic to be respected by mathematicians and non-mathematicians alike, but maintains that logic is insufficient to explain why mathematics is ampliative. According to him, mathematics is the science that constructs *a priori* its concepts, i.e. exhibits *a priori* the intuitions corresponding to them. Thus, mathematics relies also on the form of sensible intuition, so that it has a content and can be inventive with respect to it.

8. I have tried to give an idea of the main features and consequences of Kant's concept of logic. It is a concept that, at Kant's time, was revolutionary in as much as, by cutting all links with psychology, it rejected the newly established Lockean tradition, and, by cutting all links with ontology, it rejected all connection between logical laws

---

[12] Cf. M. Capozzi, *Kant e la logica*, vol. I, Napoli 2002, chapter XIV.

and the ultimate constitution of things, a connection that previous philosophers had put under God's guarantee.

This, I believe, is a first sense in which it is possible to say that there is a legacy of Kant to future logicians.

But I also believe that this concept of logic is to be actually found in the philosophy of logic of some later logicians, even those who did not know, or did not want to acknowledge, that it is a Kantian concept. For instance, a critic of Kant like John Venn, who claims that Kant had "a disastrous effect on logical method",[13] begins his own system of logic by stating: "Psychological questions need not concern us here; and still less those which are Metaphysical".[14] Perhaps it would have been more difficult for him to make such a statement if Kant had not already made that very same statement.

There is, however, another much more interesting case. My description of some of the features of Kant's concept of logic may already have suggested a number of similarities between this concept of logic and that of Frege. I will simply mention the following: the idea that the only logic that really counts is scientific logic, rather than some natural logic; the contention that a scientific or artificial logic provides necessary and universal rules; the condemnation of any intrusion of psychology into logic by the argument that logic is normative on a par with moral laws; the idea that logic is used for justifying knowledge rather than for acquiring new knowledge.

Of course, there are substantial differences between Kant and Frege, but similarities are striking, especially because they bring about a problem that Kant and Frege seem to share. The problem is that of the justification logic.

Frege is aware of this problem. In his *Grundgesetze* he writes:

The question why and with what right we acknowledge a law of logic to be true, logic can answer only by reducing it to another law of logic. Where that is not possible, logic can give no answer. If we step away from logic, we may say: we are compelled to make

[13] J. Venn, *Symbolic Logic*, reprint of the 2nd ed., New York 1894, p. xxxv.
[14] Venn, *Symbolic Logic,* cit., p. xxxix.

judgments by our own nature and by external circumstances; and if we do so, we cannot reject this law – of Identity, for example; we must acknowledge it unless we wish to reduce our thought to confusion and finally renounce all judgment whatever. I shall neither dispute nor support this view; I shall merely remark that what we have here is not a logical consequence. What is given is not a reason for something's being true, but for our taking it to be true.[15]

Therefore Frege too seems to be at a loss for an answer to the question of the justification of logic, though he says that he neither disputes nor supports something like Kant's rather obscure argument that without logic we would be unable to think.

But I think that Kant has a merit that later logicians have taken for granted. The very fact that we can ask Kant for a justification of his concept of general logic presupposes that such a question is legitimate. Before Kant such a question would have been considered improper, if not absurd. Even the great Leibniz would have objected that logic needs no justification because is somehow connected with God.

---

[15] G. Frege, *The Basic Laws of Arithmetic: Exposition of the System*, transl. and ed. by M. Furth, Berkeley - Los Angeles – London 1964, p. 15 (original text, p. xvii).

10
Kant e il meditare euristico

L'argomento che intendo trattare prende lo spunto non da una delle opere maggiori di Kant[1], ma dalle poche righe dell'ultimo paragrafo della Dottrina del metodo della *Logik Jäsche*:

> Per meditare [*Meditiren*] si deve intendere un riflettere [*Nachdenken*] o un pensare metodico. Il meditare deve accompagnare ogni lettura e ogni apprendimento e, a tal fine, è necessario compiere prima ricerche preliminari [*vorläufige Untersuchungen*], e poi ordinare i propri pensieri, ovvero collegarli secondo un metodo[2].

In questo breve testo è nascosta l'indicazione della possibilità di una metodologia della scoperta. Ciò può sembrare sorprendente in vista delle asserzioni di Kant intorno all'impossibilità per la logica di essere un'*ars inveniendi*. È noto infatti che egli individua la capacità di scoprire nella capacità di formulare giudizi provvisori, *iudicia praevia* o *vorläufige Urtheile*, come afferma nella *Anthropologie*:

---

[1] Le opere di Kant sono citate con il volume (cifre romane precedute dalla sigla AA) e la pagina di *I. Kant's gesammelte Schriften*, hrsg. von der Königlich Preussisschen Akademie der Wissenschaften (und Nachfolgern), Berlin (Berlin und Leipzig), 1900–. Per le citazioni dalla *Kritik der reinen Vernunft* (*KrV*) i riferimenti sono alle pagine della prima (A) e della seconda (B) edizione, riportate anche dalla trad. it. di P. Chiodi (*Critica della ragion pura*), Torino 1967, che ho utilizzato. Per *Logik Jäsche* si intende I. KANT, *Logik. Ein Handbuch zu Vorlesungen*, hrsg. v. G.B. Jäsche (1800), trad. it. (*Logica. Un manuale per lezioni*) di M. Capozzi, Napoli 1990, citata con il solo riferimento al volume e alla pagina dell'edizione accademica, che la traduzione utilizzata reca al margine.

[2] *Logik Jäsche*, AA 9: 150, § 120.

sapere come si deve fare una buona ricerca: è un dono naturale quello di *giudicare previamente* [*vorläufig zu urtheilen*] (*iudicium praevium*) dove si potrebbe trovare la verità, di andare sulla traccia delle cose e di utilizzare le più piccole circostanze affini per scoprire o trovare il cercato. La logica delle scuole non ci dice nulla al riguardo. Ma Bacone di Verulamio nel suo *Novum Organum* ci diede uno splendido esempio del metodo come può essere scoperta per mezzo dell'esperimento la natura nascosta delle cose. Però anche questo esempio non basta per insegnare secondo determinate regole il modo come si debba ricercare con fortuna perché si deve sempre qui presupporre anzitutto qualcosa (partire da un'ipotesi), da cui si vuole procedere lungo la propria strada, e questo deve avvenire secondo principi in forma di determinati indizi, ciò che dipende appunto da come li si possa subodorare [*auswittern*][3].

La questione da porsi è se i giudizi provvisori dipendano solo dal talento individuale e dalla fortuna, o se ci possa essere un metodo per produrli al fine di una ricerca fruttuosa.

Nell'*Anthropologie* Kant esclude che la sagacia possa essere insegnata, e tuttavia lamenta che la logica scolastica non dia indicazioni su come ricercare senza procedere alla cieca. Dunque una euristica sarebbe un'utile aggiunta al corpo della logica. Questo *desideratum* compare nella *Logik Dohna-Wundlacken*: "questo capitolo" – intendendo il capitolo sulla scoperta – "finora è stato trascurato dalla logica. Ogni inventore deve giudicare previamente"[4]. Ma il testo definitivo al riguardo si trova nella *Metaphysik der Sitten* del 1797:

Un'istanza [...] che la logica deve soddisfare, ma non s'è ancora sufficientemente presa a cuore, è che essa fornisca anche regole su come *cercare* in modo conforme a un fine [*zweckmäßig*], ossia regole che non valgano sempre solo per i giudizi *determinanti*, ma

[3] *Anthropologie in pragmatischer Hinsicht*, § 56, AA 7: 223, trad. it., *Antropologia pragmatica*, a cura di G. Vidari, riveduta da A. Guerra, Roma-Bari 1985, p. 112.
[4] *Logik Dohna-Wundlacken*, AA 24: 737.

anche per i giudizi *provvisori* [*vorläufige Urtheile*] (*iudicia praevia*) mediante i quali si è condotti a dei pensieri; una dottrina [*Lehre*] che può servire di indicazione perfino al matematico per le sue scoperte e che viene da lui anche spesso applicata[5].

Una nota marginale della *Logik Bauch*, nel deplorare che le logiche non presentino un capitolo sulla conoscenza provvisoria, afferma: "questo capitolo deve ancor essere elaborato dai logici e appartiene alla Dottrina del metodo"[6]. Questa affermazione offre una prima indicazione di come Kant possa contemplare l'inserimento nella logica di un capitolo sulla scoperta senza contraddire la tesi che la logica non è inventiva. Infatti un tale capitolo non apparterrebbe alla logica *pura*, il canone formale esposto nella Dottrina degli elementi, ma andrebbe incluso nella seconda e ultima parte della logica, la Dottrina del metodo.

Vedremo ora che questo 'capitolo' dovrebbe essere collocato sotto il titolo del *Meditiren*

Retroterra storico

Meier definisce il meditare nei termini seguenti: "Il meditare [*Meditiren*] (*meditatio*) è quella occupazione delle nostre capacità conoscitive, mediante la quale noi riflettiamo [*nachdenken*] su una cosa secondo le regole di un metodo [*Lehrart*]"[7]. Questa definizione va valutata assieme alle regole che Meier prescrive a chi si voglia cimentare nella meditazione:

Chi vuole meditare in maniera erudita 1) si scelga un oggetto al quale volgere la sua attenzione; 2) pensi in successione le note che

---

[5] *Die Metaphysik der Sitten*, AA 6: 478, trad. it. e note di G. Vidari, revisione e note aggiunte di N. Merker, *La metafisica dei costumi,* Roma-Bari 1983, pp. 356-57.

[6] I. KANT, *Logik-Vorlesung: unveröffentlichte Nachschriften* I *Logik Bauch,* a cura di T. Pinder, Hamburg 1998, Rand Text 87, ms. 82-84, p. 246.

[7] G.F. MEIER, *Auszug aus der Vernunftlehre*, Halle 1752 (ristampato in AA 16), § 436, AA 16: 811.

ne costituiscono la definizione, i suoi predicati indimostrabili [*unerweisliche*] e infine quelli dimostrabili [*erweisliche*]. Questi o già li si è imparati, e qui si fa bene se nel meditare si scrive; o li si vogliono imparare, e allora si deve leggere un libro, o ascoltare l'esposizione orale; o li si vuole inventare. 3) Si esamini se ciò che si pensa è un concetto, un giudizio, un teorema ecc., e si rifletta [*überlege*] fino a quando si soddisfano tutte le regole che prescrive la logica in ciascuna specie di pensieri eruditi[8].

Le regole appena esposte rivelano che il meditare richiede, come sempre in Meier, *Aufmerksamkeit, Nachdenken* e *Überlegen,* con la specificazione che queste operazioni avvengano secondo un metodo.

Ciò fa del termine *Meditiren* e del suo corrispondente termine latino *meditatio* espressioni tecniche nelle logiche dell'epoca. Con in più una connotazione che nella definizione meieriana non è esplicitata: la connotazione euristica. Invece è chiarissimo al riguardo Knutzen:

Meditatio est actus mentis, quo, certo ordine, intellectus operationes dirigimus in cognoscenda veritate. Ordo autem, quo mens in cognoscenda veritate utitur, s. secundum quem suas in cognoscendo operationes dirigit, *Methodus* (*heuristica*) appellatur[9].

Questo significato della meditazione era accreditato nella letteratura logica tedesca della scuola thomasiana. Nella *Vernunftlehre* di Hoffmann si parla di "*gelehrte Nachdenken, oder*

[8] MEIER, *Auszug*, cit., § 437, AA 16: 812-13.

[9] M. KNUTZEN, *Elementa philosophiae rationalis seu Logicae*, Regiomonti et Lipsiae, 1747, § 584. Cfr. pure F.C. BAUMEISTER, *Institutiones philosophiae rationalis methodo Wolfii conscriptae*, Vitembergae 1735, in C. WOLFF, *Gesammelte Werke*, Sez. III, vol. 24, Hildesheim 1989, § 435: "*meditationem* dicimus cogitationum nostrarum applicationem ad veritatem investigandam, bonae methodi legibus conformiter".

Meditation"[10], il cui scopo è: "la produzione di nuovi pensieri nell'intelletto umano, cioè tali che prima o non c'erano o non c'erano con coscienza"[11]. Ancora più articolata è l'esposizione di Crusius, che dedica un capitolo al "*judiciöse Nachdencken*" or "*judiciöse Nachsinnen*" o "*meditatio dianöetica*", che definisce come "l'indirizzare le capacità dell'intelletto secondo un fine, a partire da certi pensieri di base che si hanno prima, con il quale ci si sforza di ottenere una conoscenza della verità più distinta e più completa, o più certa o più estesa"[12].

Kant era certamente a conoscenza di questo significato della meditazione, tanto più che notevoli osservazioni sul metodo euristico erano contenute nelle lettere inviategli da Lambert, in particolare la lettera del 3 febbraio 1766, sulla quale torneremo. L'influenza di questa lettera su Kant può risalire all'epoca della sua ricezione, ma può anche essere stata rinnovata in occasione dell'edizione postuma dell'epistolario lambertiano[13]. Ma forse la lettura di questo epistolario, attivamente promosso da Kant[14], il cui primo volume, nel quale compare, oltre allo scambio Lambert-Kant, anche lo scambio Lambert-Holland, ha portato l'attenzione di Kant anche su una lettera di Lambert a Holland del 15 agosto 1768. Qui Lambert, nel parlare

---

[10] A.F. HOFFMANN, *Vernunft-Lehre, Darinnen die Kennzeichen des Wahren und Falschen aus den Gesetzen des menschlichen Verstandes hergeleitet werden*, Leipzig 1737, P. II, cap. 10, § 1.

[11] HOFFMANN, *Vernunftlehre*, cit., P. II, cap. 10, § 3.

[12] C.A. CRUSIUS, *Weg zur Gewißheit und Zuverlässigkeit der menschlichen Erkenntniß*, Leipzig 1747, riprod. in ID., *Die philosophischen Hauptwerke*, a cura di G. Tonelli, vol. 3, Hildesheim 1965, § 566.

[13] Kant menziona proprio tale lettera nello scrivere a G.C. Reccard il 7 giugno 1781, AA 10: 270-71, chiedendo al corrispondente di informare Bernoulli, il quale stava raccogliendo l'epistolario lambertiano, che "da Lambert, dopo la sua lettera del 3 febbraio 1766 non ne ho ricevuto alcuna, eccetto uno scritto di risposta alla mia lettera dell'anno 1770".

[14] Cfr. pure la lettera di Kant a Johann Bernoulli del 22 febbraio 1782, AA 10: 280. Sulla collaborazione di Kant all'epistolario lambertiano e sulla sua promozione dell'iniziativa, cfr. M. CAPOZZI, *Kant e la* logica, vol. I., Napoli 2002, pp. 216-17.

dei suoi progetti di calcolo, accenna al lavoro preliminare da compiersi con il *meditiren* e spiega come lui stesso abbia elencato i casi in cui ci si trova quando si medita, "così come essi mi sono occorsi", augurandosi di poterli ordinare tutti o almeno di delinearne le classi principali. Egli afferma inoltre che una loro teoria "renderebbe propriamente utilizzabile la logica *anche senza riguardo al calcolo*"[15].

Quest'ultima affermazione, che ha un riscontro nei molti *Fragmente über die Vernunftlehre*, anch'essi pubblicati postumi nel 1782, in cui compaiono numerose riflessioni di Lambert sulla logica della scoperta[16], e che vede nella teoria dei casi ordinati del *meditiren* una ragione di utilizzabilità della logica indipendente dal calcolo, riveste un interesse straordinario poiché è fatta da un autore che al calcolo logico ha dedicato tante fatiche. Tanto più se si collega questa affermazione a quanto Lambert scrive in una lettera del 14 marzo 1771 a Johann Heinrich Tönnies, pubblicata nell'epistolario. In tale sede egli parla della caratteristica universale nei termini di un'utile utopia: "dovesse anche la caratteristica universale appartenere alla medesima classe della pietra filosofale o della quadratura del cerchio, perlomeno, al pari di queste, può indurre altre scoperte"[17].

Se Kant ha letto questa lettera deve avervi scorto qualcosa di simile a quanto lui stesso aveva scritto molti anni prima nella *Nova Dilucidatio*[18]. Ma ciò che deve averlo colpito maggiormente, di contro al riconoscimento della natura utopica della caratteristica universale, è che Lambert attribuisce così grande valore ad una eventuale teoria del

[15] Cfr. J.H. LAMBERT, *Deutscher gelehrter Briefwechsel*, Berlin 1782, in ID., *Philosophische Schriften*, Hildesheim 1965–, vol. IX.1, pp. 276-288.

[16] Cfr. J.H. LAMBERT, *Logische und philosophische Abhandlungen*, I, Berlin 1782, in ID., *Philosophische Schriften*, Hildesheim 1965–, vol. VI., 183-521, specialmente i frammenti intitolati: *Von der Erfindungskunst überhaupt* (Fragment XXI, 367-379); *Es geht mir hierum Licht auf* (Fragment XXVIII, 409–414); *Von Spuren*, (Fragment XXIX, 414-418); *Von Leitfäden* (Fragment XXX, 418-423); *Von glücklichen Einfällen* (Fragment XXXVIII, 456-461).

[17] LAMBERT, *Deutscher gelehrter Briefwechsel*, cit., p. 411.

[18] Cfr. CAPOZZI, *Kant e la logica*, cit., p. 217.

meditare, quale parte integrante della logica e quale autonoma fonte di giustificazione dell'utilità della logica medesima.

'Meditiren': i testi kantiani

Uno dei motivi per cui la meditazione è passata quasi inosservata negli studi su Kant è, ancora una volta, il fatto che a lungo la fonte principale delle dottrine logiche kantiane è stata la *Logik Jäsche* che dedica alla questione le poche righe che abbiamo citato. Sebbene in esse si parli di ricerche preliminari [*vorläufige Untersuchungen*], non vi si scorge l'uso della meditazione nella produzione di giudizi provvisori, ma addirittura sembra che *Meditiren* significhi 'pensare secondo un metodo' *dopo* che si sono fatte ricerche preliminari.

Certo, il meditare concerne anche un'ordinata disposizione dei risultati delle ricerche preliminari[19]. Tuttavia, lo scopo primario della meditazione è promuovere giudizi provvisori e, come vedremo, l'ordine è una parte essenziale del procedimento per raggiungere tale scopo. Già la *Logik Blomberg* afferma: "Meditare non vuol dire ricordarsi di una conoscenza che si è avuta, ma produrne di nuove, che non si sono ancora avute. Il meditare metodico evita che non ci si procuri materiali sufficienti al meditare"[20].

Testi più tardi chiariscono che la meditazione, come produzione di nuove conoscenze, è connessa ai giudizi provvisori. La *Wiener Logik* sostiene: "nel meditare [*beym meditiren*] dobbiamo giudicare provvisoriamente dove possa essere la verità"[21], e spiega:

> Si giudica previamente quando, prima di dare un giudizio determinato si hanno certe ragioni per indirizzare la propria ricerca

---

[19] Cfr. *Logik Pölitz*, AA 24: 601: "Nel meditare si devono fare indagini provvisorie [*vorläufige Untersuchungen*], annotarsele e poi portare ciò in ordine, il che costituisce il meditare. Deve accompagnare ogni leggere e apprendere".

[20] *Logik Blomberg*, AA 24: 293. Cfr. il testo quasi identico della *Logik Philippi*, AA24: 484: "meditare non vuol dire ricordare conoscenze che si sono avute, ma procurarne di nuove che non si sono ancora avute".

[21] *Wiener Logik*, AA 24: 862.

più sopra un oggetto che sopra un altro. Nei riguardi degli oggetti, cercando una futura conoscenza, io giudico qualcosa, col che posso elaborare poi un esperimento in materia. Prima di ogni invenzione deve pur essere intrapresa una ricerca. Infatti, non si trova nulla per puro caso, senza tracce e senza guida. – Non appena si medita su qualcosa, già ci si fa dei piani, la cui esecuzione è precorsa da un certo mezzo giudizio [*halbirtes Urtheil*] sulle proprietà che ancora devono essere trovate[22].

Kiesewetter riporta quella che evidentemente ritiene essere l'opinione di Kant sul meditare: "per ogni invenire intenzionale [*zu allem absichtlichen Erfinden*] si richiede *riflessione* [*Nachdenken*]. Se si riflette su un oggetto intenzionalmente e secondo leggi determinate, si dice che *si medita* [*man meditire*]"[23].

Persino la *Logik Jäsche*, che nel paragrafo della Dottrina del metodo non dice quasi nulla sulla natura euristica della meditazione, connette esplicitamente i giudizi provvisori alla meditazione quando introduce tali giudizi nel contesto della dottrina del tener per vero, al fine di chiarirne la funzione di guida:

i giudizi provvisori sono molto necessari, anzi indispensabili, per l'uso dell'intelletto in ogni meditazione e indagine [*bei allem Meditiren und Untersuchen*]. Infatti, essi servono a guidare l'intelletto nelle sue ricerche e a rendergli disponibili a tal fine vari mezzi.

Quando meditiamo su un oggetto dobbiamo sempre giudicare provvisoriamente e, per così dire, già subodorare la conoscenza che acquisiremo con la meditazione. E quando si è alla ricerca di invenzioni o scoperte bisogna sempre farsi un piano provvisorio,

---

[22] *Ibidem.*

[23] J.G.K.C. KIESEWETTER, *Grundriß einer allgemeinen Logik nach Kantischen Grundsätzen. Zum Gebrauch für Vorlesungen. Begleitet mit einer weitern Auseinandersetzung für diejenigen die keine Vorlesungen darüber hören können*, Berlin 1791-1796, riproduzione della 4. ed. della I Parte (Leipzig 1824) e della 3 ed. della II Parte (Leipzig 1825), Bruxelles 1973, II, p. 117.

altrimenti i pensieri vanno solo a caso. Perciò sotto il nome di giudizi provvisori si può pensare a massime per indagare su una cosa. Li si potrebbe anche chiamare anticipazioni, perché si anticipa il proprio giudizio su una cosa prima ancora di avere il giudizio determinante[24].

Nel passo appena citato non solo i giudizi che la *Logik Pölitz* qualifica come "*praevia, antecedentia*"[25] sono detti "*anticipazioni*", ma nelle righe successive si chiarisce che è persino possibile dare regole su come dovremmo giudicare provvisoriamente su un oggetto.

Meditare: *un metodo in più fasi*

L'attività del meditare è caratterizzata da Kant come un'attività complessa che richiede un forte impegno personale. Da questo punto di vista egli consente con Meier che, nel presentare il *meditiren*, chiama "meschina" l'occupazione di chi medita nel preparare una predica senza avere nella sua testa vuota alcun pensiero appropriato, riducendo così il meditare alla composizione di pensieri presi a prestito "da dieci raccolte di prediche [*aus zehn Postillen*]"[26]. L'uso fatto dai predicatori di *Postillen*, raccolte di prediche svolte, è menzionato da Wolff in parallelo alla deprecabile pratica degli architetti di servirsi di progetti altrui invece di progettare secondo il principio di ragione sufficiente, in base a un ideale di perfezione[27]. Kant condivide il biasimo per questo comportamento quando scrive in un suo appunto: "*falsches meditieren postillen mutuiren*"[28].

Se dunque consideriamo che 'meditazione' è un termine tecnico che riguarda un argomento da trattarsi nella Dottrina del metodo della

---

[24] *Logik Jäsche*, AA 9: 75.

[25] *Logik Pölitz*, AA 24: 577-8.

[26] G.F. MEIER, *Vernunftlehre*, Halle 1752, § 481.

[27] C. WOLFF, *Vernünfftige Gedancken von Gott, der Welt und der Seele des Menschen, auch allen Dingen überhaupt*, 11 ed. Frankfurt 1751 (1 ed. 1720), in ID., *Gesammelte Werke*, Hildesheim 1962 ss, I /2, § 247.

[28] R. 3392, AA 16: 811 (tra le più antiche *Reflexionen* kantiane).

logica, vediamo che Kant vi si riferisce come a un'attività complessa, costituita da più fasi che, secondo la nostra ricostruzione, si presentano nella seguente articolazione:

I.   una fase in cui si raccolgono i materiali per meditare;
II. una fase in cui si fissano i materiali a disposizione scrivendoli nella sequenza in cui li si è raccolti;
III. una fase in cui i materiali scritti in maniera sequenziale vengono distribuiti in classi;
IV. una fase in cui ci si fa un piano di ricerca, orientandolo verso un fine attraverso anticipazioni che ci consentano di non procedere alla cieca.

Già la *Logik Blomberg* reca tracce di questa articolazione del meditare, ma la serie completa, e soprattutto l'importanza che l'intera procedura assume, si possono riscontrare solo dal complesso delle lezioni logiche, specialmente quelle più tarde.

La prima fase del meditare: a) leggere per procurarsi materiali di meditazione mediante l'analisi linguistica

La *Logik Busolt* indica uno strumento specifico per promuovere la collezione di materiali su cui meditare: la lettura:

> Nel meditare si ha necessità di un oggetto, di conseguenza si devono raccogliere i materiali e questo avviene nel migliore dei modi mediante il pensiero tumultuoso. Per promuoverlo ulteriormente si leggano libri, specialmente quando si tratta di cose storiche o polemiche: ma del resto il pensiero altrui ci dà occasione di nuove idee e nuovi pensieri[29].

Qui non si è invitati a leggere la letteratura sull'argomento della ricerca, essendo scontato che si debba acquisire la competenza nel campo di ricerca in questione. L'invito di Kant alla lettura va

---

[29] *Logik Busolt*, AA 24: 685.

interpretato alla luce del riferimento della *Logik Busolt* al fatto che Lambert cercava di trovare nuove idee leggendo *lessici*:

> Lambert usava *lexica* e andava in cerca di sinonimi, analogie ecc. ecc., e in tal modo si ottiene la molteplicità[30].

Da quanto si è già visto non meraviglia che un corso kantiano di lezioni logiche connetta il nome di Lambert al *Meditiren*. Per la questione dell'uso dei lessici da parte di Lambert al fine della raccolta di materiali per la meditazione, una fonte plausibile è l'elogio di Lambert scritto da Eberhard come prefazione alla *Pyrometrie* lambertiana, e ripubblicato nel 1787 nel secondo volume delle *Logische und philosophische Abhandlungen* lambertiane. Qui è menzionato il metodo usato da Lambert e se ne elencano tre momenti. Lambert: 1) cerca un concetto nel particolare, persino nell'uso linguistico comune della parola che lo designa, 2) inizia dal sensibile, anche nel caso di concetti trascendentali che potrebbero esse contemplati nell'extrasensibile, 3) "indaga sovente l'etimologia di una parola per trovare un concetto che è già diventato trascendentale essendo esso in realtà inviluppato nel significato originario della parola, nel particolare e sensibile"[31].

Non è casuale che tanta importanza sia assegnata all'indagine sulle parole e alle suggestioni che ne possono nascere al fine di quella riflessione intenzionale che è il meditare. Già Meier collegava il meditare all'analisi linguistica:

> riflettendo su una cosa in maniera erudita, siamo spesso più coscienti delle parole che delle cose stesse: e già gli antichi hanno detto che il meditare non è altro che un discorso segreto che facciamo con noi stessi[32].

---

[30] *Logik Busolt*, AA 24: 685.

[31] Cfr. J.A. EBERHARD, *Über Lamberts Verdienste um die theoretische Philosophie*, in LAMBERT, *Logische und philosophische Abhandlungen*, vol. II (1787), riprod. in ID., *Philosophische Schriften*, cit., vol. VII, p. 345.

[32] MEIER, *Vernunftlehre*, cit., § 267.

Questa affermazione di Meier – che è una fonte di Lambert[33] – potrebbe di per sé chiarire come mai l'indagine lessicale ed etimologica possa essere uno strumento principe della meditazione, sebbene Meier ammetta teoricamente la possibilità di concetti privi di segno linguistico, ancorché di breve durata e privi di contorni precisi:

l'esperienza ci insegna che nel nostro meditare [*Meditiren*] noi pensiamo tutta la nostra conoscenza erudita mediante le parole. Se dunque nascesse in noi un concetto al quale non congiungessimo alcun segno nel pensiero, esso non durerebbe a lungo nel pensiero, e non saremmo in condizione di pensarlo distintamente e di differenziarlo sufficientemente da altri concetti[34].

Per Kant, che ha reso pensiero e linguaggio intrinsecamente connessi, escludendo la possibilità di un pensiero non linguistico, il fatto che la meditazione si serva dell'analisi e dello studio delle parole è scontato al punto da non menzionarlo, ma non al punto da non richiamare l'esempio di Lambert che più di altri se ne era servito, a suo parere soprattutto nella raccolta del materiale. Del resto, già nella *Logik Philippi* possiamo leggere:

Per quanto concerne il meditare stesso, certamente si deve esservi inclinati dalla natura; tuttavia si incomincia a meditare se, sotto le parole, ci si esercita a rappresentare cose come presenti nell'immaginazione; se, per così dire, si diventa internamente coscienti di che cosa significano le parole e se si fa attenzione a ciò che accade in noi[35].

Kant sostiene che il linguaggio si è adeguato alla speculazione, e al tempo stesso l'ha favorita, quando gli esseri umani hanno imparato a separare i concetti dalle immagini. Ricordiamo l'affermazione della *Logik Dohna-Wundlacken*: "i primi filosofi erano poeti. Occorreva

---

[33] Cfr. CAPOZZI, *Kant e la* logica, cit., p. 98.
[34] MEIER, *Vernunftlehre*, cit., § 492.
[35] *Logik Philippi*, AA 24: 484.

tempo, infatti, per trovare parole per concetti astratti, perciò all'inizio si rappresentarono pensieri sovrasensibili [*übersinnliche Gedanken*] con immagini sensibili [*unter sinnlichen Bildern*]"[36].

Nel saggio sull'orientarsi nel pensare del 1786 Kant sembra riferirsi proprio a questo procedimento quando dice che un concetto puro si costituisce attraverso l'eliminazione di ogni collegamento possa avere avuto con un'immagine [*Bild*]. Otteniamo questo risultato per gradi: dapprima eliminiamo la commistione "della percezione contingente [*zufällige Wahrnehmung*] dei sensi", poi "addirittura la pura intuizione sensibile in generale"[37]. Quando ciò sia avvenuto riconosciamo che eravamo solo abituati a rappresentarci quelli che la *Logik Dohna-Wundlacken* chiama "pensieri soprasensibili" sotto immagini sensibili: in questa maniera ci accorgiamo di avere concetti che non sono derivati dall'esperienza.

Concetti di questo genere (a parte le idee di ragione) sono ovviamente le categorie. Di qui il problema della loro origine e numero, problema che Kant affronta nella deduzione metafisica della *KrV*, collegando le categorie alle forme dei giudizi di cui si occupa la logica generale pura. Questa soluzione, che richiede che la logica pura sia completa e non sia fondata sulla psicologia empirica né sulla metafisica, richiede anche una giustificazione della pretesa che le categorie siano condizioni dell'esperienza possibile. Tale giustificazione riposa, infine, sulle prove dei principi dell'intelletto puro fornite da Kant sulla base delle dottrine dello spazio e del tempo nell'Estetica trascendentale e dello schematismo nell'Analitica trascendentale.

Tuttavia Kant osserva che alcune "rappresentazioni *figurate* [*bildliche Vorstellungen*]" aderiscono persino ai concetti più astratti e queste rappresentazioni figurate residue sono utili – in qualche modo

---

[36] *Logik Dohna-Wundlacken*, AA 24: 699.

[37] Cfr. *Was heißt: Sich im Denken orientieren?*, AA 8: 133, trad. it., *Che cosa significa:orientarsi nel pensare?*, in I. KANT, *Questioni di confine*, a cura di F. Desideri, Genova 1990, p. 3.

sono *intenzionalmente* utili –[38] quando compiamo qualche operazione concreta dell'intelletto [*concrete Verstandeshandlung*], per esempio nella comune pratica linguistica in cui le immagini sono mescolate ai concetti.

In ciò concorda la terza *Critica*, in cui Kant sostiene che noi siamo soliti "rendere sensibili" i nostri concetti mediante un'esibizione [*Darstellung, exhibitio*], cioè una "ipotiposi" o "*subjectio sub adspectum*", aggiungendo che questa esibizione può essere o diretta, mediante uno schema, o indiretta, mediante un simbolo"[39]. Che cosa sia un'esibizione indiretta Kant lo spiega con esempi linguistici, con un riferimento alle etimologie:

La nostra lingua è piena di queste esibizioni [*Darstellungen*], indirette, fondate sull'analogia, in cui l'espressione non contiene lo schema proprio del concetto, ma soltanto un simbolo per la riflessione. Tali sono le parole fondamento (appoggio, base), dipendere (essere tenuto dall'alto), derivare da qualche cosa invece di seguire), sostanza (il sostegno degli accidenti, come dice Locke), ed innumerevoli altre ipotiposi non schematiche, ma simboliche, ed altre espressioni che designano concetti, non mediante intuizioni dirette, ma soltanto secondo l'analogia con queste, cioè col trasferimento della riflessione su di un oggetto dell'intuizione ad un concetto del tutto diverso, al quale forse non potrà mai corrispondere direttamente un'intuizione[40].

Uno degli esempi discussi in questo passo è la parola 'sostanza'. Il concetto di sostanza è una categoria, un concetto astratto, anzi un "pensiero soprasensibile" non derivato dall'esperienza, né dalla percezione sensibile, né dall'intuizione pura. La categoria della

---

[38] Cfr. *Was heißt: Sich im Denken orientieren?* AA 8: 133, trad. cit., p. 3: "la peculiare destinazione delle rappresentazioni figurate è di rendere idonei *all'uso empirico* [*zum Erfahrungsgebrauche*]".

[39] *Kritik der Urtheilskraft* (*KdU*), § 59, AA 5: 351, trad. it. a cura di A. Gargiulo, riv. V. Verra, *Critica del Giudizio*, Bari 1972, p. 215.

[40] *KdU*, § 59, AA 5: 352-3, trad. cit., pp. 216-217.

sostanza può essere considerata una delle condizioni dell'esperienza possibile grazie allo schema trascendentale (la permanenza) che – come accade con gli schemi trascendentali – "non può mai essere portata in un'immagine [*in gar kein Bild gebracht werden kann*]»[41]. Tuttavia, ad un altro livello (quello delle operazioni concrete dell'intelletto), non solo possiamo dare, ma di fatto diamo, un'esibizione indiretta simbolica della parola 'sostanza' attraverso una rappresentazione per immagini fornita dall'etimologia della parola: esibiamo la sostanza come un supporto (degli accidenti).

La distinzione tra un autentico schema e un simbolo, che è un'esibizione indiretta attraverso uno schematismo analogico, è fondamentale[42]. Kant vi fa appello contro quei filosofi che ritenevano il pensare analogico, le metafore, i sottintesi, come sostituti del dovere filosofico di render conto della verità. Ma, una volta che si sono tracciati i contorni dell'isola della verità[43], dobbiamo accettare il fatto che nel salire dal sensibile al soprasensibile gli agenti conoscitivi umani hanno bisogno di rendere comprensibile un concetto attraverso l'analogia con qualcosa tratto dai sensi[44], cioè mediante qualche "esempio tratto da qualche esperienza possibile"[45], indipendentemente dalla questione della verità.

Le esibizioni indirette, frequenti nella pratica linguistica specialmente quando abbiamo a che fare con parole astratte, sono usate spesso quando si medita. Secondo il passo della *Logik Philippi* sopra citato iniziamo a meditare quando: 1) spostiamo l'attenzione dalle parole alle cose che stanno "sotto le parole", 2) rappresentiamo tali cose come se fossero presenti all'immaginazione, e 3) osserviamo che cosa accade in noi. Scopo di tale procedimento è suggerire possibili analogie capaci di una funzione *euristica*. Se abbiamo un

---

[41] *KrV*, A 142/B 181.

[42] Cfr. *Die Religion innerhalb der Grenzen der bloßen Vernunft*, AA 6: 65 nota, trad. it. di A. Poggi, riv. da M.M. Olivetti, *La religione nei limiti della semplice ragione*, Roma-Bari: Laterza, 1980, p. 68 nota.

[43] Cfr. *KrV,* A 235/B 245.

[44] Cfr. *Die Religion* AA 6: 65 nota, trad. cit., p. 68 nota.

[45] Cfr. *Was heißt: Sich im Denken orientieren?*, AA 8: 133, trad. cit., p. 3.

concetto molto lontano dall'esperienza o persino non derivato dall'esperienza, non possiamo riflettere sulle cose che stanno sotto la parola che lo designa, ma (a parte la questione di fornirgli uno schema trascendentale, come accade con le categorie), possiamo esibirlo analogicamente prendendo a prestito tali 'cose' da un concetto più concreto, che spesso troviamo grazie a un'analisi etimologica. Ciò concorda con quel che Kant afferma nel saggio sull'orientamento del 1786 perché, analizzando l'etimologia della parola associata a un concetto astratto, rovesciamo il procedimento seguito per ottenerlo e cerchiamo consapevolmente di ritrovare il *Bild* che abbiamo separato dal concetto astratto, e i cui residui già ci aiutano a eseguire operazioni concrete dell'intelletto, come accade nella nostra pratica linguistica.

Questo era lo scopo dello studio delle etimologie fatto da Lambert: tornare a "ciò che è particolare e sensibile" rispetto ai concetti che "sono diventati trascendentali". Quanto a Kant, deve essere chiaro che il *Bild* che rintracciamo non corrisponde al concetto astratto direttamente, ma è una rappresentazione analogica, particolarmente utile perché è connessa alla 'storia' del concetto e asseconda il bisogno di agenti conoscitivi umani di aiutarsi con esibizioni sensibili. Proprio per questo le etimologie non devono essere usate come se fossero qualcosa di più di una fonte di analogie. Per esempio, Kant osserva in una *Reflexion* che l'esibizione indiretta di 'sostanza' attraverso l'analogia con 'supporto' suggerita dalla sua analisi etimologica, non solo non sostituisce lo schema trascendentale della categoria di sostanza (la permanenza), ma può persino essere fuorviante perché può erroneamente farci pensare che la sostanza possa essere considerata indipendentemente dagli accidenti[46].

L'indagine delle etimologie non è limitata alle categorie, né è il solo modo di esibire concetti mediante simboli. Per esempio, possiamo rappresentare uno stato monarchico mediante l'analogia con un corpo vivente quando è governato da leggi costituzionali, e

---

[46] Cfr. R. 5861 (1783-1784), AA 18: 371: "Der sinnliche begrif der sustentation (der Träger) ist Misverstand. Accidentien sind nur die Art zu existiren der substantz nach dem Positiven".

mediante l'analogia con una mera macchina (come un mulino) quando è governato da una volontà individuale assoluta[47]. Quel che è certo è che l'euristica trae profitto dallo studio delle parole. Ciò spiega (e nello stesso tempo è confermato da) un passo del saggio sull'orientamento. Riferendosi all'uso di concetti astratti nell'esperienza mediante rappresentazioni legate a immagini che continuano ad aderire loro (o reso esplicito attraverso un'analisi delle loro etimologie), Kant afferma: "qualche metodo *euristico* [*heuristische Methode*] di pensare forse giace nascosto nell'uso esperienziale del nostro intelletto e ragione, che, se capissimo come estrarlo attentamente da quella esperienza, potrebbe arricchire la filosofia con molte massime utili persino nel pensare astratto"[48].

La prima fase del meditare: b) leggere per procurarsi materiali di meditazione mediante digressioni

La raccomandazione di leggere non concerne solo la consultazione di lessici allo scopo dell'analisi linguistica. Kant raccomanda anche di leggere libri di argomento diverso da quello sul quale si sta indagando.

Il primo fine del fare digressioni nasce dalla convinzione di Kant che: "è bene se si alterna il meditare con altre scienze che sono ricreative"[49] Secondo la *Logik Blomberg*, si dovrebbero leggere libri di contenuto speculativo di mattina e di sera, e leggere libri di storia nel mezzo della giornata[50]. Indicazioni simili, di carattere autobiografico sono contenute in una lettera a Marcus Herz[51].

---

[47] *KdU*, § 59, AA 5: 352, trad. cit., p. 216.

[48] Cfr. *Was heißt: Sich im Denken orientieren?*, AA 8: 133, trad. cit., p. 3.

[49] *Logik Philippi*, AA 24: 484.

[50] *Logik Blomberg*, AA 24: 300.

[51] Nella lettera a Herz del 21 febbraio 1772, AA 10: 132, trad. it. (modificata) in I. KANT, *Epistolario filosofico 1761-1800*, a cura di O. Meo, Genova 1990, p. 69, Kant sottolinea la necessità di non distrarsi quando si fanno indagini delicate, ma poi aggiunge: "nei momenti di tranquillità o anche di felicità, l'animo dev'essere sempre ed ininterrottamente aperto a qualsiasi osservazione contingente [*zufällige*]

Il secondo, e principale, fine di queste digressioni emerge dal passo seguente della *Logik Busolt*:

> Poiché però la nostra immaginazione una volta che è portata su un tragitto, non lo abbandona; così, affinché non si osservi sempre l'oggetto solo da un punto di vista, ci si deve sforzare di staccarsi di frequente, di leggere libri di tutt'altra materia, e di fare per così dire una diversione[52].

Ciò significa che la meditazione euristica è agevolata dal pensiero "tumultuoso" risultante dal leggere libri su (o semplicemente dal pensare a) cose diverse dal tema della nostra ricerca. A rigore, il pensiero tumultuoso è pensare *senza metodo* e la meditazione segue una fase di pensieri disordinati e eterogenei. Secondo la *Logik Hechsel*:

> Meditare non significa semplicemente escogitare qualcosa, ma anche un riflettere. Tutto il pensare avviene tumultuosamente,

che gli si possa presentare, ma non deve affaticarsi. Le stimolazioni e le distrazioni debbono mantenere le sue forze in quell'elasticità e mobilità grazie alle quali si è posti in condizione di esaminare sempre l'oggetto da altri lati e di estendere il proprio cerchio visivo [*Gesichtskreis*] da un'osservazione microscopica ad una prospettiva generale, in modo che, prendendo tutti i punti di vista immaginabili, ciascuno verifichi alternativamente il giudizio ottico [*optische Urtheil*] dell'altro". Indicazioni analoghe, di tono autobiografico, si trovano in un progetto di lettera a Marcus Herz successivo all'11 maggio 1781, AA 10: 270, trad. cit., p. 106: "Da quattro anni, da quando cioè ho trovato che studiare al pomeriggio (ma specialmente la sera) e perfino leggere assiduamente libri leggeri non si accorda affatto con la mia salute, sebbene sia in casa tutte le sere, mi intrattengo, ma mai in modo pressante, solo con letture leggere, interrompendole con frequenti pause e con una distaccata riflessione [*Nachdenken*] sugli argomenti, così come essi si presentano senza che li abbia cercati [*ungesucht*]. Per contro, la mattina, dopo una notte di riposo, mi impegno fino a stancarmi nella riflessione [*Nachdenken*] e nello scrivere".

[52] *Logik Busolt*, AA 24: 685

ma poi devo meditare con riflessione. Nel meditare si procede prima tumultuosamente, in seguito quando si è riflettuto su qualcosa, così si porta ordine e connessione insieme, e così nasce un intero universale e completo[53].

Tuttavia il pensiero metodico presuppone il pensiero tumultuoso e anzi ne ha persino bisogno. Per questo motivo, in una strategia della meditazione, il pensiero tumultuoso deve essere promosso, come sostiene la *Logik Dohna-Wundlacken*:

> Si può pensare tumultuosamente e metodicamente. Quest'ultimo, quando vogliamo produrre una conoscenza, si dice meditare. Ma prima di pensare metodicamente, si deve sempre pensare anche tumultuosamente, girovagare [*umherschweifen*] per cercare tutto ciò che qui compete[54].

A tale proposito la *Logik Busolt* osserva: "nel concepire è consentito il tumultuario, ed è vantaggioso; poiché ci si guarda attorno, per così dire, del tutto liberamente nel campo degli oggetti; per contro, il metodo ci pone dei limiti nella trattazione: infatti il tumultuario serve alla molteplicità, il metodo all'unità"[55]. Dunque il pensare tumultuosamente ha una funzione positiva ai fini dell'euristica ed occorre favorirlo attraverso diversioni in campi tematici irrelati all'oggetto della ricerca. Sempre la *Logik Busolt*,

---

[53] *Logik Hechsel*, in I. KANT, *Logik-Vorlesung: unveröffentlichte Nachschriften* II, *Logik Hechsel; Warschauer Logik*, a cura di Pinder, Hamburg 1998, ms. 117, p. 496 (accolta la correzione del curatore).

[54] *Logik Dohna-Wundlacken*, AA 24: 780. In AA 15: 62, "*Gedanken herumschweifen*" è commentato in parentesi tonde con "*dissipirt*". Ora l'*Anthropologie*, § 47, AA 7: 205, trad. cit., p. 94, dopo aver differenziato l'astrazione dalla distrazione, distingue in quest'ultima due tipi, che chiama "*Dissipation*" e "*Abwesenheit*": la prima è "vorsetzlich", la seconda è "unwillkürliche". In AA 15: 61, Kant scrive che la "*dissipatio*" o "*Zerstreuung*" è positiva e resta nell'animo "dopo un grande tumulto di sensazioni".

[55] *Logik Busolt*, AA 24: 682.

adoperando la sorprendente espressione "meditazione tumultuosa", la descrive come "una sorta di vagare" che ha luogo quando abbandoniamo il sentiero della ricerca intrapresa e, senza porci freni, "saccheggiamo da ogni regione"[56].

Per Kant il pensiero tumultuoso è un meccanismo psicologico simile a una tecnica di *brainstorming*. Sotto questo profilo le indicazioni sulle ore migliori per fare digressioni non concernono più le condizioni migliori per ricrearsi negli intervalli delle fatiche della meditazione, ma secondo la *Logik Busolt*, le condizioni migliori per raccoglier il materiale su cui meditare:

> Il mattino si devono mettere in ordine i materiali per un sistema, al contrario la sera si devono raccogliere i materiali: perché la sera l'immaginazione per così dire fantastica [*herumschwärmt*] occupata con molti oggetti, invece il mattino è, per così dire, sotto il controllo della ragione[57].

In conclusione, la prima fase della meditazione apre la via alla scoperta. L'analisi delle parole, come pure le digressioni in campi irrelati, procura materiali da usare soprattutto come fonte di possibili analogie nel proseguire della nostra procedura di ricerca.

La seconda fase del meditare: scrivere

Prima di cercare di elaborare i materiali che abbiamo raccolto, è bene fissarli, per impedire che lascino la nostra mente con la stessa rapidità con cui vi sono entrati. A questo provvede la seconda fase della meditazione: scrivere.

Nel fare una rassegna dei mezzi per aiutare la memoria, Kant menziona il detto platonico che l'arte della scrittura ha screditato la memoria. Egli concede che in ciò c'è del vero, perché l'uomo comune ha una buona memoria mentre lo studioso, che ha la possibilità di scrivere, tende a essere smemorato, ma riconosce anche che è:

---

[56] *Logik Busolt*, AA 24: 684.

[57] *Logik Busolt*, AA 24: 685

una grande comodità l'essere sicuri di potere, per mezzo di un taccuino tascabile, ritrovare esattamente e senza sforzo quanto si deposita nella mente per conservarlo, e la scrittura rimane così un'arte importante perché quand'anche essa non fosse usata per la comunicazione del proprio sapere ad altri, essa tuttavia tiene il posto della memoria più estesa e fedele, la cui mancanza può sostituire[58].

Dunque la scrittura trattiene i contenuti del pensiero, trattiene "quanto si deposita nella mente" specialmente quando si tratti di un pensiero disordinato e tumultuoso, acquisito da varie fonti e con vari mezzi.

Nella lettera del 3 febbraio 1766 Lambert spiega a Kant che nel suo metodo d'indagine: "per prima cosa scrivo in brevi frasi qualsiasi cosa mi viene in mente su un argomento, e esattamente nell'ordine in cui mi viene in mente [*über die Sache einfällt*], sia essa chiara di per sé [*für sich klar*] o congetturale o dubbiosa o persino parzialmente contraddittoria"[59]. Il consiglio di scrivere i propri pensieri occasionali nel processo della scoperta non è originale. Lo troviamo nella famosa *Medicina mentis* Tschirnhaus, libro posseduto da Kant[60] e lodato nella *Logik Busolt*[61]: "se buoni pensieri ci sovvengono (cosa che accade spesso senza sperarlo nel mezzo di una conversazione con altri, quando non stiamo nemmeno pensando all'acquisizione della verità), scriviamoli giorno per giorno e nell'ordine in cui ci imbattiamo in essi"[62].

[58] *Anthropologie*, § 34, AA 184, trad. cit., p. 71.

[59] AA 10: 63.

[60] Cfr. A WARDA, *Immanuel Kants Bücher*, Berlin 1922, p. 30.

[61] *Logik Busolt*, AA 24: 613: "Von Tschirnhausen scrisse *Medicina mentis et corporis mathematice illustratur*, che è molto da raccomandare".

[62] Cfr. E.W. VON TSCHIRNHAUS, *Medicina mentis, sive artis inveniendi praecepta generalia* (1. ed. 1687), riproduzione della 2 ed., Leipzig (con una Introduzione di W. Risse), Hildesheim 1964, p. 235.

Non che la scrittura produca l'ordine in senso proprio. Lo dice già la *Logik Blomberg* che raccomanda di scrivere "tutti i pensieri così come vengono, senza ordine", e poche righe più oltre ripete che dopo il pensiero tumultuoso "si annotano tutti i pensieri senza ordine"[63]. La *Logik Philippi*, che in questa parte del testo ha molto in comune con la *Logik Blomberg*, conferma che dopo una fase di pensiero tumultuoso, "si comincia a scrivere i pensieri come li si ha, senza ordine"[64]. L'ordine che procura lo scrivere è un primo ordinamento, puramente sequenziale, dei pensieri.

Ciò significa che Kant, da un lato, concepisce l'ordine nel senso autentico del termine come irriducibile all'ordinamento dei pensieri nella sequenza in cui ci è capitato di pensarli, dall'altro lato considera la scrittura una fase non solo non banale, ma addirittura irrinunciabile nel processo della riflessione intenzionale. Infatti, i pensieri fluiscono necessariamente in una dimensione temporale ma, una volta scritti, acquistano una dimensione *spaziale* che rende possibile considerarli come 'cose', che, senza affaticamento della memoria, possiamo disporre secondo qualsiasi ordine decidiamo di imporre loro.

La terza fase del meditare: catalogare. Il ritorno della topica.

La *Logik Blomberg* introduce alla fase della catalogazione prescrivendo: "si inizi a coordinare e poi a subordinare[65]. Il coordinare e il subordinare, sono le autentiche attività ordinatrici[66]. Tuttavia nelle lezioni logiche più tarde l'ordine non è mera coordinazione e subordinazione di pensieri scritti, ma è l'esito di una classificazione secondo *titoli*. Nell'uso di Kant, e nella letteratura logica dell'*aetas kantiana*, "titolo [*Titel*]" è un luogo della topica. Kiesewetter non solo parla di titoli della topica, ma associa esplicitamente la topica al meditare:

---

[63] *Logik Blomberg*, AA 24: 293.

[64] *Logik Philippi*, AA 24: 484.

[65] *Logik Blomberg*, AA 24: 293. Cfr. *Logik Philippi*, AA 24: 484.

[66] Cfr. *Logik Philippi*, AA 24: 484.

Con *topica universale* si intende la scienza dei punti di vista, dai quali si può trattare ogni oggetto, ordinare il meditare su di esso e così sviscerare l'oggetto. I punti di vista particolari dai quali la topica ci insegna a trattare un oggetto nel meditare, si chiamano *titoli della topica* (*loci topici*)[67].

La *Logik* non si occupa della topica. Invece i quaderni di lezioni logiche kantiane più recenti, e solo essi[68], presentano una sorta d'appendice alla Dottrina degli elementi dedicata alla topica, un'appendice non motivata dal commento al manuale di Meier, che della topica non parla in sede logica.

I lettori della *KrV* potrebbero meravigliarsi di questa apertura di Kant alla topica. Infatti, nella prima Critica afferma:

> può essere detto l u o g o l o g i c o qualsiasi concetto e qualsiasi titolo sotto cui rientrino molte conoscenze. Qui trova il suo fondamento la t o p i c a l o g i c a di A r i s t o t e l e, da cui poterono trar vantaggio maestri e oratori per ricercare, fra certi titoli del pensiero, che cosa si addicesse meglio alla materia da trattare e per disquisire o far chiacchiere sulla cosa con una certa apparenza di fondatezza[69].

Se esaminiamo le *Reflexionen* logiche troviamo sull'argomento la R 3320:

> ([s] *Locus communis*: luogo comune.)
> *De locis* o *topica. Loci sunt argumentorum generalia capita aut generum nomina, sub quibus reperiuntur. Loci grammatici: ab Etymologia. 2. Logici. a definitione, a genere et specie, ab oppositis. 3. Metaphysici: a toto ad partes, axiomata de causis*

---

[67] KIESEWETTER, *Grundriß*, cit., II (Weitere Auseinandersetzung del § 33), pp. 117-118.

[68] Questo argomento non viene trattato né nella *Logik Blomberg*, né nella *Logik Philippi*, né nel testo-base della *Logik Bauch*. Cfr. CAPOZZI, *Kant e la logica*, cit., p. 279.

[69] *KrV*, A 268-9/B 324-5.

efficientibus. 4. *Ethici: fines ultimi, decorum et honestum, item in quaestionibus facti.* 5. *Physici: a finibus naturae*[70].

Questa *Reflexion* è scritta da Kant a commento della sezione sul metodo del manuale meieriano. La topica è un argomento che Kant *aggiunge* alla trattazione meieriana e che egli intende, piuttosto che come un'appendice alla *Elementarlehre* (quale appare nelle *Vorlesungen* logiche), come un'integrazione della *Methodenlehre* della logica.

La critica della topica è correlata alla critica dell'*ars disputatoria* e della retorica. Infatti, nella retorica i *topoi* erano nozioni comuni a cui rivolgersi per trovare quel che è disponibile nel magazzino della conoscenza allo scopo di parlare su qualsiasi argomento. Kant rimprovera i retori perché usano la topica come strumento per persuadere un uditorio e prevalere in una disputa persino trascurando la verità. A suo parere, inoltre, quest'uso della topica non solo si basa sui pregiudizi, ma persino li incoraggia.

Nelle lezioni logiche del periodo vicino alla prima edizione della *KrV*, la topica gode di una sorta di riabilitazione che può essere correlata, ancora una volta, a Lambert, il cui saggio *De Topicis Schediasma*, pubblicato originariamente nel 1768, era stato incluso nel volume pubblicato nel 1787 dell'edizione postuma delle sue opere.[71] Lo stesso volume contiene il sopra citato *Elogium* di Eberhard, che sottolinea l'importanza del *De Topicis Schediasma* e osserva che già Leibniz aveva considerato la topica "un buon ausilio della meditazione [*ein gutes Hülfsmittel des Meditirens*]"[72]. Inoltre l'epistolario di Lambert, pubblicato nel 1782 e ben noto a Kant, offriva letture interessanti sulla topica, in particolare una lettera a Lambert in cui Holland, riferendosi al *De topicis Schediasma*, fa notare che Bacone aveva fatto una distinzione fra una *topica*

---

[70] AA 16: 779 (metà anni 60-seconda metà anni 70). L'aggiunta iniziale in parentesi tonde risalirebbe agli anni 1772-78 o 1769-70.

[71] Cfr. J.H. LAMBERT, *De Topicis Schediasma*, «Acta Eruditorum», 1768, in ID., *Logische und philosophische Abhandlungen*, II, cit., pp, 269-294.

[72] EBERHARD, *Über Lamberts Verdienste*, cit., p. 343.

promtuaria, costituita da una congerie di *loci communes*, e una *topica inventiva* che, nella sua parte generale, doveva essere usata non solo *ad disputandum* ma anche *ad inquirendum* e, nella sua parte speciale, era considerata da Bacone un *desideratum* che avrebbe trovato applicazione in questioni particolari[73].

La riabilitazione della topica effettuata da Kant risulta chiaramente dal fatto che nelle sue lezioni viene considerata molto di più che un aiuto alla memoria[74]. In tale contesto, la topica è detta essere "una guida incomparabile alla riflessione nelle scienze"[75] perché, come abbiamo visto in Kiesewetter, se troviamo un oggetto di indagine sotto titoli differenti possiamo meditare su di esso da diversi punti di vista, secondo la definizione dei "*loci logici*" data da Lambert, appunto "tutti i punti di vista [*Absichten*] da cui può essere trattato un oggetto [*Gegenstand*]"[76] Per esempio, dice la *Logik Pölitz*, "posso assegnare alla virtù, quale mezzo per raggiungere la felicità, un luogo politico, ma anche un luogo morale"[77]. Parimenti, leggiamo nella *Logik Hechsel*: "conosco il movimento come qualcosa che appartiene alla scienza della natura, ma lo conosco anche in quanto appartiene alla metafisica nei suoi effetti, e questo allora è il luogo metafisico del moto"[78]. La presenza della virtù sotto un titolo morale e uno politico, e del movimento sotto un titolo scientifico e uno metafisico, ci fa guardare alla virtù e al movimento da prospettive inusitate e feconde.

Il valore euristico della topica non sta nella mera capacità di suggerire somiglianze per possibili analogie, come accade nella fase

---

[73] Lettera di Holland a Lambert (19 Marzo 1769), in LAMBERT, *Deutscher gelehrter Briefwechsel*, cit., pp. 319-20.

[74] Cfr. *Anthropologie*, § 34, AA 7, 184, trad. cit., p. 70.

[75] *Logik Pölitz*, AA 24: 596.

[76] J.H. LAMBERT, *Logische Topik*, in ID. *Logische und philosophische Abhandlungen*, I, cit., p. 517.

[77] *Logik Pölitz*, AA 24: 596. Cfr. pure *Logik Hechsel*, cit., ms. 114, pp. 486-487: "si dà alla virtù un luogo nella politica come a una dottrina della prudenza, in morale [*Moral*] come una dottrina della moralità [*Sittenlehre*]".

[78] *Logik Hechsel*, ms. 113, p. 486.

della meditazione in cui raccogliamo materiali. Nella fase della meditazione dedicata all'ordine disponiamo tali materiali in una griglia intellettuale di nostra scelta, i cui titoli riflettono la nostra competenza in certi campi del conoscere.

Questa è una guida notevole per le nostre ricerche *intenzionali*. Per esempio, se dobbiamo risolvere un problema riguardante la virtù in una prospettiva morale, e (magari grazie a una digressione) abbiamo ottenuto una nuova prospettiva da cui considerarla, il fatto che possiamo classificare questa nuova prospettiva sotto un certo titolo all'interno di un magazzino organizzato di conoscenze, ad esempio il titolo della politica, ci consente di comprendere il senso di questa nuova prospettiva e di usarla per risolvere il nostro problema. Infatti, ora siamo in grado di mutuare il modello della virtù dal campo della politica per estrarne analogicamente informazione da usare nel campo della morale, così che l'analogia deriva la sua capacità euristica dalla differenza fra i due campi, e tuttavia è solo perché l'ordine ci rende consapevoli delle differenze fra i due campi che usiamo l'analogia 'con metodo' e non a caso. In questo modo, sulla base dell'analogia, otteniamo un supporto razionale nel progredire alla fase successiva della meditazione, cioè la fase in cui proponiamo un giudizio provvisorio (un'ipotesi) finalizzato alla soluzione del nostro problema[79]. Sotto questo aspetto l'ordine è l'autentico inizio del pensare metodico: esso aiuta a produrre un giudizio provvisorio dotato di qualche verosimiglianza. Questo è quel che Kant intende quando scrive nella R. 2595: "*verisimilitudo* dà il fondamento per un giudizio provvisorio"[80].

Deve esser chiaro che, se la topica deve avere questa importante funzione nell'orientare la nostra ricerca, non deve essere vista come se consistesse di un numero fisso di argomenti, contrariamente agli

---

[79] Le *Vorlesungen über philosophische Enzyklopädie*, AA 29: 24, fanno riferimento all'uso di punti di vista multipli senza una connessione esplicita all'invenzione, ma solo come un mezzo per accertarsi della completezza di una ricerca: si dovrebbe guardare a un oggetto da prospettive diverse e giudicare solo provvisoriamente circa quell'oggetto finché la serie di tutte le prospettive possibili sia completata.

[80] AA 16: 434 (1769-75).

insegnamenti dei trattati tradizionali. Come afferma la *KrV*, "può essere detto luogo logico qualsiasi concetto e qualsiasi titolo sotto cui rientrino molte conoscenze" [81]: questo non è necessariamente un difetto, se intendiamo la topica come consistente in una pluralità flessibile di punti di vista. Anzi, una "vera topica", dice la *Logik Pölitz*, sarebbe una guida incomparabile alla riflessione a patto di non restringersi a un'enumerazione, presuntamente completa, di temi[82]. In altri termini, la topica sarebbe davvero parte di una procedura euristica se differisse non solo dalla topica retorica, mirante alla persuasione e erroneamente ritenuta completa, ma fosse un ausilio flessibile e aperto alla ricerca. Certo, non si tratterebbe di uno strumento infallibile, ma sarebbe utile e valido in ogni campo della conoscenza.

La quarta fase del meditare. Farsi un piano di ricerca mediante anticipazioni. I giudizi provvisori

I giudizi provvisori possono ora essere considerati entro la cornice di un metodo e non devono essere interamente ascritti alla fortuna e al talento.

Naturalmente la fortuna non può essere esclusa nella scoperta, come non può esserlo nella vita. Nella R. 4997 Kant scrive: "per procedere secondo un filo conduttore sono necessarie solo diligenza e attenzione. Ma per trovare proprio quel filo conduttore [...] è

---

[81] *KrV*, A 268-9/B 324-5.

[82] *Logik Pölitz*, AA 24: 596: "Desideriamo ora dire ancora qualcosa della topica cui ha dato corso Aristotele. Quando qualcuno vuol riflettere su una cosa deve sapere a quale scienza appartiene. In questo vi sono capitoli [*Haupttheile*] cui questo o quello appartiene come alla propria sede [...] Una tale vera topica, cui però non appartiene la mera enumerazione dei temi, sarebbe una guida incomparabile al riflettere nelle scienze". La *Logik Busolt*, AA 24: 681, insiste: "I *Topica* di Aristotele non erano altro che una recensione di tutti i titoli e *argumentae* [*sic*] sotto i quali poter trattare gli oggetti; ad esempio come possiamo considerare una cosa da diversi punti di vista".

necessaria un'idea ispirata [*Einfall*], che è nel pensiero ciò che il colpo di fortuna è negli eventi"[83].

Concessa questa somiglianza fra il pensiero e gli eventi della vita, in un'altra *Reflexion* Kant osserva che non dovremmo comportarci nelle nostre ricerche come chi nella vita si affida solo alla fortuna: "Ciò che è il colpo di fortuna negli eventi della vita, lo è l'idea ispirata nei pensieri. Dovere tutto esclusivamente all'idea ispirata significa affidare il destino della propria vita alla mera fortuna"[84].

Inoltre, avere un'idea ispirata non è sufficiente alla scoperta e non copre l'intero processo della meditazione: "l'idea ispirata è l'inizio della meditazione"[85]. Di conseguenza, Kant enfatizza la differenza fra idea ispirata e visione perspicace [*Einsicht*]: "la parola idea ispirata ha già il significato che essa esprime per lo più ciò che […] accade senza cercarlo, invece visione perspicace ciò che deve essere cercato con cura"[86]. Kant si serve di un esempio: "Seneca ebbe una mera idea ispirata [*Einfall*] quando disse: un giorno si calcoleranno le comete come oggi si calcola il corso del sole e della luna. Questa non era presagizione da parte sua"[87]. Un esempio più significativo Kant lo offre quando valuta il ruolo di Locke nella distinzione fra giudizi analitici e sintetici. Sebbene ammetta in una *Reflexion* che "Locke sembra avere *subodorato* la distinzione fra giudizi analitici e sintetici nel suo saggio sull'uomo"[88], nei *Prolegomena* osserva che il lavoro di

---

[83] AA 18: 55-56 (1776).

[84] *Reflexion* 484, AA 15: 205 (1770-78).

[85] *Ibidem.*

[86] I. KANT, *Menschenkunde oder philosophische Anthropologie. Nach handschriftlichen Vorlesungen*, hrsg. von Fr.Ch. Starke, Leipzig 1831, riproduzione Hildesheim-New York 1976, p. 126. Cfr. pure una osservazione aggiunta (1773-1783) alla R. 484, AA 15: 205: "Einfälle, Einsichten. Jene dependiren von der bloßen Gelegenheit und erlauben keine Regel, diese vom Fleiß".

[87] *Menschenkunde*, cit., p. 126.

[88] R. 3738 (1764-66), AA 17: 279. Cfr. R. BRANDT, *Materialien zur Entstehung der 'Kritik der reinen Vernunft' (John Locke und Johann Schultz)*, in I. HEIDEMANN-W. RITZEL [hrsg.], *Beiträge zur Kritik der reinen Vernunft 1781-1981*, Berlin-New York 1981, p. 42.

Locke contiene un mero "cenno [*Wink*]" a quella distinzione, mentre, là dove sono in causa principi generali, non basta che siano "oscuramente balenati" nella mente, ma occorre ottenerli "attraverso una propria riflessione [*Nachdenken*]"[89].

Una meditazione ben condotta dovrebbe colmare la distanza fra *Einfall* e *Einsicht*: "Quando per un periodo di tempo si è pensato si può pur ben sognare. Le idee ispirate di Newton nelle *quaestiones* divennero [vere] visioni perspicaci"[90]. Questo testo è notevole perché conferma che i 'sogni' sono benvenuti come fonte di ispirazione, ma nella scienza sono utili solo per i ricercatori capaci di tradurli in domande del valore delle *Queries* newtoniane[91]. Questo testo è anche interessante perché – grazie al riferimento a Newton, universalmente riconosciuto come un genio – solleva la questione del ruolo del talento individuale nella ricerca, il "dono naturale" menzionato nella *Anthropologie*.

Su questa questione Kant sembra offrire una soluzione coerente con la sua convinzione che non dobbiamo delegare la scoperta alle idee ispirate, ma dobbiamo cercare di raggiungere una visione perspicace mediante la meditazione. Infatti, distingue fra ingegno (*Witz, ingenium*), che è la capacità che afferra idee ispirate, e il Giudizio [*Urtheilskraft*], che si sforza di raggiungere la visone perspicace[92]. A sua volta, la distinzione fra ingegno e Giudizio

---

[89] *Prolegomena zu einer jeden künftigen Metaphysik, die als Wissenschaft wird auftreten können*, § 3, AA 4: 270, trad. it., di P. Carabellese, riv. da R. Assunto, *Prolegomeni ad ogni futura metafisica che si presenterà come scienza*, Bari 1967, p. 57

[90] R. 483, AA 15: 205 (1772-78).

[91] I. NEWTON, *Opticks, or a Treatise of the reflexions, refractions, inflections and colours of light*, (London 1704, 2.ed. 1717, 3.ed 1721), in ID., *Opera quae extant omnia*, vol. IV, Stuttgart-Bad Cannstatt 1964 (reprint of the edition London 1779-1785 ed. by S. Horsley), 216-264. Kant possedeva (cfr. WARDA, *op. cit.*, p. 35) la seconda edizione dell'*Opticks* nella traduzione latina di Samuel Clarke, *Optice: sive de reflexionibus, refractionibus, inflexionibus et coloribus lucis libri tres. Latine reddidit Samuel Clarke S, T. P.* [...] *Editio secunda auctior*, Londini 1719.

[92] *Anthropologie*, § 55, AA 7: 221, trad. cit., p. 109.

corrisponde alla distinzione fra pensieri vaganti e la capacità di porre domande, tipica della meditazione e perfettamente istanziata nelle *Queries* di Newton. Kiesewetter colse correttamente questo punto: "la meditazione, se non deve essere un mero vagabondare di pensieri, deve avere un fine determinato, che si possa esporre nella forma di una domanda o di un problema"[93].

A dispetto delle innegabili differenze nelle capacità individuali, la scoperta non si basa né sul mero caso, né su una chiaroveggenza irrazionale. Porre domande secondo un piano d'indagine è un'attività in cui è coinvolto il Giudizio perché facciamo domande *giudicando,* anzi giudicando *provvisoriamente.*

Riguardo al Giudizio, è importante sottolineare che, verso la fine della sua attività di insegnamento, Kant mise in connessione i *judicia praevia* con i *judicia reflectentia.* Tale connessione è presente nella *Logik Dohna-Wundlacken* che, nel discutere la differenza fra pregiudizi e giudizi provvisori, afferma che "un *judicium reflectens* è dove si pone un giudizio come un problema al fine di indagare la verità" e qualifica meglio questa affermazione dicendo che "*Judicia reflectentia* sono quelli che introducono l'indagine, che mostrano 1. se una cosa richiede un'indagine, 2. come devo indagare un cosa"[94].

Il primo motivo per assegnare il nome di *judicia reflectentia* ai giudizi provvisori sembra essere che essi richiedono riflessione, e ciò li rende differenti dai pregiudizi, caratterizzati da mancanza di riflessione. Un secondo motivo sembra essere che i giudizi provvisori rientrano nella regione del Giudizio *riflettente,* che giudica in accordo a un fine. Come Kant aveva chiarito nella *Kritik der Urtheilskraft* pubblicata due anni prima, il Giudizio riflettente riesce a rendere ciò che è contingente conforme a leggi considerandolo in accordo con un fine, e questo è ciò che facciamo quando giudichiamo provvisoriamente[95].

---

[93] KIESEWETTER, *Grundriß,* cit., II, p. 13.

[94] *Logik Dohna-Wundlacken,* AA 24: 737.

[95] Cfr. C. LA ROCCA, *Giudizi provvisori. Sulla logica euristica del processo conoscitivo in Kant,* in M. Barale (a cura di), *Materiali per un lessico della ragione,* I, Pisa 2001, pp. 287-332.

In che modo la connessione fra giudizi provvisori e *judicia reflectentia* influenza la dottrina della meditazione? La influenza nella misura in cui rafforza la connessione fra meditazione e Giudizio. La *Logik Dohna-Wundlacken* dice che la meditazione è basata su due punti: 1) "che cosa voglio?" e 2) "da cosa dipende? [*worauf kommt es dabei an?*]". Entrambi i punti caratterizzanti la meditazione sono importanti perché "questi 2 punti indicano l'uomo giudizioso"[96]. Chi sa meditare, dunque, è giudizioso, cioè è capace del "*judiciöse Nachdenken*" che abbiamo visto Crusius descrivere come un'attività che indirizza "le capacità dell'intelletto *secondo un fine*, a partire da certi *pensieri* di base *che si hanno prima*", dove il fine è ottenere una conoscenza della verità più distinta e completa, o più certa e estesa[97]. Nella prospettiva della *Logik Dohna-Wundlacken*, pertanto, giudicare provvisoriamente è produrre *judicia reflectentia* che hanno la finalità tipica del Giudizio riflettente e che si iscrivono in un un *metodo* che serve a porre domande e problemi e trovare la maniera di risolverli.

La filosofia di Kant come modello di meditazione di successo

Secondo Kant questo metodo potrebbe trarre profitto anche dall'esempio delle strategie euristiche degli scopritori di successo, in particolare nell'uso che costoro fanno dei giudizi provvisori nel compiere ricerche[98]. Il richiamo a questo ausilio alla *meditatio* compare nella *Logik Dohna-Wundlacken* il cui estensore scrive che – nel corso di un seminario (*repetitorium*) che accompagnava le lezioni pubbliche (*collegium*) – Kant propose come esempio di una meditazione di successo la sua personale ricerca filosofica:

> in conclusione Kant aggiunse ancora qualcosa sul meditare, pensare metodico. Egli disse cioè che esso si riduceva fondamentalmente a due cose:
> 1. sapere esattamente che cosa davvero si vuol sapere, e poi

---

[96] *Logik Dohna-Wundlacken*, AA 24: 780.

[97] CRUSIUS, *Weg zur Gewißheit*, cit., § 566.

[98] *Wiener Logik*, AA 24: 862.

2. da che cosa dipende. Ora, ad esempio, egli rivelò quanta fatica gli costò, quando era impegnato nel pensiero di scrivere la *Critica della ragion pura*, il sapere quel che realmente voleva. Alla fine trovò che tutto poteva esser racchiuso nella questione: Sono possibili proposizioni sintetiche *a priori*? – Sì. Ma dipende dal fatto che possiamo dar loro intuizioni corrispondenti. Se però ciò non può aver luogo, esse non hanno questa proprietà. Da ciò si vede quanto il meditare può essere facilitato con questo metodo[99].

Se si pensa che con queste considerazioni termina la *Logik Dohna-Wundlacken* – il corso completo di lezioni logiche più tardo di cui attualmente disponiamo – possiamo interpretare queste considerazioni come il sigillo di una lunghissima attività di insegnamento e, nel racconto del percorso attraversato dalla propria meditazione, un dono di Kant ad alcuni dei suoi ultimi studenti di logica e un incentivo a proseguire nella ricerca.

[99] *Logik Dohna-Wundlacken*, AA 24: 783-784.

11
Kant and the principle of contradiction

1. Kant deals with the principle of contradiction in different stages of his philosophical evolution[1]. Before entering into any detail I wish to stress that, since Kant always considers the principle of contradiction in its relation with other principles, we too cannot consider this principle in isolation.

1.1. The first stage of Kant's philosophy that is relevant for the principle of contradiction is well represented by the *Nova Dilucidatio* of 1755, where Kant considers the principle of contradiction and the principle of sufficient reason as, respectively, the principle of the truths of reason and the principle of the truths of fact.

Rather surprisingly, however, Kant does not consider the principle of contradiction as an absolutely first principle. On the contrary, he maintains that the principle of identity is prior to the principle of contradiction:

> There are two absolutely first principles of all truths. One of them is the principle of affirmative truths, namely the proposition: whatever is, is; the other is the principle of negative truths, namely the proposition: whatever is not, is not. These two principles taken together are commonly called the principle of identity.[2]

---

[1] AA: (followed by volume and page number): *Kant's gesammelte Schriften*, ed. by the Königlich Preußischen Akademie der Wissenschaften (and successors), (Reimer, Berlin), de Gruyter, Berlin-New York, 1900–. When citing from English translations of Kant's writings that indicate the AA edition, I give only that pagination. All the remaining translations are mine.

[2] *A new elucidation of the first principles of metaphysical cognition*, (1755), in I. KANT, *Theoretical Philosophy 1755-1770*, trans. and ed. by D. Walford, R. Meerbote. Cambridge 1992, AA 1: 389.

The principle of contradiction is seen by Kant as simply stating that "it is impossible that the same thing should simultaneously be and not be". He adds, however, that this is "nothing but the definition of the impossible," and lacks the universality that characterizes the principle of identity. Moreover:

> it is neither necessary that every truth be guaranteed by the impossibility of its opposite, nor [...] it is in itself sufficient, either. For the transition from the impossibility of its opposite to the assertion of its truth can only be effected by means of the maxim *Everything, of which the opposite is false, is true*. And thus [...] this proposition shares power with the principle of contradiction.[3]

1.2. The second stage is well represented by the *False subtlety* and the *Inquiry*, the so-called Prize Essay, both written at the beginning of the Sixties. At this stage identity and contradiction remain distinct principles, but with a difference with respect to the *New elucidation*: identity is now the principle of affirmative judgments, and contradiction is the principle of negative judgments. Kant states in the *False subtlety*:

> All affirmative judgments are subsumed under a common formula, the law of agreement: *cuilibet subjecto competit praedicatum ipsi identicum*; all negative judgments are subsumed under the law of contradiction: *nulli subjecto competit praedicatum ipsi oppositum*.[4]

Kant sheds light on this question in the *Inquiry*. First of all, since all propositions must be either affirmative or negative, affirmation and negation must differ as to form:

> the *form* of every *affirmation* consists in something being represented as a characteristic mark of a thing, that is to say, as

---

[3] *Ibidem*, AA 1: 391.

[4] *The false subtlety of the four syllogistic figures* (1762), in KANT, *Theoretical Philosophy 1755-1770*, cit., AA 2: 60.

identical with the characteristic mark of a thing. Thus, every affirmative judgment is true if the predicate is *identical* with the subject.

Instead, "the *form* of every *negation* consists in something being represented as in conflict with a thing", from which it follows that "a negative judgment is true if the predicate *contradicts* the subject".

To the different forms of affimation and negation correspond two different principles: the "law of identity" and the "law of contradiction":

> The proposition [...] which expresses the essence of every affirmation and which accordingly contains the supreme formula of all affirmative judgments, runs as follows: to every subject there belongs a predicate which is identical with it. This is the *law of identity*. The proposition which expresses the essence of all negation is this: to no subject does there belong a predicate which contradicts it. This proposition is the *law of contradiction*, which is thus the fundamental formula of all negative judgments. These two principles together constitute the supreme universal principles, in the formal sense of the term, of human reason in its entirety. Most people have made the mistake of supposing that the law of contradiction is the principle of all truths whatever, whereas in fact it is only the principle of negative truths.[5]

1.3. The third stage, corresponding to the time of the establishment of criticism, is characterized by the merging of identity and contradiction into a single formula: the *principle of contradiction and identity*.[6] However, the name 'principle of contradiction' is dominant and often the principle of identity is not even mentioned but remains tacitly assumed.

---

[5] *Inquiry concerning the distinctness of the principles of natural theology and morality* (1764), in KANT, *Theoretical Philosophy 1755-1770*, cit., AA 2: 294.
[6] Cf. for example *Reflexion* 2178, AA 16: 260.

The reunion of the two principles, and the reasons for preferring the name 'principle of contradiction', are commented by Kiesewetter, one of Kant's early followers:

> the principle for the thinkable [...] is called principle of the agreement and contradiction (*principium identitatis et contradictionis*). Whichever of the two principles one may place as the foundation, the other one can be derived from it, but one usually calls it the principle of contradiction as it expresses at the same time necessity by negation of the opposite.[7]

We have a seen a progressive upgrading of the importance of the principle of contradiction. In the first stage it is secondary with respect to the principle of identity; in the second stage it achieves the same standing as the principle of identity, but only relatively to negative truths; in the third stage it merges with identity into a single principle called 'principle of contradiction'.

2. Let us turn to the reasons behind the changes concerning the principle of contradiction. In the last of the aforementioned stages Kant is no longer interested in the relation between the principle of identity and the principle of contradiction, and considers the question of assigning them the role of principles of affirmative and negative judgments a trivial one. His problem now is the relation between the principle of contradiction and the principle of sufficient reason. This problem originates from the fact that, at this stage, Kant rejects the old idea that we have two *logical* principles governing truths of reason and truths of fact, respectively.

Many of Kant's readers, however, believed that he was still faithful to that old idea, and had simply expressed it in a new way: the principle of contradiction is the principle of analytic judgments and the principle of sufficient reason is the principle of synthetic

---

[7] J.G.K.C. KIESEWETTER, *Grundriß einer allgemeinen Logik nach Kantischen Grundsätzen. Zum Gebrauch für Vorlesungen*, I Part, Leipzig 1824[4] (I ed. 1791), §18, pp. 14-15.

judgments. After all, in the *Critique of pure reason* Kant had clearly stated that:

> If the judgment is analytic, whether it be negative or affirmative, its truth must always be able to be cognized sufficiently in accordance with the principle of contradiction. For the contrary of that which as a concept already lies and is thought in the cognition of the object is always correctly denied, while the concept itself must necessarily be affirmed of it, since its opposite would contradict the object.
>
> We must also allow the principle of contradiction to count as the universal and completely sufficient principle of an analytic cognition; but its authority and usefulness does not extend beyond this, as a sufficient criterion of truth.[8]

As I said, many readers (in particular Kant's adversaries of the University of Halle), interpreted this passage as stating that the difference between analytic and synthetic judgments amounts to the old difference between truths of reason (known according to the principle of contradiction) and truths of fact (known according to the principleof sufficient reason).

Kant reacted. In the *Jäsche Logic*, published in the year 1800 under Kant's name and with his consent, we find a list of three "universal, merely formal or logical criteria of truth [*allgemeine, bloß formale oder logische Kriterien der Wahrheit*]":

> 1. *the principle of contradiction and of identity (principium contradictionis* and *identitatis),* through which the internal possibility of a cognition is determined for *problematic* judgments;
>
> 2. *the principle of sufficient reason (principium rationis sufficientis),* on which rests the (logical) *actuality* of a cognition, the fact that it is grounded, as material for *assertoric* judgments;

---

[8] *Critique of Pure Reason* (cited by the first and second edition (A [1781], B [1787]), transl. by P. Guyer, A.W. Wood. Cambridge 1997, A 151/B 190.

3. *the principle of the excluded middle (principium exclusi medii inter duo contradictoria)*, on which the (logical) necessity of a cognition is grounded – that we must necessarily judge thus and not otherwise, i.e., that the opposite is false – for *apodeictic* judgments.[9]

The first thing to notice in this list is that the formal criteria of *truth* are connected with the *modality* of judgments. This is something needing an explanation, especially because a connection between the three principles and the modality of judgments can be found in Kant's letter to Reinhold of May 19 1789, where he argues against his Halle critics:

> All judgments must, first, as *problematic* (as mere judgments) insofar as they express a *possibility*, conform to the principle of contradiction; second, as *assertoric* (*qua propositions*) insofar as they express logical *actuality*, that is *truth*, they must conform to the principle of sufficient reason; third, as *apodictic* (as certain knowledge), they must conform to the principle of excluded middle.[10]

This text contains an important distinction between *judgment* [*Urtheil, iudicium*] and *proposition* [*Satz, propositio*], a distinction that differs from the distinction almost universally adopted in the logical tradition.

The traditional distinction treated judgment as a mental act, and proposition as its linguistic expression. For example, Christian Wolff says: "A judgment is an act of the mind [...] propositions [...] are nothing but combinations of terms [*judicium est actus mentis* [...] *propositiones* [...] *non sunt nisi combinationes terminorum*]".[11]

---

[9] *Jäsche Logic*, in I. KANT, *Lectures on Logic*, transl. by J. M. Young. Cambridge 1992, AA 9: 52-53.

[10] Letter to Reinhold of May 19 1789, in I. KANT, *Correspondence*. transl. and ed. by A. Zweig. Cambridge 1999, AA 11: 45.

[11] C. WOLFF, *Philosophia rationalis sive Logica, methodo scientifica pertractata et ad usum scientiarum atque vitae aptata. Praemittitur discursus praeliminaris de*

Darjes too maintains: "Ipsa […] idearum combinatione in cognitione intuitivam *iudicium*, & in symbolicam *propositio* seu *enuntiatio* item a P. Ramo *axioma* vocatur".[12] Many other scholars shared this doctrine, including Lambert and Euler[13], therefore it is no surprise that it was also endorsed by Meier, the author of the logic textbook Kant used for his lectures for forty years: "A judgment [*Urtheil*] that is designated with terms is called *proposition*[*Satz*] (*propositio*, *enunciatio*)".[14]

Kant rejects this distinction because, as we read in the *Jäsche Logic*, "without words we would not judge at all"[15]. Kant's own distinction between judgment and proposition qualifies 'judgment' as a generic term, and proposition as a judgment having the modality of assertion or, *a fortiori*, the modality of necessity.

According to lecture notes taken by Kant's students at the time of the first edition of the *Critique of pure reason*:

> *Thus judgment and proposition* are actually distinct as to usage. When the *logici* say, however, that a proposition is a judgment clothed in words, that means nothing, and this definition is worth nothing at all. For how will they be able to think judgments without words? Thus we prefer to say that a judgment considers the relation of two concepts insofar as it is problematic, while by propositions we understand an assertoric judgment. In judgment I test my proposition; I judge before I maintain. In the case of a proposition,

philosophia in genere, 3. ed. Francofurti et Lipsiae 1740, in ID., *Gesammelte Werke*, Abt. II, Bd. I, hrsg. von J. Ecole, Hildesheim-Zürich-New York 1983, § 42..

[12] Cf. J.G. DARJES, *Introductio in artem inveniendi seu logicam theoretico-practicam qua Analytica atque Dialectica in usum et iussu auditorum suorum methodo iis commoda proponuntur*, Jenae, *Praec.* § 117.

[13] Cf. J.H. LAMBERT, *Neues Organon*, Leipzig 1764, in ID., *Philosophische Schriften*, ed. H. W. Arndt, Hildesheim 1965 ss., voll. I-II, Dian., § 118 ; L. EULER, *Lettres à une princesse d'Allemagne*, St. Petersburg 1768 (voll. I-II), 1772 (vol. III), lettre 102.

[14] G.F. MEIER,. *Auszug aus der Vernunftlehre*, Halle, 1752 (reprinted in AA16)

[15] *Jäsche Logic*, AA 9: 109, § 30, note 3.

however, I posit and I assert something, and the proposition consists in just this assertion.[16]

Therefore problematic judgments are not propositions, let alone apodictic propositions. The *Jäsche Logic* leaves no space for doubt: "A problematic proposition is a *contradictio in adjecto*".[17]

What is interesting is that the modal difference between problematic, assertoric and apodictic judgments is ruled by the same logical principles that Kant lists as formal criteria of truth:

1) in a problematic judgment we need only satisfy the principle of contradiction because problematic judgments do not intend to determine the truth of their statement: the principle of contradiction holds for any "well formed" judgment before asserting or declaring it;

2) an assertoric judgment – a *Satz* or *proposition* – must also satisfy the principle of sufficient reason because assertoric judgments are supposed to determine the truth of their statement by force of a sufficient reason or ground;

3) an apodictic judgment – which is always a *Satz* or proposition – satisfies not only the principle of contradiction and the principle of sufficient reason, but also the principle of the excluded middle because an apodictic judgment intends to determine the necessary truth of its statement, by denying the opposite.

To the question why Kant introduces the modality of judgments in the context of the formal criteria of truth there are two answers.

The first answer is a minor but interesting one. In his lectures on logic Kant includes advice as to how avoid the error of judging true what is actually false, and vice-versa. Obviously a logician cannot enter into questions regarding material truth. What he can do is to point out at the modal distinction between judgment and proposition and say that it is possible to avoid error by simply avoiding to make assertoric (and *a fortiori* apodictic) judgments when we are not sure of having a sufficient ground for the assertion. Nonetheless we can

---

[16] *Vienna Logic*, in KANT, *Lectures on Logic*, cit., AA 24: 934.

[17] *Jäsche Logic*, AA 9: 109, § 30, note 3.

still make problematic judgments (provided that the principle of contradiction is satisfied).

The second answer is very interesting for us. By bringing attention to modality, Kant wants to stress that the formal criteria of truth, including the principle of sufficient reason, are purely logical principles. And if the principle of sufficient reason is a purely logical principle, it cannot rule over truths of fact.

The strategy Kant follows to argue that this is really the case is to show that all the three formal criteria of truth and modality hold when we make *analytic* judgments. In his polemical essay of 1790 against Eberhard Kant examines one of his favourite examples of analytic judgments:

> The assertoric judgment: *every body is divisible*, says more than the merely problematic (let it be thought that every body is divisible) and stands under the universal logical principle of propositions, namely, that each proposition must be *grounded* (not be a merely possible judgment).[18]

The judgment 'Every body is divisible' is certainly non-contradictory because the predicate is contained in the concept of the subject. But if we can assert it as a proposition it is because we have a sufficient ground or reason, a *Grund*, for our assertion, a ground that can seem trivial but is nevertheless present: "the proposition 'Every body is divisible' does admittedly have a ground, and that within itself".[19] Actually, 'every body is divisible' not only is a proposition, but is an apodictic proposition. In the *Critique of pure*

---

[18] *On a Discovery whereby any new Critique of Pure Reason is to be made Superfluous by an Older One* (1790), in I. KANT, *Theoretical Philosophy after 1781*. Ed. by H. Allison, P. Heath, transl. by G. Hatfield, M. Friedman, H. Allison, P. Heath, Cambridge, AA 8: 194 note.

[19] *What real progress has metaphysics made in Germany since the time of Leibniz and Wolff?* (1793/1804), in KANT, *Theoretical Philosophy after 1781*, cit., AA 20: 278.

reason Kant says that analytic judgments are apodictic by force of the principle of contradiction. In an analytic judgment:

> before I go to experience, I already have all the conditions for my judgment in the concept, from which I merely draw out the predicate in accordance with the principle of contradiction, and can thereby at the same time become conscious of the necessity of the judgment, which experience could never teach me.[20]

However, Kant also explains in the *Critique of pure reason* that in any analytic judgment:

> the contrary of that which as a concept already lies and is thought in the cognition of the object is always correctly denied, while the concept itself must necessarily be affirmed of it, since its opposite would contradict the object.[21]

This means that *every body is divisible* is apodictic because it also (trivially) satisfies the principle of the excluded middle.

Hence Kant's reproach to metaphysicians of having unduly left the principle of excluded middle out of their list of logical principles, with the consequence that they are unable to account for the three modalities of judgments:

> But if the supposed metaphysician wished, in addition to the law of contradiction, to introduce the equally logical law of [sufficient] reason, he would not yet have given a complete enumeration of the modality of judgments; for he would then have to append the law of excluded middle between two judgments contradictorily opposed to one another, since only so would he have propounded the logical principles of the possibility, the truth or logical reality,

---

[20] *Critique of pure reason,* A 7/B 12.

[21] *Critique of pure reason*, A 151/B 190-191.

and the necessity of judgments, in problematic, assertoric, and apodictic judgments.[22]

Kant's conclusion is that if analytic judgments satisfy all the three logical principles, then a judgment that satisfies the principle of sufficient reason needs not be a synthetic one (a truth of fact), and a judgment that satisfies the principle of the excluded middle needs not be an analytic one, for he maintains that there are apodictic judgments that satisfy the principle of the excluded middle but are not analytic, but synthetic a priori.

This is why it is so important for Kant to stress that all the logical principles, concerning the formal conditions of truth and the modality of judgments, must hold for any judgment whatever.

A further objection could he raised: doesn't Kant say that the principle of contradiction is an *internal* criterion? And doesn't this mean that the other criteria, in particular the principle of reason, are external? If we examine the analytic judgment *every body is divisible* we see that this proposition has a *ratio*, a *Grund*, of assertibility, although this ground is *not* external. As a matter of fact, in a note written in his late years Kant calls all the logical criteria of truth *internal*:

> The internal, i.e. logical, criteria of truth are: 1) internal possibility. 2) sufficiency for given consequences, but not apodictically. 3) The false consequence from the opposite.[23]

Logic would not be purely formal if Kant had provided different formal criteria of truth for analytic and synthetic judgments, especially because logic, as he maintains in the *Critique of pure reason*,"need not even know" the name of synthetic judgments (*KrV*, A 154/B 193).

Thus when, in a not strictly logical perspective, we consider the material truth of a judgment and want to express it as a proposition –

[22] *What real progress has metaphysics made*, cit., AA 20: 278.

[23] *Reflexion* 2185, AA 16: 26.

as an assertoric judgment – we are warned that we have to specify a sufficient and, this time *real, Grund* justifying our assertion (within a theory capable of explaining the possibility of material truth). Logic can only give us internal and negative principles of truth that are all *conditiones sine quibus non* with respect to material truth and can in no way substitute a theory of knowledge which has to take into account sensibility, as well as intellectual faculties.

3. Let us look back at the principle of contradiction. On the one hand, we have seen its growing importance with respect to the principle of identity, on the other hand, we have seen that it cannot be *literally* considered as the exclusive logical principle of analytic truths, because two other logical principles are also satisfied in the case of analytic judgments. At the same time, we have seen that Kant makes it clear that the principle of contradiction must be applied, as a preliminary criterion of truth, to synthetic judgments too.

All this has an important consequence on the formulation of the principle of contradiction. In a famous passage of the *Critique of pure reason* Kant criticizes the time-honoured formula of the principle:

It is impossible for something to be and not to be at the same time.[24]

This formula according to Kant is affected by the condition of time and, as it were, says:

A thing = *A,* which is something = *B,* cannot at the same time be *non-B,* although it can easily be both (*B* as well as *non-B*) in succession.[25]

The fact that a certain subject, meant as something exixting has or does not have a certain predicate is a circumstance that not only cannot be decided, but is not even considerable, at a purely formal level:

[24] *Critique of pure reason,* A 151/B 190.
[25] *Critique of pure reason,* A 151/B 190.

Alteration is the combination of contradictorily opposed determinations in the existence of one and the same thing. Now how it is possible that from a given state an opposed state of the same thing should follow not only cannot be made comprehensible by reason without an example, but cannot even be made understandable without intuition.[26]

In order to clarify his point of view Kant offers an example:

E.g., a person who is young cannot be old at the same time, but one and the same person can very well be young at one time and not young, i.e., old, at another. Now the principle of contradiction, as a merely logical principle, must not limit its claims to temporal relations. Hence such a formula is entirely contrary to its aim.[27]

A principle of contradiction having the largest possible range of application, while remaining a merely formal criterion of truth of any judgment whatever, cannot contain "a synthesis that is incautiously and entirely unnecessarily mixed into it", a synthesis that is inevitably mixed in the principle when we add 'at the same time'. In logic we cannot allow for the possibility of change. For, change concerns time, and time does not belong to formal logic: change can be considered only by an understanding endowed with categories (and their schemata), but this is something that concerns transcendental logic. [28] Kant's verdict is: "the principle of contradiction, as a merely logical principle, must not limit its claims to temporal relations.'Hence such a formula is entirely contrary to its aim".[29]

---

[26] *Critique of pure reason*, B 291-292.

[27] *Critique of pure reason*, A 152-153/B 191-192.

[28] Cf. F. VOLPI, "Kants Elision der Zeit aus dem Satz vom Widerspruch", *Akten des 5. Internationalen Kant-Kongresses. Mainz 4-8 April 1981*, Teil I.1: Sektionen I-VII, ed. by G. Funke, Bonn 1981, pp. 179-185.

[29] *Critique of pure reason*, A 152-153/B 191-192.

Lightning Source UK Ltd.
Milton Keynes UK
UKHW010246170621
385643UK00007B/323/J